Einaudi. Stile

Chiara Moscardelli
La ragazza che cancellava i ricordi

Einaudi

La ragazza che cancellava i ricordi

Premessa

Torre San Filippo, Sicilia, 1993

Esiste un posto in Sicilia, Torre San Filippo, molto impervio e difficile da raggiungere.

Chiunque viva lí lo fa nel piú completo isolamento e nella paura.

È un antico maniero a dare il nome a quei luoghi, immerso nelle magnifiche campagne iblee.

La leggenda narra che il giovane proprietario vi avesse abitato felicemente con la sua bellissima sposa fino all'arrivo di un affascinante guardiacaccia. Questi, approfittando delle continue assenze del padrone, fece della donna la sua amante. Un giorno, il 7 di novembre, il marito, sospettando il tradimento della moglie, finse di allontanarsi e, nascosto nel castello, riuscí a sorprendere i due. Pugnalato a morte il guardiacaccia, aizzò i cani contro la donna che, per paura di essere divorata, salí sul torrione del palazzo e si gettò nel vuoto.

Da quel momento, il 7 di ogni mese, il silenzio della contrada è lacerato dall'ululato dei cani, e c'è chi giura di poter vedere una sagoma che si lancia dalla torre.

Chiunque viva lí lo fa perché ha qualcosa da nascondere.

Non Olga, o perlomeno non a dodici anni. Era abituata a quei luoghi, dove era nata il 7 di novembre del 1981, senza troppi clamori se si escludono le grida di Domenica Rosalia Bellomo, detta Mimí, la madre, e gli ululati dei cani fantasma che si udivano in lontananza. E mentre

Olga nasceva, i pochi residenti della contrada poterono scorgere in maniera ben distinta la sagoma di una donna che si gettava dalla torre. Non erano segni di buon auspicio per la neonata, a cui il destino sembrava suggerire che le donne, dagli uomini, non dovevano aspettarsi niente di buono.

Domenica Bellomo gridò, e parecchio, dopo averla partorita. Né prima né durante, ma dopo. Perché desiderava cosí tanto che sua figlia assomigliasse a Olga Čechova, la bellissima allieva di Stanislavskij, nonché attrice del Terzo Reich e agente segreto del Cremlino, da aver già deciso di chiamarla come lei, nella speranza che davvero i nomi fossero conseguenza delle cose – o, in questo caso, causa. Fu uno shock vederla uscire da lí. Il nome, con tutta evidenza, sarebbe stato l'unico tratto che le due avrebbero mai avuto in comune. Olga era identica a suo padre. Un uomo che, sí, di sicuro era un gran bell'uomo, ma aveva lineamenti marcati e un'espressione determinata che sul viso di una bambina non conferivano affatto un aspetto armonico. Come se quella creatura appena venuta al mondo fosse già a conoscenza di molti risvolti della vita: troppi, per essere appena nata.

Con gli anni Olga aveva imparato a non preoccuparsi delle faccende legate alla sua nascita. Primo, perché non aveva mai conosciuto il padre, non immaginava neanche chi fosse, e quindi non poteva sapere se gli assomigliasse davvero; e secondo, perché i misteri e i fantasmi erano il suo pane quotidiano. Non aveva certo paura degli ululati dei cani o della donna che si buttava dalla torre. Da loro non temeva nulla. Erano le persone in carne e ossa a preoccuparla.

Il 7 di ogni mese Olga aspettava che la mamma si addormentasse, poi sgattaiolava fuori casa con lo zaino, una coperta e un thermos, e s'incamminava verso la torre. Giunta lí sotto, stendeva la coperta e aspettava. Il suo piú grande desiderio era poter un giorno chiacchierare con la donna fantasma. Aveva moltissime domande da farle. «Cosa c'è dopo la morte?», «Si sta meglio o peggio?», «Ci sono i biscotti?», «Hai conosciuto mio padre?» e, infine, «Come mai non invecchi?» Ma proprio la notte del 7 novembre del 1993, il giorno del suo dodicesimo compleanno, l'unica volta che riuscí a vederla, lei si negò. Il fantasma decise di non buttarsi. Non appena la donna, dall'alto della torre, notò la ragazzina che correva verso di lei, si ritrasse spaventata nei suoi appartamenti. Olga, con il naso all'insú, attese per l'intera notte che quella cambiasse idea. Non lo fece.

Forse, in effetti, Olga qualcosa lo aveva preso, dalla Čechova, novella Mata-Hari. Se non il sex appeal per cui la Olga originale era nota, di sicuro l'attrazione per il pericolo.

Per questo, quando l'8 di novembre, la mattina successiva allo strano avvenimento, si rese conto che la madre non sarebbe andata a prenderla a scuola, senza timore e con ancora negli occhi l'immagine della donna in fuga, si incamminò verso casa.

Frequentava la terza media ed era già accaduto in passato. Mimí non aveva buona memoria. Un pomeriggio, per esempio, aveva sorpreso la figlia impegnata a intingere i biscotti nel caffellatte e le aveva domandato chi fosse e perché si trovasse nella sua cucina. Un'altra volta, dopo essersi guardata intorno disorientata nella masseria nella quale era nata e dove lei e Olga vivevano ormai da anni, l'aveva obbligata a fare le valigie per scappare da quel luogo sconosciuto e sinistro. Un paio di ore dopo si era meravigliata nel vedere le borse pronte nella stanza di sua figlia. – Tesoro mio, – le aveva detto, – stai andando da qualche parte?

Per cui, anche quel giorno, Olga non si perse d'animo. Sapeva raggiungere la sua contrada, Santa Rosalia, tra Ragusa, dove si trovava la scuola, e Giarratana. Quindici chilometri in tutto. Un bel tratto di strada. Non c'era da perdere tempo.

Arrivata ormai molto fuori città, a un'ora di cammino e lontana da qualsiasi centro abitato, con la coda dell'occhio notò una macchina che, a passo d'uomo, la seguiva. In principio non si spaventò. Quel posto era pieno di matti, compresa sua madre. Poi, però, cominciò a preoccuparsi. In fondo, se le fosse successo qualcosa nessuno se ne sarebbe accorto. Neanche Mimí, appunto, che si trovava in una delle sue fasi meno lucide. «Olga? Mia figlia? Ma figuriamoci, io non ho figli!» avrebbe detto in tono teatrale ai carabinieri quando si fossero presentati alla porta.

A Olga venne un po' da ridere mentre con una scrollata di spalle si diceva che, forse, i passeggeri nell'auto avevano rallentato perché si erano persi. Oggettivamente, che cosa se ne sarebbero fatti di lei? Bella non era bella, impossibile che la volessero rapire per venderla in un Paese arabo. Non aveva il fisico adatto per quel tipo di avventura. Non era neanche ricca, e questo escludeva l'idea di un riscatto.

Fu allora che la macchina la superò e si fermò di fronte a lei, bloccandole la strada.

Magari, chissà, avrebbe dovuto riconsiderare l'idea dei Paesi arabi.

Non appena lo sportello del guidatore si spalancò, e dall'auto vide scendere l'uomo piú bello del mondo, i Paesi arabi le parvero d'un tratto un posto magnifico dove trasferirsi. Nulla in quello sconosciuto le faceva paura. Per la prima e ultima volta nella sua vita, pensò di essere davanti a una persona da cui non c'era niente da temere.

Alto, muscoloso, due occhi cosí verdi da sembrare quasi trasparenti, il tipo le stava di fronte in tutto il suo splendore. Non si era ancora mai innamorata, quindi non poteva sapere se quello che stava provando fosse amore, ma era certa che ci si avvicinasse parecchio.

– Ciao Olga, – le disse l'uomo.

E il suono della sua voce, rauco, profondo, la fece rabbrividire. Come poteva conoscere il suo nome?

– Sai chi sono? – chiese incuriosita, arrossendo.

– So tutto di te.

Il cuore di Olga cominciò a battere fortissimo nel petto. Chissà se nei Paesi arabi trasmettevano *L'Uomo tigre*, il suo cartone animato preferito.

– Perché sono tuo padre.

Il colpo fu mortale. Da una parte Olga sentí nascere dentro di sé un calore incredibile, una sensazione di felicità mai provata: aveva un padre! Dall'altra, però, percepí una delusione cocente. Già, perché se quello era davvero suo padre, non solo doveva dire addio al sogno di un rapimento d'amore, al quale ormai aveva fatto la bocca, ma aveva la conferma di quanto aveva sempre pensato. Gli uomini, per le donne, sono solo guai.

– Sei proprio sicuro? – chiese.

– Al cento per cento.

– È una percentuale significativa, – ammise sconfitta.

– Vero.

– E dove sei stato fino a oggi?

– A fare delle commissioni importanti.

– Quindi, ci hai lasciate! Io… io speravo fossi morto.

– Speravi?

– Sí, perché la morte non dipende da te, è legata al destino. Invece tu sei andato via volontariamente.

– Mi pare molto onesto come ragionamento, anche se il

destino, e lo scoprirai, ogni tanto può essere aiutato. Ma non è questo il punto. Il punto è che sono stato costretto ad allontanarmi da voi non perché non vi volessi bene. Anzi, proprio perché ve ne voglio un'infinità. L'ho fatto per proteggervi, capisci?

– Mica tanto. Se vuoi bene a una persona, le stai vicino... credo. Ecco perché io non voglio bene a nessuno. Be', tranne alla mamma, s'intende. Ma volerle bene non è facile.

– Certo. Ma almeno ti piace l'idea che io sia tornato?

– Mh... sí. Tutte le mie compagne di classe hanno un papà.

– Io però sono diverso. Non sono come gli altri.

– Eh sí! Sei molto piú bello!

Lui scoppiò a ridere.

– Scusa, – aggiunse mortificata. – Non riesco proprio a pensare, prima di parlare. Mamma dice che è un problema.

– Lo è e non lo è. Facciamo cosí. Se mi prometti una cosa, non andrò piú via e cercherò di raccontarti ciò che posso e di farmi perdonare.

Olga ci rifletté su un pochino. Non era una decisione facile. E mentre lei rifletteva, lui attese paziente. Non sembrava avere fretta.

Faceva bene a fidarsi di uno sconosciuto? La risposta era ovvia. Nessuno mai si sarebbe preso la briga di inventarsi una storia simile se non fosse stata vera. E Olga aveva bisogno di un padre. Di qualcuno che non la facesse piú sentire tanto sola. Per queste ragioni, decise di credergli. Sul fatto di perdonarlo o meno, be', lí ci sarebbe voluto piú tempo.

– Okay, – disse. – Che cosa dovrei prometterti?

– È importante.

– Ogni promessa lo è.

– Vero. Allora, devi promettermi che non dirai a nessuno, neanche a tua madre, che ci siamo incontrati. Mai, d'accordo?

– È una promessa strana ma facile da mantenere, perché non ho amici. E mamma è un po'... un po'... Si dimentica le cose, ecco.

– Lo so.

– Sei tornato per aiutarla?

– Non ho questo potere, purtroppo. Ma aiuterò te.

– Io non ne ho bisogno. So cavarmela benissimo da sola.

L'uomo rise di nuovo e Olga notò che il suo papà era proprio come il tizio della pubblicità del Mastro Lindo.

– Ne terrò conto. Patto siglato? – concluse lui allungando una mano.

– Sí, – gli rispose Olga con decisione, stringendola forte, – patto siglato, – ripeté. – Ma sei in prova.

– Mi pare giusto.

– Se quello che racconterai non mi dovesse convincere, te lo dirò e dovrai rispettare la mia decisione. Sai, gli uomini non sono molto gentili con noi donne.

– No, non lo sono affatto, hai ragione. Io però posso insegnarti a difenderti da loro e a combattere.

– Davvero? – Ora sí che aveva stuzzicato la sua curiosità. – E come?

– Vuoi cominciare subito?

– Volentieri!

– Allora sali in macchina, – la invitò suo padre, aprendole lo sportello del passeggero.

Olga ubbidí. Sentiva di avere preso la decisione giusta. Ed era una bellissima sensazione, non essere piú sola. In cuor suo, capí di averlo già perdonato.

Partirono subito. Suo papà guidava in silenzio. Era calmo, sicuro di sé. Olga lo osservava di sottecchi, desiderava studiarne le espressioni, i lineamenti, certa che lui, impegnato nella guida, non se ne sarebbe accorto. Era abbastanza convinta di saper comprendere l'animo umano. Leggeva moltissimo, era ferrata su qualsiasi argomento, e trascorreva parecchio tempo a esaminare gli altri e a catalogarli. Nulla sfuggiva al suo sguardo.

– Prima regola, – le disse a un certo punto lui, interrompendo le sue divagazioni. – Fai in modo che l'oggetto della tua attenzione non si accorga che lo stai studiando. Perderesti il vantaggio guadagnato.

Olga ci rimase malissimo, ma si rese conto che in effetti c'erano troppe cose che non sapeva.

– Ti insegnerò come fare. Seconda regola: non accettare mai passaggi dagli sconosciuti. Mai. A meno che tu non sappia come difenderti.

– Ma tu non sei uno sconosciuto, – esclamò Olga. – Sei mio padre!

– E chi lo dice?

– Tu!

L'uomo sorrise. – Sarà divertente lavorare insieme.

Così iniziò tutto. Con una stretta di mano data a un uomo che diceva di essere suo padre.

Oggi

I

5 settembre, notte
Centrale idroelettrica di Crespi D'Adda

Una donna correva lungo il ponte sul fiume, in direzione della centrale idroelettrica.

Aveva perso una scarpa e la gonna, e i collant erano strappati.

Gridava, ma nessuno poteva sentirla.

L'uomo che la inseguiva presto o tardi l'avrebbe raggiunta e uccisa. Lo sapeva lei e lo sapeva lui.

Avrebbe dovuto essere l'inizio di una nuova vita. Nicola Zecchi era un ginecologo importante e si era innamorato proprio di lei, una escort. Una settimana prima, durante il loro ultimo incontro, le aveva consegnato una chiavetta Usb dicendole di nasconderla.

– Cosa contiene? – aveva domandato lei.

– Meglio che tu non lo sappia. Sarà il nostro passaporto.

– Per dove?

– Non ti preoccupare. Voglio uscirne, non doveva andare a finire cosí, lei non doveva morire.

– Cosa stai dicendo? Chi non doveva morire? Mi spaventi.

– Quando saremo al sicuro ti racconterò tutto. Adesso accontentati di sapere che con queste prove e con i soldi che ho nascosti all'estero non potranno toccarci. Fai ciò che ti ho detto e tieniti pronta a partire.

Cosí aveva fatto. Una volta a casa aveva riempito una piccola valigia e aveva aspettato.

E dopo una settimana, finalmente, era arrivata la telefonata tanto attesa.

Lei però si era agitata. Non aveva capito se avesse dovuto presentarsi nel luogo indicato con la chiavetta o se poi sarebbero andati insieme a prenderla. Nel dubbio, l'aveva lasciata dove era. Una decisione, ora se ne rendeva conto, che non le avrebbe salvato la vita, ma che almeno non l'avrebbe salvata neanche a quello stronzo di Nicola.

L'aveva tradita, come tutti gli uomini.

Vigliacco.

Quando si era resa conto dei guai in cui si era cacciata, era già troppo tardi.

Era arrivata alla villa di Zecchi accompagnata dal suo autista.

Nicola amava il lusso e la discrezione, e per questo di recente aveva acquistato uno dei pochissimi cottage a Crespi D'Adda, lo storico villaggio di case appartenute all'industriale Crespi che adesso erano patrimonio dell'Unesco. Aveva comprato il piú isolato, il piú grande, il piú bello. Al tramonto, quando i turisti che affollavano il sito tornavano alle loro macchine, quel luogo si svuotava. Restavano solo il vecchio cotonificio, deserto e imponente, il castello Crespi, il cimitero e la centrale idroelettrica.

Non appena era entrata, si era accorta che qualcosa non andava. Lui era spaventato, sudava copiosamente ed era evasivo. L'aveva fatta accomodare in salone ed era corso a chiudersi nello studio, come se qualcuno lo stesse aspettando.

Piú i minuti trascorrevano, piú l'ansia di lei cresceva. Per questo aveva deciso di alzarsi e andare a controllare di persona. E i sospetti erano diventati presto certezza quando aveva sentito delle voci sommesse provenire da dietro la porta chiusa dello studio. Allora aveva accostato l'orecchio.

– Sei stato stupido, – stava dicendo qualcuno. – Hai messo a rischio gli affari.

– Non li ho messi a rischio io, ma chi ha ammazzato la ragazza.

– Era andata fuori di testa, è vero. Comunque non doveva succedere. Quella faccenda, però, è stata sistemata. Non credevamo di dovere risolvere anche un problema proveniente dall'interno. Cosa pensavi di fare? Scappare? E con chi, poi? Con una puttana?

– Certo che no… Scappare, io? Volevo farla confessare e raccontarvi tutto.

– Vedremo.

– C… come vedremo? Gli altri ti hanno detto qualcosa?

– Al momento non sei la loro priorità. La loro priorità è lei.

Grazia, dall'altra parte della porta, si era sentita morire. Le gambe avevano ceduto e si era dovuta appoggiare al muro per non cadere. Aveva fatto rumore? Rimase per qualche secondo senza emettere un suono, ma non accadde nulla. Cosa avevano intenzione di fare? E perché? Non riusciva a capacitarsi di essere finita in una situazione del genere.

– Ce l'ha con sé? – stava proseguendo l'uomo.

– Sí, sí. Per ricattarmi, te l'ho detto…

Non era possibile. Cosa stava dicendo? Un ricatto? Lei?

– Appena l'ho saputo…

– Appena lo hai saputo non hai fatto niente. Per fortuna abbiamo i nostri informatori.

Informatori? Di chi stava parlando? Lei era stata di parola e l'unica persona con la quale si era confidata… no, non era possibile!

– Stavo… stavo solo cercando il modo di risolvere il problema.

– Facendola venire qui con la valigia? E la tua? Perché è all'ingresso? Dove pensavate di andare?

– Da nessuna parte. Io devo partire per lavoro, lei... lei invece credeva di scappare con i soldi del ricatto.

– Stai zitto! Adesso devo sbarazzarmi della ragazza e recuperare i file. Poi aspetterò nuovi ordini.

Era stato in quel momento che lei aveva sentito come un *clic* dentro di sé, e la paura era stata sostituita da qualcosa di ancora piú forte: l'istinto di sopravvivenza.

Allora si era messa a correre, correre, senza mai guardarsi indietro. Era uscita dalla villa e aveva continuato a correre, prima attraverso il grande giardino, poi fuori, dopo aver scavalcato il cancello. Lí si era strappata la gonna e aveva perso la scarpa.

Come Cenerentola.

Solo che ad aspettarla non avrebbe trovato una zucca trasformata in carrozza, e a inseguirla non era un principe pronto a raccoglierle la scarpa, ma un assassino.

Dove poteva andare? Quelle ville erano quasi tutte disabitate e intorno non c'era nulla. Si diresse verso la centrale idroelettrica. Lí, forse, avrebbe potuto nascondersi.

Raggiunto il ponte sull'Adda continuò a correre a perdifiato. Le forze la stavano abbandonando. A un tratto, capí. Capí che quella fuga non aveva senso. Non aveva alcuna speranza di cavarsela. Rallentò fino a fermarsi. Con i polmoni in fiamme e la gola secca trovò il coraggio di voltarsi. Non riusciva a vedere niente, era troppo buio, ma sentí. Sentí il rumore dei passi sul ponte di ferro. Lui stava arrivando e per lei era finita.

Decise di sfruttare il poco vantaggio che ancora aveva per fare l'unica cosa sensata.

Si aggrappò alla balaustra e con la mano libera frugò nella borsa, prese il cellulare e chiamò.

Aveva il cuore che pulsava all'impazzata.

Scattò la segreteria.

– Accidenti! Melinda, Melinda, devo parlarti, sono nella merda, – disse. Piangeva. – Mi uccideranno e non so neanche perché. Mi sono fidata dell'uomo sbagliato. Diceva di amarmi, che ci saremmo rifatti una vita all'estero. Credo... credo sia morta una persona, una ragazza, ma non so in che traffici sia invischiato... Mi ha detto di nascondere una cosa e io l'ho fatto, ma adesso... Pronto? Pronto? Oh, merda, – era scaduto il tempo. Richiamò. Di nuovo la segreteria. Doveva fare in fretta. – Melinda, non fidarti di nessuno. Nessuno, capito? E segnati questo numero: 176...

– Con chi stai parlando?

Riattaccò, come una scolaretta trovata in bagno a farsi uno spinello, e cercò di individuare l'uomo nel buio, strizzando gli occhi. Non era ancora vicino, ma poteva distinguerne la sagoma, gigantesca e spaventosa.

– No... non prende, non c'è campo. Vedi? – e sollevò la mano che teneva il cellulare.

L'uomo cominciò a camminare verso di lei strusciando la pistola sui sostegni di ferro del ponte. Il rumore era raggelante.

– Dallo a me, – le ordinò, ormai vicinissimo.

Il volto della donna era rigato dalle lacrime e il mascara, colato lungo le guance, la faceva somigliare a un pierrot. Una caricatura di ciò che era stata fino a qualche ora prima.

Pensò alla sua famiglia lontana, alla nipotina adorata che non avrebbe visto crescere. Pensò a tutto quello che avrebbe ancora voluto fare e che non avrebbe fatto. E allora fu assalita da un moto di rabbia e la tigre che si era tatuata sulla schiena le trasmise la sua energia. Non aveva niente da perdere. Scaraventò a terra il cellulare, sollevò il piede e cominciò a calpestarlo con violenza utilizzando il tacco. Ma

non era facile come pensava. Gli occhi appannati, le gambe
deboli. Il telefono non si era neanche scalfito. Credeva di
compiere un gesto eroico, invece era stato solo l'atto dispe-
rato di una donna fragile, una escort, l'ennesima vittima di
un uomo. Non sarebbe passata alla storia.

– Ora che ti sei divertita, puoi raccoglierlo e darmelo.

– Era... era tutto qui dentro, – mentí lei.

– Lo vedremo.

L'uomo la colpí in faccia con il calcio della pistola e lei
sentí l'osso della mandibola che si spezzava. O forse era la
sua anima. Cadde a terra gridando per il dolore.

Attraverso gli occhi offuscati dalle lacrime vide una
piovra gigante che si chinava su di lei. Poteva scorgere i
tentacoli che si attorcigliavano attorno al collo dell'uomo
e una svastica.

Magari invece stava sognando, magari era già morta.

– Ce l'ho, – disse con la sua terribile voce metallica.

A chi? Grazia non vedeva nessuno, lí.

Poi lui si toccò l'orecchio e lei comprese che stava parlando attraverso un auricolare.

– Ho il suo cellulare. Ha fatto una telefonata...

«Melinda, – riuscí solo a pensare, – perdonami».

– Okay, chiarissimo. Sí, i documenti sono qui dentro.
Sistemo tutto io.

L'uomo dall'altra parte del telefono riattaccò senza aggiungere altro.

La chiamata era conclusa.

La vita della donna anche.

La tigre tatuata sulla schiena aveva tentato il suo ultimo assalto e aveva fallito, eppure sembrò rianimarsi mentre lei si spegneva.

Una smorfia che assomigliava a un sorriso. Perché la tigre sapeva che i documenti erano al sicuro.

II.

24 settembre, mattina
Trarego

– E quindi gli ho detto di anda' a mori' ammazzato.
– Giusto.
– Cioè, capisci che c'ho quasi quarant'anni?
– Giusto.
– E se voglio fa' delle creature? Me rimane poco tempo...
– Giusto.
– Olga! Ma me stai a senti'?
– No.
– Me pareva, infatti.
– Ivana, se smetti di muoverti riesco a finire il disegno.
– Che palle.
Proprietaria di un bar di Cannero, sul Lago Maggiore, Ivana si era trasferita lí da Roma, come era accaduto a Olga, che aveva scelto Trarego perché era abbastanza isolata.

Olga Rosalia Bellomo, trentanove anni a breve, era in perfetta contraddizione con i lontani desideri di sua madre. Sí, perché se Olga Čechova era stata seducente e piena di uomini, tanto da diventare una spia del Cremlino ed essere corteggiata dal Führer in persona, lei era schiva, sospettosa, poco incline all'avventura e alla vita sociale, per nulla avvezza alla seduzione. E considerava questa caratteristica una fortuna.

«Gli uomini non sono capaci di amare, e anche quando credono di farlo è nel modo sbagliato. Guarda che cosa

ho combinato con tua madre e con te. Stanne alla larga»,
le aveva detto il padre.

E lei, che ci era già arrivata da sola, aveva ubbidito
senza alcuna difficoltà. Non che non si accorgesse dell'effetto che aveva sui maschi. Perché Olga, nonostante tutto, e suo malgrado, piaceva. Solo che non se ne curava, al
contrario di quanto aveva fatto la Čechova. Anzi, proprio
questa tendenza a infatuarsi di lei confermava quanto aveva sempre sostenuto, e cioè che i sentimenti, le passioni,
trasformavano anche il piú intelligente degli individui in
uno sciocco facilmente influenzabile.

A lei non sarebbe mai accaduto.

Per questo viveva lí, fra Trarego, dove aveva aperto lo
studio, e Cheglio, dove abitava. Due minuscole frazioni
quasi attaccate tra loro, ottocento metri sopra il livello del
Lago Maggiore, a due passi dalla Svizzera. Le pareva di
essere tornata a Torre San Filippo, non solo perché di rado i turisti salivano in montagna a meno che non fossero
degli appassionati, ma soprattutto perché anche quei luoghi erano infestati da fantasmi.

La gente del posto sapeva infatti che, nelle giornate in
cui la nebbia era particolarmente spessa, il veliero dei san-
guinosi banditi Mazzarditi – sconfitti nel 1414 e gettati
nel lago con una pietra al collo – navigava ancora, nascosto
dalla foschia, alla ricerca di tesori perduti attorno ai castel-
li di Cannero, agli isolotti su cui sorgono le due fortezze
che sembrano affiorare dall'acqua del lago e galleggiare.

E non era l'unica leggenda. A Ciantí, una località in mezzo
ai campi di Cheglio, lungo la strada di montagna che scende
verso il lago, nelle notti di luna piena, a mezzanotte, qualcuno raccontava di aver visto delle streghe ballare intorno
al castagno del diavolo. Persino Olga ne aveva incontrata
una, vestita di bianco e seduta su un masso proprio sotto

quell'albero. L'aveva salutata e lei aveva ricambiato. Ma quando si era avvicinata, la donna era scomparsa.

Ecco perché le piacevano i fantasmi. Scomparivano, si facevano da parte, non potevano ferirla. Ed ecco perché viveva lí.

C'era stato solo un piccolo intoppo: il velo dell'invisibilità era caduto.

Nascosta tra le montagne, la tatuatrice che cancella i brutti ricordi, titolava il pezzo del «Corriere della Sera» uscito quattro anni prima e scritto da una giornalista molto scaltra. Era andata nel suo studio con la scusa di farsi tatuare un orribile tulipano, e non si era certo qualificata come giornalista. Olga aveva percepito che nascondeva qualcosa, ma non poteva sospettare cosa. Poi, quando aveva letto l'articolo, la sensazione di inquietudine aveva avuto conferma. Dove aveva preso quelle informazioni? Non da lei, che non raccontava mai niente di sé. Nessuno conosceva il suo passato, né sapeva perché, quasi dieci anni addietro, si fosse trasferita lí.

Quando Mimí era morta, lei aveva appena compiuto diciotto anni, e proprio il giorno del funerale il padre le aveva intimato di lasciare la casa dove era nata e cresciuta. «Ora che tua madre non c'è piú, è troppo pericoloso e devi rifarti una vita. Ma lontano da qui. Non c'è futuro in questo posto. Non hai futuro. Invece devi averlo».

Olga si era sentita mancare. Quello era il suo mondo, il suo porto sicuro. Lí c'era suo padre, l'unico uomo che avesse mai contato qualcosa per lei, l'unico di cui si fidasse.

«Vai a Londra. C'è una persona che si prenderà cura di te. Me lo deve».

«Una persona? Tu mi hai sempre detto di non fidarmi di nessuno...»

«Di lui puoi fidarti».

«Perché?»

«Perché non mi tradirebbe mai. Ti basti questo. Vai via e non tornare. Londra è la città giusta per ricominciare. Impara un mestiere e gioca bene le tue mosse. Coraggio ne hai, devi solo stare alla larga dalla gente. Non fidarti di nessuno, non innamorarti e andrai lontano».

Cosí Olga era partita. Per sopravvivere con almeno il calore di un buon ricordo, aveva sospeso il giudizio su suo padre. Sul perché fosse partito, sul perché fosse tornato e su cosa avesse fatto nel frattempo. Non aveva potuto fare altro. I pochi anni trascorsi insieme erano tutto ciò che contava, tutto ciò che voleva ricordare. Senza porsi domande sulla natura esatta del «pericolo» che lui le prospettava. Lei e la madre avevano avuto diversi problemi, ma non si erano mai sentite in pericolo. Prima che suo padre si rifacesse vivo. Perché, ora che Mimí era morta, non poteva andarsene con lui? Chi era lui davvero? Quel pensiero però svaní appena formulato, come fosse scritto sulla sabbia.

Per fortuna, la vita insieme a Vincenzo Nardi era stata migliore di quanto avesse immaginato. Non aveva mai scoperto chi o che cosa avesse fatto incontrare lui e suo padre, quale avvenimento li tenesse ancora legati, né mai si era sognata di chiederlo, però il Nardi aveva rispettato la promessa e si era dedicato a lei completamente. Scorbutico ma generoso, silenzioso ma leale, non le aveva mai fatto mancare niente. E da uomo molto attento quale era, aveva presto compreso che Olga possedeva un'incredibile dote per il disegno.

A venticinque anni, quella ragazza magra, sgraziata e incapace di mentire non solo aveva terminato a pieni voti una delle scuole d'arte piú prestigiose di Londra, ma stava già affiancando il numero uno dei tatuaggi, un maestro giapponese specializzato nel *tebori*, una tecnica secondo cui i disegni sulla pelle vengono realizzati a mano, usando una serie di aghi infilati in una canna di bambú e intinti nell'inchiostro. Anche Nardi era andato a scuola da lui. Quando, nel pieno degli anni Ottanta, era arrivato a Londra, era un uomo in fuga da un passato scomodo e alla ricerca di un nuovo equilibrio. E il maestro lo aveva aiutato a uscire da un gorgo infernale dal quale era convinto che un giorno sarebbe stato risucchiato. Si era aggrappato all'arte del tatuaggio quasi ne dipendesse la sua stessa vita. E un po' forse era cosí.

Per questo, non appena aveva notato l'inclinazione di Olga, aveva subito pensato che anche la ragazza potesse essere salvata grazie alla stessa arte.

«Il maestro è pazzo, – l'aveva ammonita alla vigilia della sua prima lezione. – Ma è il genere di pazzia che fa bene all'anima».

«La conosco».

«Lo so».

E cosí Olga aveva seguito le orme di Nardi, ed era stato un sollievo per entrambi. Non sarebbe stato auspicabile per nessuno che lei seguisse quelle del padre. Lo sapeva Vincenzo e, in maniera confusa, lo sapeva Olga.

«Nei tatuaggi giapponesi, – il maestro aveva cominciato con queste parole la prima lezione, – il disegno è una vera e propria opera d'arte, decorativa e spirituale. Dovrai avere cura per sfumature e dettagli fino all'ossessione. Dovrai scegliere bene il soggetto e decidere dove posizionarlo. Tutto ha un significato, persino gli abbinamenti delle figure, i *kara-jishi* e... Olga, non riesco a proseguire, proprio non ce la faccio!»

«Perché?»

«Sei vestita di nero! E il nero mi soffoca, mi travolge. Sento le tue energie negative che avanzano verso di me.

Insomma, sembri un becchino! Apri le finestre, facciamole uscire!»

«Chi?»

«Le energie negative! Qui tutto deve essere bianco. Io sono bianco!»

«Sí, però non le dona».

«Stai parlando del colore della purezza, del candore, della spiritualità... In che senso non mi dona? Perché?»

«Be', perché lei è grasso!»

«Materialista!»

Eppure, tra i due era stato quasi subito amore. E contrariamente alle premesse, proprio la parte spirituale di quell'arte, per Olga, era diventata presto la piú importante. Nardi ci aveva visto giusto. Secondo il maestro, e con suo grande stupore, la ragazza riusciva a *sentire* le persone. Capiva quando il tatuaggio diventava un mezzo per cancellare le tracce del passato, per rimuovere ricordi infelici e trasformarli in qualcosa di nuovo; e questa sarebbe diventata la sua specialità.

Olga era ossessionata dalla memoria. Nemmeno al padre l'aveva mai confidato, ma aveva paura di dimenticare, come era successo alla madre. Non era stupida, sapeva che l'Alzheimer era ereditario. Una mattina, sapeva anche questo, si sarebbe potuta svegliare senza piú un ricordo. Perciò, con gli anni, aveva trasformato il suo corpo in una sorta di mappa simbolica di ciò che contava per lei. Tutti i tatuaggi avevano un preciso significato. Il fiore di ciliegio che il maestro le aveva disegnato sulla spalla e su parte del braccio, per esempio, stava lí a ricordarle che si poteva morire in qualsiasi momento, che la vita era transitoria e la bellezza ancor piú evanescente, come quella del fiore di ciliegio, appunto, il fiore dei Samurai. Dopo quel primo disegno, ne erano arrivati molti altri. Ognuno aveva un compito specifico. Ricordarle l'esistenza del coraggio, della saggezza, della fortuna, ricordarle di sua madre, dei fantasmi, di Torre San Filippo.

– Ho finito, – disse Olga, contemplando il suo capolavoro.

– Anvedi che roba! C'ha pure le tette, – Ivana era entusiasta.

– Non ricordo di avere mai visto Fujiko senza...

– Orazio lo stendo! Cosí se impara a anna' a scopa' in giro, manco fosse Lupin III davero. Fujiko m'assomiglia, eh?

– No, per niente.

– E dilla 'na buggia qualche volta!

– Non mi piace mentire, non sono capace. Poi perché dovrei?

– Pe' fa' felice le persone.

Olga aggrottò le sopracciglia.

Era una bella frase, ma doveva rifletterci. Le bugie potevano regalare la felicità? Lei non riusciva a dirle e basta, ma non aveva mai pensato che la verità potesse rendere addirittura infelici. Sicuramente, la sua schiettezza l'aveva aiutata a tenere alla larga le persone, e siccome le persone non le piacevano, non se ne era mai fatta un problema, anzi. In effetti sua madre, che amava circondarsi di gente, raccontava un sacco di bugie ed era felice. O forse invece a renderla felice, in quanto immemore, era stato l'Alzheimer. Sognava di calcare le scene, Mimí, di vivere un'esistenza piena di cene e feste notturne in compagnia di attori e intellettuali. Il teatro russo era la sua passione, e spesso confondeva l'amore che provava per il padre di sua figlia con quello di Olga Knipper, anche lei attrice, nei confronti di Anton Čechov. Ma grazie alla malattia non aveva rimpianti, non conosceva la cocente delusione dei sogni non realizzati, non rammentava il dolore per essere stata abbandonata da un uomo che giurava di amarla. Questo l'aveva resa felice. Non le bugie. Domenica Rosalia Bellomo, detta Mimí, figlia di nobili decaduti, era una ragazza strana, per molti un po' fuori di testa, ma dotata di un'allegria e di una gioia di vivere che la rendevano cara a tutti. Era generosa e aperta al mondo, chiacchierona e bellissima. Lei sí che assomigliava a Olga Čechova, sia nell'aspetto che nello spirito. Confusa ma felice, prima di morire aveva detto alla figlia la frase che Eleonora Duse aveva rivolto alla sua allieva Olga: «Quello che devi capire è che in scena bisogna andare nudi!»

«Mamma, non sono un'attrice».

«Tesoro mio, in questo grande palcoscenico che è la vita lo siamo tutti. Impara a spogliarti».

Su due piedi Olga aveva solo pensato che Mimí fosse ormai completamente fuori di sé. Negli anni, a mano a mano che la sua corazza contro i sentimenti si faceva piú dura, si era detta che sua madre era piú lucida di quanto lei immaginasse. Certo piú di quando aveva scelto suo padre come compagno: da che era rientrato nella sua vita, Olga si interrogava su cosa avesse potuto attrarre uno verso l'altra due persone tanto diverse. Forse lui aveva capitolato davanti a una donna che rappresentava ciò che gli mancava: la leggerezza, la stravaganza, l'allegria. Come e dove si fossero conosciuti era un mistero. Nessuno in contrada Santa Rosalia, da Giarratana a Ragusa, sapeva chi fosse l'uomo che aveva messo incinta la bella Mimí. E non era stato difficile tenerlo nascosto. Mimí era semplicemente tornata a casa in dolce attesa, dopo anni passati a studiare recitazione in giro per il mondo. Era rientrata nella sua antica e nobile famiglia – cosí nobile da aver dato il nome alla contrada –, ma delle cui fortune restava solo la masseria nascosta nelle campagne e circondata da un piccolo appezzamento di terreno proprio a Torre San Filippo. E lí, tra fantasmi di donne, ululati di cani e leggende terrificanti...

– Che stai a pensa'?

La voce di Ivana richiamò Olga al presente.

– Scusa, hai ragione. Pensavo alle ragioni che mi hanno portato qui.

– A me, me c'ha portato quello stronzo de Orazio, potesse mori' ammazzato.

– Ma non ne eri innamorata?

– Certo, però da morto lo amerei di piú.

III.

24 settembre, tardo pomeriggio
Cheglio

«L'assassino è il colonnello Mustard. L'ha ucciso con il candelabro, nella sala da ballo».

«Accidenti, Jessica. Come hai fatto?» le scrisse Nikita.

Jessica Fletcher era il nickname che Olga aveva scelto per il web.

«Non c'è gusto, vince sempre lei», Dangerous, che in verità non era pericoloso per niente, sembrava nervoso.

«Giochiamo di nuovo, piú tardi?» si intromise Jon Snow.

«Certo, – digitò subito Olga. – Ci siete tutti?»

«Presente», scrisse Dangerous e, come lui, gli altri sette partecipanti.

Tutti, tranne uno, Frodo. «Io passo, devo uscire con la mia ragazza. Tanto la Fletcher è imbattibile».

Ed era vero. Scacchi, dama, Cluedo: nei giochi di strategia eccelleva, dai piú semplici ai piú complessi.

I misteri erano da sempre la sua passione. Chissà, forse la suggestione della Čechova era stata piú forte di quanto sua madre non pensasse, o forse, piú semplicemente, in quel mondo virtuale lei poteva muoversi senza temere di essere scoperta, senza esporsi piú del necessario.

Vincenzo Nardi, il Nardi, prima di morire le aveva lasciato quella casetta a due piani, nascosta lungo la strada di montagna che da Cheglio scendeva a Cannero verso il lago, proprio a due passi dal castagno del diavolo.

– Lí sarai al sicuro, credimi, – le aveva detto mentre erano dal notaio a firmare l'atto di donazione. – Non so in che stato la troverai. Non rientro in Italia da trent'anni. Ma sono certo che qualcuno se ne sarà preso cura –. E su quel «qualcuno» aveva sorriso appena, o cosí era parso a Olga.

Non si era sbagliata. Giacomina, l'allora giovane ragazza innamorata del bel Nardi, aveva continuato a occuparsi dell'abitazione in attesa che lui tornasse. Anche oggi, che non era piú tanto giovane, non smetteva di farlo. Quasi lui avesse potuto comparire lí all'improvviso.

– Giacomina, – le diceva Olga, – non serve piú che tu venga.

– Certo che è necessario. Se no il Nardi chi lo sente, se la casa non è in ordine?

– Ma è morto!

– Chi può dirlo?

– Il certificato.

– Sciocchezze, chi vuoi che ci creda?

– Be', io, se la mia opinione conta qualcosa.

– Le carte dicono altro.

E su quello non c'era da discutere. Giacomina si considerava un'esperta cartomante.

Sapeva predire il futuro, almeno cosí le piaceva credere. E non aveva mai smesso di sostenere che l'amore e la seduzione facessero girare il mondo. Era stata una ballerina e un'insegnante di burlesque, anche abbastanza famosa nel territorio svizzero, e a Olga ricordava molto sua madre. Avevano lo stesso, incomprensibile entusiasmo per la vita.

La casa non era l'unica eredità che Nardi le aveva lasciato, purtroppo. Con il corpo e la mente annebbiati dalla morfina, somministrata per sedare il tormento di un tumore al pancreas che lo aveva travolto in pochi mesi, le aveva fatto una rivelazione, forse senza nemmeno comprenderne appieno la portata. Il motivo per cui lui e suo padre erano stati uniti e ancora, in un certo senso, lo erano.

C'era di mezzo una bambina. Una bambina che si trovava nel posto sbagliato al momento sbagliato e che li aveva visti e avrebbe potuto riconoscerli. Olga era riuscita a capire che la storia non finiva bene, poi il racconto si era fatto confuso. Era chiaro, però, che ciò che univa i due uomini non era rispetto o fiducia, ma un patto. Un patto che nessuno di loro poteva permettersi di rompere.

«Ora sono libero, – le aveva sussurrato il Nardi in punto di morte. – Io proprio non ho potuto. Non glielo dire mai!»

Non dire cosa? Cosa non doveva dire al padre e perché? Per Olga, quella storia appena accennata ma di certo sinistra aveva poco senso. Aveva combattuto per un po' con il desiderio di sapere, con la tentazione di mettersi a indagare. In seguito, con decisione, aveva scelto di ignorare la questione, come pure tutte le altre che riguardavano il padre. E gli anni erano passati.

Era la fine di settembre, il lago iniziava a svuotarsi e il veliero fantasma ad apparire. Le streghe, invece, non se ne erano mai andate. Cominciava il lungo periodo in cui Olga rimaneva sola con i pochi abitanti del luogo. Come Max e Sebastian, una giovane coppia che aveva aperto con impegno e fatica un parco avventura per ragazzi, piú su, sul monte Carza. Olga non avrebbe saputo dire se quella con loro due fosse una vera amicizia, ma in effetti lo sembrava, e lei faticava ad ammetterlo. Restavano comunque le uniche persone che erano riuscite ad avvicinarsi. Poi c'era Antonio, proprietario della drogheria di Cheglio, che apriva il piccolo negozio negli orari piú strani – e da cui non era mai riuscita a procurarsi ciò di cui aveva bisogno nel momento in cui ne aveva davvero bisogno. C'erano Guido, che gestiva una piccola distilleria, e Guglielmo, proprietario di una baita, *La luna sul lago*. Lui era anche il rappresentante delle cantine piú pregiate del territorio, oltre che un noto dongiovanni. Infine venivano Ivana, la titolare del bar di Cannero, con il suo Orazio, e naturalmente Giacomina, che faceva le carte a tutti gli abitanti della zona fino a Verbania.

Era la sua piccola comunità, le persone con cui aveva imparato a interagire.

E le andava bene cosí. Non aveva bisogno di altro.

Si allontanò dal computer e prese il diario. Si era abituata fin da bambina a scrivere ogni giorno ciò che le accadeva. Ne aveva accumulate pile intere, di quei quaderni, nel corso degli anni, e li custodiva con cura, chiusi in un armadio. Era stato suo padre a insegnarle che non esistevano le coincidenze e che ogni irregolarità andava catalogata con rigore per poterla ricordare e inserire nella concatenazione degli eventi. Perché bisognava stare sempre all'erta, cogliere ogni aspetto che sembrasse fuori posto.

«Nessuno dovrà mai trovarti impreparata», le diceva.

Ma per Olga quei diari erano molto di piú. Erano i depositari dei nomi di tutti i clienti che andavano da lei, delle storie, delle confidenze che raccoglieva, dei disegni che realizzava per ciascuno di loro. Perché, quando fosse arrivata la famigerata mattina, quella in cui si sarebbe svegliata e non avrebbe piú ricordato niente, i diari, insieme ai tatuaggi che aveva sul corpo, l'avrebbero aiutata.

Sorrise pensando alla bizzarra piega che aveva preso la sua vita. Viveva nel terrore che la sua memoria potesse un giorno azzerarsi, e trascorreva la maggior parte del tempo a cancellare i ricordi degli altri. I loro dolori, le cicatrici. Lei, al contrario, avrebbe voluto conservarli tutti.

Guardò il *kara-jishi*, il cane leone che aveva sull'avambraccio, e sperò che riuscisse davvero a cacciare gli spiriti maligni, perché aveva una strana sensazione.

IV.

24 settembre, tardo pomeriggio
Cheglio

Chiuse il diario e si alzò dalla scrivania. Doveva preparare la cena. Lo squillo di Skype la bloccò.

«No, è Melinda! – pensò con un'occhiata al monitor. – Non mangerò mai».

Melinda Malaguti, in arte Malice. Una escort.

Si erano conosciute quattro anni prima, proprio grazie all'articolo del «Corriere della Sera».

– Ho uno squarcio sul petto, – le aveva detto Melinda al telefono. – Devo cancellarlo. Puoi farlo per me?

– Certo, quanto è profondo?

– Una voragine.

– E la lunghezza?

– Non saprei, ma sembra attraversare tutto il corpo.

Olga allora aveva compreso ciò che la ragazza non aveva avuto il coraggio di confessare, e si era messa al lavoro in quella direzione. Aveva disegnato un geco, simbolo di rigenerazione e capacità di sopravvivenza, e una carpa Koi, simbolo di immortalità e coraggio.

Quando Melinda era arrivata a Trarego, si era sbottonata la camicia con timore, mostrando una pelle liscia come la seta.

– Scusa, forse sono stata poco chiara e…

Ma Olga non si era scomposta. – Le cicatrici dell'anima sono le piú difficili da cancellare. Avanti, al lavoro!

Ci erano volute cinque lunghe sedute per portare a termine il tatuaggio.

– Perché una carpa? – le aveva domandato Melinda distesa sul lettino.

– Perché le carpe risalgono le correnti, raggiungono la Porta del Drago, diventano dragoni e ottengono l'immortalità. E quando vengono catturate affrontano la lama del coltello senza paura. E tu sei come loro. Hai combattuto e ti sei rigenerata.

Era stato allora che Melinda aveva deciso che quella tatuatrice non sarebbe uscita dalla sua vita tanto facilmente. E sebbene fosse insolito, per Olga, restare in contatto con i suoi clienti – o per la verità restare in contatto con chiunque –, non aveva messo in conto la determinazione di Melinda che, per conquistare il cuore della refrattaria tatuatrice, aveva spedito parecchie sue colleghe lí a Trarego. Cosí il minuscolo paesino aveva assistito al viavai di ragazze giovani e bellissime. Una passerella che aveva scombussolato gli animi e i corpi di parecchi abitanti.

Guglielmo, il proprietario della *Luna sul lago*, in pratica si era trasferito da Olga, quasi dimenticandosi degli affari. Gli escursionisti raccontavano che, arrivati su in baita, spesso trovavano l'ingresso sbarrato ed erano costretti a scendere restando digiuni. Orazio aveva perso la testa. Si presentava in studio molto presto la mattina e si piazzava davanti alla porta con l'atteggiamento, e l'abbigliamento, di quando da ragazzo faceva il buttafuori nelle discoteche sul lago. Poi Ivana era riuscita a riportarlo alla ragione. Nessuno aveva mai saputo come. Semplicemente, Orazio aveva smesso di andare lí. Guido aveva trasferito la distilleria nello studio di Olga e organizzava degustazioni tra un tatuaggio e l'altro, mentre Antonio, per la prima volta in vita sua, aveva tenuto l'emporio aperto ventiquattr'ore su ventiquattro, nella speranza di veder entrare una delle ragazze. Non mangiava, non dormiva, finché Sergio, il medico di Cannero, e Gianluigi, il sindaco, non erano intervenuti dandogli il cambio in negozio. E non si era trattato di un gesto altruista, ovvio.

A Olga le mattane dei maschi del paese interessavano poco, a parte il fatto che confermavano la sua opinione sugli uomini in generale. Però la cocciutaggine con cui Melinda aveva deciso di entrare nella sua vita, riversandole addosso vagonate di affetto ingiustificato, in qualche modo aveva fatto breccia.

Prese la chiamata Skype.

Il viso di una bellissima ragazza dai capelli ramati e gli occhi neri comparve sullo schermo. Lei evitò di attivare il video, invece. Melinda aveva un concetto del tempo unico e Olga sperava di poterla dissuadere da una lunga chiamata.

– Volevo dirti alcune cose, – le disse Melinda. – Sai che non riesco a parlare se non ti vedo.

– Quella era l'idea, infatti.

– Ma che stronza! Guarda che se non ti va puoi dirlo chiaro e tondo!

– Non mi va.

– Cazzo, Olga, e raccontala una bugia una volta tanto! Che avevano, tutti, quel giorno?

– Mi hai chiesto tu di dire la verità.

– Be', mentivo!

– Cioè, tu mi hai chiesto di essere sincera, ma in realtà speravi che mentissi?

– Sí, è cosí che funziona tra amiche, tra persone che si vogliono bene. Capita di mentire per affetto. Olga, nessun uomo è un'isola.

Lei per un attimo tornò ragazzina.

– Dove l'hai sentita questa frase?

– L'ho letta da qualche parte. Ed è vera. Tutti abbiamo bisogno di qualcuno.

– Io no.

– Ma magari gli altri sí. Magari io ho bisogno di te, ho bisogno che tu menta, ogni tanto. Comunque, alzo le mani. Tanto piú che non ti ho chiamato per discutere di questo. Adesso posso parlare?

– Sarai veloce?

– Velocissima.

– Avanti, dimmi, – capitolò, e attivò il video, rassegnata.

– Ecco, ora va meglio. In realtà, non so da che parte cominciare. Tu non volevi che me ne occupassi, io però lo sto facendo lo stesso.

– Di che stai parlando?

– Hai letto del suicidio di Nicola Zecchi, il mega ginecologo?

– Sí, cos'ha a che fare con te?

– Era un cliente fisso di Grazia. Si era innamorato di lei, almeno stando a quanto le aveva detto. Quindi, capirai bene che un collegamento deve pur esserci.

Olga scattò in piedi. – No, Melinda! Te l'ho ripetuto un milione di volte! Devi stare alla larga da questa storia, il mondo non è un bel posto dove vivere, e se ci metti il carico da novanta…

– Tu come fai a saperlo? Non lo hai mai visto, il mondo.

– Io leggo tantissimo! Senti, è pericoloso, molto pericoloso. Per favore, lascia che ci pensi la polizia.

– La polizia non sta facendo nulla, Olga. Siamo delle escort! Chi vuoi che si dia pena per una prostituta scomparsa? Io però devo farlo, capisci? Grazia era un'amica… Ah, parlo già al passato. Grazia è un'amica, come lo sei tu. Se ti succedesse qualcosa, io me ne occuperei. Tu non faresti lo stesso per me?

– Non ti succederà niente, se starai lontana dai problemi.

– Ma lo faresti?

– Ovvio che sí.

– Allora perché non capisci che non posso lasciar correre? E comunque, volevo parlarti pure di un'altra cosa. Però, – Melinda sbirciò l'ora sul computer, – non ho tempo, adesso... Sono due giorni che ho la sensazione che qualcuno mi pedini. Mi sento osservata. Magari sto solo diventando paranoica. È che da quando sono andata in un posto, stavo seguendo le tracce di Grazia, io...

– Melinda, cosí non mi stai aiutando.

– Hai ragione, scusa. Ti racconterò tutto domani, prometto. Sto divagando. Volevo dirti che ho conosciuto un uomo. Non un cliente, un uomo vero. Pericoloso –. Poi, osservando l'espressione dell'amica, si precipitò ad aggiungere: – Non pericoloso nella maniera che credi tu. Sto parlando di un altro tipo di pericolo. Quello del fascino, del carisma e dell'ineffabilità.

– Ineffabilità?

– Sí, non sai che cosa vuol dire? È quando qualcuno ha qualcosa... qualcosa di...

– Di ineffabile, appunto. So bene che cosa significa e non mi piace.

– A te non piace niente.

– Lo sa che lavoro fai?

– Sí, e non gli importa ...

– E lui?

– Lui, cosa?

– Qual è il suo lavoro, ammesso che ne abbia uno?

– Certo che ce l'ha, è proprio grazie al suo lavoro che ci siamo conosciuti! Ed è qui che volevo arrivare. Mi sta aiutando a cercare Grazia, ma a lui non l'ho detto.

– Detto cosa? Mi stai facendo preoccupare.

– Ma no, la polizia sa tutto, hanno preso nota, anche
se di sicuro non gliene importa un fico secco, per loro non
è rilevante, e...

– Rilevante?

– Il fatto che la notte in cui Grazia è scomparsa io abbia
ricevuto una sua telefonata. Una roba straziante, Olga. Solo
che dormivo ed è scattata la segreteria. Non ho ancora capito che cosa volesse dirmi. Aspetta, te la faccio ascoltare.

La voce disperata di Grazia rimbombò nella casa: «Segnati questo numero: 176...»

Quando l'amica tornò a guardarla, Olga stava già cercando di processare i dettagli del messaggio.

– Fa impressione, eh? Peccato, perché per me questi tre
numeri non hanno senso. E hai sentito? Accenna a un'altra ragazza scomparsa. O meglio, morta. E dice di non fidarmi di nessuno... Di che sta parlando? C'è qualcuno lí
fuori che si è messo in testa di ucciderci tutte?

– Stammi a sentire, Melinda. Cancellalo subito. Anzi,
fammelo risentire che lo registro, e dopo cancellalo, ti prego.

– Perché? È una prova!

– Appunto.

Melinda fece partire di nuovo la segreteria e Olga avvicinò il cellulare al pc.

– Okay, si sente abbastanza bene. Adesso ce l'ho io, oltre che la polizia, ed è piú che sufficiente. Non voglio piú
che tu... – ma la frase venne interrotta dallo squillo del
cellulare di Melinda.

– Che palle, mi tocca rispondere, è un cliente. Dopo
devo prepararmi a uscire.

– Per andare dal cliente?

– No! Dall'uomo di cui ti sto parlando da dieci minuti!

– Quello che ti sta aiutando a trovare Grazia? E dove
andrete?

– L'appuntamento è allo *Starlight*, poi si vedrà.

– Devi sempre sapere dove vai. Per poter gestire la situazione, calcolare i rischi.

– Madonna che palle che fai venire. Sai che ti ci vorrebbe? Una sana scopata!

– Ma che c'entra? Non è che quando scopo non calcolo i rischi, anzi. Faccio la mappatura della zona, studio il luogo, le abitudini e… Be', che c'è? Perché mi guardi cosí?

– Olga, tu mi fai paura. Se non fossi mia amica… Diciamo che non ti vorrei come nemica, ecco. Ora vai a studiare la pianta del territorio della tua prossima vittima, io rispondo al telefono, – disse, e spense Skype.

Olga rimase davanti al monitor muto, in preda a un profondo senso di disagio.

Prese il diario e cominciò a scrivere. Non voleva tralasciare nulla di quella strana conversazione. C'era piú di quanto all'apparenza le sembrava di avere recepito.

Anche nel messaggio lasciato da Grazia.

Era vero, non conosceva il mondo, ma suo padre gliene aveva fatta una descrizione molto dettagliata e quella registrazione apparteneva proprio alla parte di mondo che sarebbe stato meglio non conoscere mai.

25 settembre, primo pomeriggio
Trarego

Melinda non aveva piú risposto al telefono.

Olga aveva provato a contattarla spesso nell'arco della giornata, ma il cellulare risultava sempre staccato.

Nell'attesa, aveva riascoltato almeno dieci volte il messaggio di Grazia, senza però riuscire a raccapezzarsi.

Si riteneva responsabile. Se non fosse stata scorbutica, a quest'ora avrebbe avuto maggiori informazioni. E se per colpa sua a Melinda fosse successo qualcosa?

In fondo era l'unica persona che non le aveva mai chiesto niente della sua vita, e che nonostante ciò le aveva dato una fiducia incondizionata, confidandole i segreti piú intimi. Le aveva raccontato delle sue paure, della madre, del patrigno che abusava di lei, e proprio durante quella confessione la stessa Olga era stata tentata di parlare. Poi, però, le era rimbombata in testa la voce del padre che la ammoniva di non farlo, e l'impulso era passato. Aveva mantenuto il silenzio.

Eppure si era sentita vicina a quella ragazza, cosí diversa da lei, come non lo era mai stata con nessuno. Avrebbe voluto abbracciarla, ma non ce l'aveva fatta. Avrebbe voluto dirle che anche lei aveva paura, paura di dimenticare, per esempio, ma non ce l'aveva fatta. E siccome non poteva tornare indietro e rivivere quel giorno, aveva deciso che meritavano entrambe un'altra occasione.

Per questo, avrebbe terminato l'ultimo tatuaggio, un uccello rapace sul fondoschiena di una signora, una certa

Adele Lamborghini – nessuna parentela, purtroppo per lei, con la famiglia di imprenditori –, e sarebbe andata a Milano. Voleva controllare che tutto fosse a posto. Di sicuro non era successo niente, e la serata sarebbe finita con chiacchiere e un bicchiere di vino, ma era parecchio strano che Melinda avesse il cellulare spento per tante ore.

Durante la notte appena trascorsa, il telefono aveva squillato: sulle prime le era sembrato parte del sogno su suo padre che stava facendo. Nel corso degli anni, Olga si era interrogata a lungo sul modo in cui lui era ricomparso nella sua vita e sulla loro strana relazione. Gli allenamenti a cui la sottoponeva, le regole ferree che voleva che seguisse, la soglia di attenzione che doveva essere sempre alta, l'anonimato, la segretezza, ma non era riuscita a darsi una risposta. O forse non voleva. E dal momento che lei era una che non dimenticava, perlomeno non ancora, per rimuovere le domande aveva dovuto fare violenza alla sua mente.

Olga si era agitata nel sonno, mentre quelle stesse domande tornavano a ondate, quasi si fosse rotta una diga. Perché suo padre doveva tenere nascoste le persone che amava? Qualcuno le avrebbe prese? Cosa volevano questi ipotetici nemici? Suo padre era una persona molto potente o molto cattiva? Non poteva essere la seconda. Lei non era cattiva quindi di sicuro non lo era neppure lui. Forse. Cosí, la vocina che la ammoniva di stare alla larga da un uomo già dimostratosi inaffidabile era stata messa da parte. Quello era suo padre, anche se un tempo le aveva abbandonate aveva di sicuro avuto ottime ragioni. In che modo avrebbe potuto allontanarsi dall'unico uomo di cui si fosse mai fidata? L'unico che le volesse bene, che la vedesse come la bambina piú bella del mondo e che le insegnasse cose che nessun'altra ragazzina della sua età avrebbe mai potuto neanche sognare di sapere? Allora lo perdonava e, pur con un senso di disagio, ignorava quella vocina. Qualsiasi risposta alle sue domande si sarebbe rivelata un fardello pesante da sopportare.

Eppure, la sua coscienza il fardello se l'era già accollato, visto che proprio quella notte aveva deciso di tormentarla nel sonno. Mentre il cellulare continuava a squillare, lei nel sogno si trovava con il padre nel capanno degli attrezzi, e parlava al telefono con qualcuno. Fuori infuriava una tempesta. «Nessun uomo è un'isola», stava dicendo il padre. O era Melinda? «Io sarò un'isola», rispondeva lei, decisa, sicura. Niente legami. Voler bene a una persona significava rimettersi alla sua mercé.

A quel punto si era svegliata. La finestra di fronte al letto si era spalancata per via del temporale e un vento gelido aveva inondato la mansarda, facendo volare a terra i fogli con i suoi disegni per dei nuovi tatuaggi.

Ancora stordita dal sogno, stringendosi in un maglione di lana, era scesa dal letto, aveva chiuso i vetri e raccolto i disegni. Solo dopo aveva controllato il cellulare.

Erano le due del mattino e c'erano ben tre telefonate perse. Tutte di Melinda.

Sopraffatta da una bruttissima sensazione, aveva provato subito a richiamare, ma la linea non era attiva. Perché, perché non si era svegliata? Non le restava che aspettare la mattina, sarebbero state ore molto lunghe. Alla fine Melinda le avrebbe risposto con la sua solita allegria, raccontandole i dettagli di una serata di cui a lei non fregava nulla. Aveva sorriso. Sarebbe andata a finire proprio cosí.

Con tutti questi pensieri in testa, era andata in cucina e si era preparata un panino con il prosciutto e un caffellatte con i biscotti. Aveva divorato la ricotta di capra con una spolverata di cannella e gli avanzi del dolce che Max e Sebastian le avevano portato quella sera dal *Grotto Carza*, il ristorante del parco avventura. Faceva sempre cosí, quando era nervosa. Mangiava qualunque cosa e a qualsiasi ora. Ma niente era bastato a calmarla. Aveva giocato due partite a Cluedo on line, vinte entrambe, e verso le cinque del mattino, non sapendo piú come impegnare il tempo, aveva cominciato a tirare pugni al sacco da boxe che pendeva dal soffitto in mezzo al salone. Alle sette, sfinita, aveva fatto la sua corsa quotidiana, poi si era preparata un'abbondante colazione ed era andata ad aprire lo studio in attesa dell'arrivo del primo cliente. La sensazione di angoscia, però, non l'aveva mai abbandonata, né durante la corsa, in cui aveva persino avuto l'impressione di essere osservata, né durante l'intera giornata. Tanto che adesso non vedeva l'ora di liberarsi di Adele Lamborghini e fiondarsi a Milano per sincerarsi che la sua amica, sí, proprio la sua amica, stesse bene.

VI

25 settembre, primo pomeriggio
Trarego

– Il disegno mi piace tantissimo, – disse Adele, – era quello che volevo.

– Sono contenta. Ci ho lavorato parecchio dopo che ci siamo sentite. Mi aveva fatto capire che desiderava qualcosa che avesse la stessa funzione del punto e a capo. Qualcosa che dicesse: da qui riparto.

– Esattamente. Qualcosa che mi facesse dimenticare il modo in cui ho vissuto fino a oggi. E un uccello rapace tatuato lí è simbolico, giusto?

– Non proprio, l'uccello…

– È un messaggio subliminale!

– Subliminale di cosa?

– Be', sí, insomma… attira…

– Chi?

– Gli uomini!

– Signora, crede davvero che un uccello tatuato sul sedere possa aiutarla a rimorchiare?

– Perché? Non è cosí?

– No!

– Lei è una ragazza molto cinica.

– Realista.

In fondo, però, a Olga piacevano le tipe che vedevano in un tatuaggio il punto di svolta. E spesso accadeva davvero, svoltavano, ma solo grazie al potere della suggestione. Se credi che una cosa possa succedere, prima o poi succederà.

Di certo lei aveva fatto un ottimo lavoro.

– Comunque, è bellissimo, – disse di nuovo la cliente mentre si contorceva nel tentativo di guardarsi il fondoschiena allo specchio.

– Bene. Ma si ricordi: l'importante non è ciò che rappresenta, ma come la fa sentire.

– Vuole proprio saperlo?

– No, non è necessario. Può anche solo pensarlo.

– Un po' puttana.

– Magnifico.

Adele pagò e, camminando come se il tatuaggio potesse rilasciare ferormoni, si diresse verso l'uscita. Sulla porta incrociò Max, che stava entrando.

– Salve, – lo salutò lei, appoggiandosi languida allo stipite.

– Buonasera, signora.

– Ma quale signora e signora! Adele, solo Adele.

– Molto piacere, Adele. Che eleganza.

In effetti, Olga lo notò solo in quel momento, la Lamborghini indossava un cappottino piumato niente male.

– Grazieee!

– È la pura verità.

– Che detta da un bel giovanotto come lei…

– Troppo buona.

– Vede? – cinguettò, rivolta a Olga. – Avevo ragione! L'uccello funziona! – e mentre lo diceva, strappava con foga le piume dal cappotto.

– Prego? – Max sperò di avere capito male.

– Sí! Il mio uccello! – gridò. – Funziona!!! – E scomparve oltre la porta, lasciandosi alle spalle una nuvola di piume blu.

– La signora ha un uccello? – domandò Max, sputando le piume che gli erano finite in bocca.

– Lascia stare.

– Adoro. Dunque, sono qui per dirti che oggi non si accettano scuse. Stasera tutti da Guglielmo. Ho prenotato un tavolo alla *Luna sul lago*.

– Temo di averne già pronta una, invece.

– La solita stronza.

– Mi dispiace, ma devo fare una cosa importante.

L'amico sapeva che quando Olga assumeva quel tono non c'erano discussioni e non insistette.

– Peccato. Comunque non ero passato per questo. Ho incrociato Giacomina che stava venendo qui tutta affannata e non volevo perdermi la rivelazione.

– Quale rivelazione?

– Eh. Dice che ne ha una.

– Che sta succedendo in questi giorni?

– Non so, che sta succedendo?

Proprio allora Giacomina fece il suo ingresso. Max aveva ragione, sembrava in affanno.

– Olga, meno male che ti ho trovata. Stanotte mi è apparso in sogno il Nardi. Mamma mia, com'era bello... Va be', non è questo il punto, anche perché viene a trovarmi quasi ogni notte, sai?

– Certo, – disse Olga, comprensiva.

– Il punto è quanto mi ha detto. Cito testualmente: Mina, lui mi chiama sempre cosí, gira una carta a Olga. Fallo per me. E io non ho potuto far altro che eseguire. Capisci? Era angustiato.

– Giusto.

Quanto ancora avrebbe dovuto sostenere quella situazione?

Il tempo stava scorrendo e ogni minuto che perdeva lí era un minuto tolto a Melinda.

– E quindi? – Max non stava nella pelle.

– È uscito il Matto! Il Matto!

– Che palle, chissà che cosa credevo. Sono tutti matti, compresa Olga, – e cosí dicendo l'amico, che già si era seduto sul lettino dei tatuaggi, ci si sdraiò. – Oooh, è comodissimooo.

– Okay, grazie Giacomina. Ora so che devo guardarmi da un matto, – le disse lei mentre cercava di spingerla verso la porta.

– Ma no, cos'hai capito? – le rispose Giacomina, restando immobile senza accennare a volersi spostare da dove si trovava. – Nelle carte il Matto rappresenta il maschio, l'uomo creativo, intelligente, scaltro.

– Benissimo. Mi guarderò intorno e ti prometto che, se ne incrocerò uno, me ne terrò alla larga. Ora, se non ti dispiace…

– Per l'amor del cielo, Olga. Devi fare il contrario! Perché quando si incontra il Matto, lui ti cambia la vita.

– Giacomina, la mia vita non ha bisogno di essere cambiata, men che meno da un uomo. Matto, per giunta. Poi il sesso non mi appassiona…

– Non bestemmiare! – gridò Max, mettendosi a sedere impettito sul lettino.

– Credevo ti fossi addormentato.

– Sonnecchiavo, ma ero vigile! E certe cose non le voglio sentire.

Era vero, però. Olga pensava che il sesso in fin dei conti fosse noioso. Aveva cominciato presto, a quindici anni, perché le sue compagne di classe non parlavano d'altro e lei si era incuriosita.

Era successo il giorno in cui aveva avuto la conferma di essere strana. Già aveva un padre di cui tutti ignoravano l'esistenza e che la incontrava di nascosto per impartirle singolari addestramenti; sapeva leggere, scrivere e fare di

conto ben prima degli altri bambini della sua età. E non
aveva filtri. Diceva ciò che le passava per la testa. Le sue
compagne di classe la tenevano a distanza e la guardavano con diffidenza. Il problema era che a lei piaceva stare
da sola. Per tutte queste ragioni la madre aveva deciso di
portarla da un dottore, un neurologo di Ragusa. E la risonanza magnetica in effetti aveva evidenziato un danno
al lobo frontale del cervello. Come per i serial killer. Ma
questo lo aveva pensato solo lei, almeno cosí aveva sperato.

«Avrebbe dovuto capirlo molto prima. I sintomi erano
inequivocabili», aveva detto serio il dottor Ersilio Roccasecca, seduto di fronte a Domenica.

«Sintomi inequivocabili di cosa?»

«Di una qualche malattia mentale, una deficienza...»

«Oddio, oddio mio! Cosa mi sta dicendo, dottore, che
mia figlia è una deficiente?»

«Deficienza nel senso di *deficere*...»

«Ah, meno male... e cioè?»

«E cioè ha delle mancanze, il suo comportamento è chiaro: si isola, parla a sproposito e in modo inopportuno...
Bisognerà indagare».

Ma alla fine non se ne era fatto piú niente perché sua
madre, per fortuna, col tempo se ne era dimenticata. Sen-
nonché, un paio d'ore dopo essere tornata dallo studio del
dottor Ersilio Roccasecca, Olga aveva chiamato Diego,
l'unico ragazzino con cui riusciva a relazionarsi e a cui passava i compiti di matematica, e lo aveva invitato a casa. Quel
pomeriggio sentiva il bisogno di provare una cosa nuova.

«Ho una malattia mentale», gli aveva detto al telefono.

«Fico».

«La mia risonanza è come quella dei serial killer. Ma
non ti ho chiamato per dirti questo. Ti ho chiamato per
dirti che voglio fare sesso».

«Davvero? I serial killer possono farlo?»

«Accidenti, sí».

«Fico. E con chi?»

«Con te, ovviamente».

«Pensavo... Pensavo fosse un'informazione».

«Non sei molto intelligente».

«Già. Ma il sesso lo facciamo lo stesso?»

«Certo».

Diego non se lo era fatto ripetere e con il cuore in gola si era precipitato da Olga. Appena arrivato, però, era stato travolto dall'imbarazzo. L'iniziativa aveva dovuto prenderla lei. Quindici minuti e ventuno secondi dopo era già tutto finito, con grande soddisfazione di Diego e profondo disappunto di Olga. Tanto che al termine di quei quindici minuti aveva pensato che le sue compagne di classe fossero pazze. Che divertimento ci trovavano? Allora si era incaponita e aveva sottoposto il ragazzo a una vera e propria maratona. Qualsiasi momento e qualsiasi luogo erano perfetti per sperimentare. E piú il tempo passava, piú Diego si convinceva di essere meglio di Rocco Siffredi, che aveva visto in un paio di film.

«Non ne ha mai abbastanza, – diceva agli amici. – È molto innamorata».

Olga, però, ignara del guazzabuglio emotivo che attraversava l'animo e il corpo del povero Diego, andava avanti come un treno senza provare nulla. E con gli anni le cose non erano migliorate granché. Solo che al contrario, e ancora a sua completa insaputa, lei sugli uomini aveva un effetto ben diverso. La sua sicurezza, il suo coraggio, persino il suo mestiere esercitavano un fascino incredibile sui maschi. Trovavano irresistibili il modo in cui si muoveva, il suo corpo piccolo ma perfetto, l'energia che emanavano i suoi tatuaggi. E ciò nel piú completo disinteresse di Olga, che considerava bizzarri i loro comportamenti e soporifero il sesso. Che per di piú le richiedeva un grande impegno: reperire informazioni accurate sulla persona che stava per incontrare, stare in guardia fingendo di rilassarsi, e il tutto per quindici minuti e ventuno secondi di relativa noia. A dir poco, il gioco non valeva la candela.

– Arcano XIII! – gridò Giacomina che nel frattempo, sempre ispirata dalla visita notturna del Nardi, aveva girato un'altra carta.

Uno scheletro con una falce tra le mani campeggiava sul tavolo.

– Perfetto. Ci mancava pure la morte.

– Chi muore? – chiese Max.

– Io. Mi uccide il Matto.

– Perché dovrebbe? – Giacomina era confusa. – Non è lui lo Scheletro. Arcano XIII è lo Scheletro.

– Quindi mi ammazza Arcano XIII, non il Matto.

– Qui nessuno vuole ammazzare nessuno. Proprio il contrario. Lo Scheletro è la vita, il cambiamento, la rottura con il passato e il volo verso un futuro differente! – Poi, facendosi ancora piú seria, aggiunse: – Lo Scheletro, il Matto. Le carte parlano chiaro. È giunto il momento di lasciare andare qualcosa del tuo passato a cui sei molto legata e accogliere il nuovo.

Max si era fatto piú attento. Non aveva mai saputo nulla del passato di Olga e sperava in una rivelazione.

– Per farlo, – proseguí Giacomina, – dovrai trovare il coraggio di separartene. È il pegno che si paga per ottenere la libertà e ottenere il nostro posto nel mondo. Quello vero, non quello che crediamo essere vero. È doloroso, difficile, ma va fatto. Crescere vuol dire anche questo. Essere capaci di abbandonare ciò che non è piú utile, ciò che impedisce la trasformazione.

– E tutto questo lo dice Arcano XIII? – domandò Max.
– Arcano XIII e il Matto. Olga, sta accadendo qualcosa.
– A chi?
– A te.
– Non mi piace. Era meglio pensare che un matto volesse ammazzarmi.

Torre San Filippo, Sicilia, 1996

– Adesso prova a farlo tu.

Padre e figlia erano in mezzo ai campi, da soli. Lui le puntava una pistola dritta al petto.

– Non ce la faccio, è impossibile. Mi hai vista bene? Sono uno scricciolo. Tu sei molto piú forte di me.

– Sei debole se ti convinci di esserlo. E vale per ogni cosa.

– Facile dirlo, per te.

– No, non lo è. Ma è qui la vera forza, – le disse, picchiettandosi la fronte con il dito. – La forza fisica da sola non basta. Ci vogliono destrezza, abilità, intelligenza. Velocità. Il mondo è pieno di persone forti che hanno fatto una fine bruttissima. Perché erano deboli qui, – e di nuovo si toccò la tempia. – Avanti, non voglio piú sentirti parlare in questo modo. Solo gli idioti ragionano cosí, e mia figlia non è tra loro.

– Okay. Lo facciamo lentamente, prima?

Il padre annuí.

Allora Olga con una mano colpí quella con la quale lui reggeva la pistola e con l'altra gliela sfilò ruotando sul posto. Poi si girò di nuovo, ritrovandosi nella stessa posizione di prima, solo che adesso era lei a reggere l'arma e a puntarla al petto del padre.

– Bene. Ma il presupposto è che l'aggressore resti immobile...

– Se riesco a prenderlo in contropiede sí, non potrà fare nulla. Me lo hai detto tu che posso battere chiunque con l'effetto sorpresa.

– Non lo darei per scontato, però. La vita è fatta di scelte. La piú antica è decidere se essere una vittima o non esserlo. Qual è la tua?

– Okay, ho capito.

– Bene. Quindi, ripeti d'accapo. E stavolta sappi che non resterò a guardare.

Olga quella sera tornò a casa coperta di lividi e con una costola fratturata. Ma era abituata ormai a sopportare quel tipo di dolore e a nasconderlo.

– Dove sei stata tutto il pomeriggio? – le domandò la madre vedendola rientrare a casa zoppicante.

– Fuori con le amiche.

– Ah, giusto, le *amiche*. Perché non le inviti qui un giorno?

– Sí, certo. Ora vado in camera. Devo finire di fare i compiti.

Mimí sapeva che sua figlia non aveva amiche. Spesso la sua mente le giocava brutti scherzi, ma quando era lucida capiva. Sapeva che Olga era strana, che era diversa dalle altre ragazze; sapeva che cosa combinava nel capanno degli attrezzi, o nascosta nelle campagne. Sapeva che l'uomo che lei aveva amato alla follia, il padre di sua figlia, era andato fin laggiú, anche se le aveva ripetuto che non lo avrebbe mai fatto. Poi però la sua mente vacillava di nuovo e dimenticava ogni cosa. Dimenticava con chi avesse avuto quella figlia. Dimenticava persino di avere una figlia.

Cosa le aveva appena detto? Che doveva fare i compiti? Ancora? Non era stata chiusa nella sua stanza a studiare?

– Tesoro, – le disse entrando trafelata nella sua camera dopo la rampa di scale, – adesso basta, non puoi restare chiusa qui dentro ore! Esci con le amiche, vai a fare una passeggiata con il tuo ragazzo!

– Ma mamma, io non ho un ragazzo!

– Ah, no? Che orrore, e come mai?

– Non mi piacciono.

– E allora esci con la tua fidanzata!

– Non mi piacciono neanche le ragazze!

– Che figlia difficile.

Olga le dava molti pensieri, in effetti. Forse era il caso di portarla da uno specialista. Aveva sentito parlare di un certo dottor Ersilio Roccasecca di Ragusa. Un bravo neurologo.

Si ripromise di chiamarlo il giorno dopo e prendere un appuntamento con lui.

O lo aveva già fatto?

VII.

25 settembre, primo pomeriggio
Dipartimento di Scienze biomediche e neuromotorie dell'università di
Bologna, sala settoria

– Buonasera e benvenuti a tutti.

La dottoressa Patrizia Mazzanti, medico legale e da poco
meno di un anno professoressa di chirurgia, era in piedi,
di fronte a suoi studenti.

– Come vi accennavo in aula, la dissezione di cadavere
non è l'autopsia. Sapete bene che l'esame autoptico è piú
cruento e ha un fine completamente diverso...

– Madonna, mi sento male...

– Che c'è, Sideri?

– Se vedo un cadavere io svengo.

– Speriamo, allora, che i suoi pazienti sopravvivano.

La classe scoppiò a ridere.

– Mi faccia capire bene, – proseguí, implacabile la professoressa, – che cosa pensava di vedere in una sala settoria, dei ballerini di flamenco?

Nicoletta Sideri, bianca come un lenzuolo, si guardava intorno. Nei suoi occhi si leggeva la speranza che sí, in
effetti, qualcuno di quei cadaveri da cui era circondata si
alzasse in piedi e cominciasse a ballare.

– Lasciamo a Nicoletta il tempo di prendere confidenza
con i nostri amici. Allora, stavamo dicendo che il compito
della dissezione, contrariamente all'autopsia, è quello di
soffermarsi sullo studio del corpo umano e analizzarne i
tessuti, dalla superficie alla profondità. A cosa serve? Serve a prepararvi alle molteplici diversità anatomiche con

cui avrete a che fare quando, da chirurghi, varcherete la soglia di una vera sala operatoria. Vi troverete di fronte a corpi differenti, con patologie differenti, e dovrete conoscerle alla perfezione se non volete perdere il vostro paziente. Be', soprattutto la Sideri che, auguriamocelo, non ne perderà neanche uno. Nessuno vuole un chirurgo che sviene in sala. Non è rassicurante.

La Mazzanti cercava sempre di sdrammatizzare. Conosceva bene l'effetto che certe lezioni potevano avere sui suoi studenti.

– Dunque, vediamo cosa abbiamo qui, – e cosí dicendo aveva sollevato il primo telo. – Uomo caucasico, abbastanza giovane. Come potete vedere dalla struttura ossea e dal...

Un tonfo sordo interruppe la spiegazione.

Nicoletta Sideri era svenuta.

I presenti parevano incerti sul da farsi, tanto che la Mazzanti dovette intervenire.

– Ragazzi, rianimatela o stendetela su un lettino, almeno darà il suo contributo al programma per la donazione dei corpi.

Seguirono minuti di grande confusione. C'era chi cercava di soccorrere la collega, chi insisteva per distenderla su un lettino, chi era uscito di corsa in cerca di un defibrillatore.

Poi, alla fine, la lezione riprese. E gli sforzi della povera Sideri di apparire forte e perfettamente in grado di gestire la situazione, dovuti senza dubbio piú alla paura di essere trasformata in cavia che all'amore per la professione, erano evidenti.

Ma quando la dottoressa sollevò il telo che copriva un altro corpo, la Sideri parve rianimarsi sul serio, mettendosi a parlare con entusiasmo e straordinaria perizia dei tatuaggi che la defunta aveva sulla maggior parte del corpo.

– Guardate che disegno, non lo trovate incredibile? Non mi era mai capitato di vedere il suo lavoro. È molto famosa! L'hanno definita «la tatuatrice che cancella i brutti ricordi».

– Sono belli davvero, – bisbigliò il ragazzo che le era accanto.

– Abita nascosta in mezzo ai monti perché è pazza, dicono, in un posto difficile da raggiungere, dove tra l'altro ci sono pure i fantasmi.

– I fantasmi? – il ragazzo era a dir poco conquistato. Ma non certo dalla storia della tatuatrice, di cui non gli fregava niente, quanto dal décolleté della Sideri che gli era esploso davanti quando lei si era chinata a indicare il disegno.

– Sí, i fantasmi, pensa. Comunque questa tigre è pazzesca. Le ha disegnato pure le impronte che proseguono sul fianco e lungo la pancia...

– Come? Una tigre, ha detto?

La Mazzanti, che fino a quel momento aveva ascoltato senza mostrare alcun interesse, adesso era attentissima.

– Sí, doc.

Patrizia si precipitò verso di loro. Posizionò la luce sui tatuaggi e cominciò a farla scorrere lungo il corpo della ragazza.

Nella sala era calato il silenzio.

– Non è possibile, – disse bisbigliando, quasi avesse paura di parlare ad alta voce.

– Bello, eh? – disse la Sideri fiera. – Ve l'avevo detto!

Ma la Mazzanti non la guardava neanche. Prese il cellulare dalla tasca del camice e scattò delle foto. Mentre lo faceva, le domandò: – Come si chiama la ragazza? Dove ho messo l'elenco?

– È quello? – chiese la studentessa, indicando un faldone sul tavolo.

Patrizia alzò gli occhi su di lei. – Be'? Che fa? Vada a prenderlo!

– Corro.

E in effetti, cosí fece.

La dottoressa lo afferrò, lo sfogliò rapida, poi senza aggiungere altro si allontanò per telefonare.

– Pasca! – Rispose una voce rauca e profonda.

– Gabriele, sono io, Patrizia, Patrizia Mazz...

– Patrizia! Che sorpresa.

– Ti disturbo? Sei in redazione?

– Sí, ma tranquilla, mi fa piacere sentirti. Non esistono solo gli omicidi!

– In realtà è proprio per questo che ti chiamo.

– Cioè?

– Per la escort scomparsa, quella con la tigre tatuata sulla schiena.

L'uomo dall'altra parte smise di respirare.

Mesi addietro era scoppiato un caso interessante. Una certa Pamela Scotti, escort di lusso, era stata trovata morta appena fuori Milano, investita da un'auto. Patrizia Mazzanti, che all'epoca lavorava nel capoluogo lombardo, era stata chiamata all'ultimo minuto a sostituire un altro medico e aveva eseguito l'autopsia. Non c'erano dubbi, si trattava di una morte violenta. La ragazza era stata colpita alla testa prima di essere investita. La polizia, però, non era andata a fondo, liquidando la cosa come un incontro con un presunto cliente andato male. Le analisi avevano anche rivelato una recente asportazione delle ovaie dovuta forse a un tumore. Gabriele Pasca, un cronista di nera di un giornale di provincia, non aveva creduto alla versione degli inquirenti e aveva cominciato a indagare, ma non era riuscito a scoprire nulla.

Poi, appena un paio di settimane prima, era sparita un'altra escort, Grazia Palermo, nome d'arte Grace. A denunciarne la scomparsa era stata una sua amica e collega, una certa Melinda Malaguti, detta Malice, e Gabriele aveva drizzato le antenne. Non solo ne aveva parlato alla Mazzanti, che ormai era a Bologna, ma aveva incontrato Melinda diverse volte. E nonostante avesse cercato di non farsi coinvolgere sentimentalmente, la bellezza della escort lo aveva sopraffatto. Gabriele non era mai stato un uomo tutto d'un pezzo.

«È molto particolare», gli aveva raccontato Melinda mostrandogli le foto del tatuaggio di Grazia.

Si trovavano a casa di lei, a cena. Pasca sapeva che sarebbe stato meglio non andarci, però aveva vinto la sua parte piú debole. Come sempre.

«Vedi?»

«Sí. Non ci capisco granché di tatuaggi, ma è bello, in effetti».

In verità, in quel momento non gli fregava nulla della tigre che Grazia aveva sulla schiena. Non gli fregava nulla neanche di Grazia, l'unico desiderio che aveva era spogliare Melinda.

«Solo bello? Guarda che lei è tra le piú brave tatuatrici in Italia e si potrebbe offendere».

«Lei? Ha un nome?»

«Non credo che le piacerebbe se te lo dicessi».

«E perché mai?»

La curiosità del cronista si era risvegliata. Anche se era durata pochissimo.

«Perché è una donna riservata. Non tutti sono come noi».

«Come noi?»

«Aperti, senza niente da nascondere e liberi».

«Be', io sono un libro aperto. E libero».

«Tu sei un cattivaccio. La mia amica tatuatrice non approverebbe».

«E tu non glielo raccontare».

«Vedremo...»

E poi, finalmente, era successo ciò che Pasca aveva desiderato fin da quando aveva messo piede in quella casa. Avevano fatto l'amore ed era stato bellissimo.

– Gabriele, sei ancora lí?

– Sí, scusami, Patrizia. Dimmi.

– Credo... credo di avere scoperto una cosa incredibile.

– Ti ascolto.

– Devi vederla con i tuoi occhi.

– Ma cosa?

– Ho una donna, qui, tra i corpi della sala settoria, che ha una tigre tatuata sulla schiena. Aspetta, ti mando delle foto.

Allontanò per un attimo il cellulare dall'orecchio e gli spedí le immagini che aveva appena scattato. Quindi riprese la conversazione.

– Cazzo, è lei, – disse Pasca. – Ma non è registrata col suo nome?

– No, e qui sta il fatto strano, se fosse davvero lei. Perché c'era una denuncia di scomparsa e la ragazza doveva essere schedata. Invece il corpo è anonimo e risulta provenire da Modena.

– Prendo il primo treno e arrivo.

– Ti aspetto. Poi resti a Bologna?

– No, non posso. Devo rientrare a Milano in serata e fare una cosa che avrei dovuto fare già stamattina.

– Cioè?

– Patrizia, temo sia sparita un'altra ragazza.

– Nooo.

– Non una ragazza qualunque. Melinda.

VIII.

25 settembre, sera
San Siro, Milano

Olga guidava verso Milano. Aveva seguito il suo istinto. Era convinta che la sparizione di Grazia e l'assenza di Melinda fossero collegate, anche se sperava di sbagliarsi.

Quella maledetta registrazione, che ormai conosceva a memoria, non era una casualità. Il caso non esisteva. Grazia aveva chiamato Melinda mentre era in pericolo di vita, e subito dopo era scomparsa. Adesso a Melinda era successo lo stesso. Perché? Per via della registrazione? Che cosa diceva? Si sentiva in sottofondo il rumore dell'acqua che scorreva, sembrava un fiume, il terrore nella voce della escort che accennava a una ragazza uccisa. Olga era certa che pure Grazia non avesse fatto una bella fine, forse proprio perché era a conoscenza della morte dell'altra; forse era una testimone. La tigre che le aveva tatuato sulla schiena non l'aveva protetta. Che cosa aveva nascosto? Le prove dell'omicidio? Delle fotografie?

– Se ti succedesse qualcosa, io me ne occuperei. Tu non faresti altrettanto per me? – le aveva detto Melinda solo poche ore prima. Le vennero i brividi al ricordo.

Parcheggiò sotto casa dell'amica, un palazzo molto elegante nel quartiere di San Siro.

Magari si stava sbagliando. Perché pensare sempre al peggio?

Melinda aveva appena venticinque anni, ma aveva già vissuto almeno tre vite, come diceva lei: «Le ho rubate a

Remington». Remington Steele, il suo gatto obeso, che evidentemente adesso si trovava a gestire un'esistenza con tre vite in meno. Olga sperò che l'amica, se davvero era in pericolo, fosse riuscita a prendersene una quarta.

Ma poteva anche trattarsi di una sciocchezza. Ricominciò con le congetture: Melinda si era intrattenuta piú del necessario con l'uomo con cui aveva un appuntamento la sera prima, e aveva perso la cognizione del tempo? L'avrebbe trovata a casa, ne era certa. Forse il cellulare le si era rotto, e lei non era ancora andata a comprarne uno nuovo. Avrebbero chiacchierato un po', bevuto un bicchiere di vino, magari cenato, e Olga sarebbe tornata a Trarego dandosi della stupida.

Citofonò all'amica.

Il cuore le batteva forte nell'attesa.

Non arrivò nessuna risposta. Riprovò.

Niente.

Allora schiacciò dei pulsanti a caso.

– Sono Melinda Malaguti del 27B. Ho dimenticato le chiavi del portone in casa.

Il terzo tentativo andò a segno. Qualcuno le aprí.

Fece sei rampe di scale e giunse al piano con il fiatone. L'appartamento era in fondo al corridoio. Accese la luce e cominciò a camminare.

Nello zaino aveva la chiave bulgara con la quale avrebbe aperto la porta. Suo padre le aveva insegnato anche quello.

Suo padre.

Sapeva che lui la teneva d'occhio per assicurarsi che non facesse di testa sua, che rispettasse le indicazioni. Si sentivano, ogni tanto, ma solo attraverso il dark web. La conversazione piú lunga l'avevano avuta quando era morto il Nardi. Olga era distrutta, mentre il padre le era parso quasi sollevato. Perché il suo amico aveva smesso di soffrire, aveva pensato Olga mentre gli comunicava la sua idea di trasferirsi a Trarego. In seguito i contatti si erano fatti piú radi. Lui ripeteva che non voleva rischiare. Ma rischiare cosa? Anche allora, Olga aveva inghiottito la domanda. Aveva rispettato quella necessità di segretezza, cosí importante da condizionare l'intera vita di suo padre, e la sua.

Il sogno della notte precedente aveva riportato a galla la domanda. Insieme alle altre. Probabilmente perché stava mettendo in pratica le lezioni del padre, qualcosa di cui non aveva mai avuto bisogno in passato. Stava per entrare in una casa non sua, Melinda era scomparsa, e la registrazione di Grazia le risuonava ancora nelle orecchie: per tutte quelle ragioni, da ore non smetteva di pensare a lui.

Distratta da quei ragionamenti, aveva continuato a camminare lungo il corridoio e ormai era quasi arrivata, poteva già vedere la porta.

Qualcosa però non tornava. Qualcosa era fuori posto.

Si fermò a pochi metri.

Remington Steele, il gatto di Melinda, era seduto sullo zerbino e la stava fissando.

Non era possibile.

Avanzò lenta, guardandosi intorno. Remington, che chissà da quanto era lí, appena la vide le andò incontro. Olga se lo ritrovò tra le gambe. L'animale si strusciava contro di lei emettendo suoni davvero inquietanti. Che cosa voleva? Lei non aveva mai saputo gestire manifestazioni di affetto da parte di umani, figuriamoci di felini. E mentre cercava di allontanarlo delicatamente con la scarpa, senza successo, si accorse che la porta era stata forzata ed era socchiusa.

Poteva essere una bella notizia. Era una valida ragione per cui una persona decideva di non rientrare a casa. Ma

Remington? Melinda non lo avrebbe mai lasciato solo. E se invece i ladri l'avessero sorpresa in casa? Quella era una idea meno bella.

Accostò l'orecchio alla porta. Non si sentiva alcun rumore.

La spinse piano con un piede e la spalancò.

Le bastò uno sguardo per capire.

La casa sembrava immobile. Sospesa nel tempo. Le luci dei lampioni entravano dall'ampia vetrata e illuminavano l'intero salone, dove nulla era stato toccato. Il divano, le due poltrone, i cuscini appoggiati con eleganza, il tappeto senza neanche una piega. Nell'angolo cottura, separato dal salone da un'isola in marmo chiaro, i piatti e i bicchieri erano impilati alla perfezione.

Avanzò circospetta. Anche il lavello era pulito, e sul pavimento non c'era una briciola. Toccò la caffettiera sul fornello. Fredda.

Era tutto strano, ordinato in un modo innaturale, distorto. Era evidente che nell'appartamento fosse successo qualcosa, ed era evidente che Melinda non fosse rientrata, ma Olga non riusciva a dare un senso a quell'irreale situazione. Avrebbe quasi preferito trovare elementi tangibili, tipo una casa a soqquadro. Invece lí niente era stato spostato, almeno a una prima occhiata. L'unica nota stonata era la serratura.

Si spostò in camera da letto, dove la situazione era identica. No, un attimo, non proprio identica. L'armadio era aperto e c'era una valigia appoggiata contro il muro, come se Melinda si stesse preparando a partire. Si avvicinò e sbirciò all'interno: vuota.

Non fece in tempo a formulare un pensiero al riguardo, perché accaddero due cose.

La prima: Remington entrò in stanza sgommando, e considerata la stazza le sembrò abbastanza sorprendente. La seconda: sentí qualcuno che stava camminando in salone.

Si guardò intorno. Il rumore dei passi era sempre piú vicino e, quando vide il gatto saltare nell'armadio, non poté far altro che buttarsi a terra e strisciare sotto il letto.

Per un pelo.

Le gambe di un uomo apparvero nel suo campo visivo.

Chiunque fosse entrato a casa di Melinda doveva portare a termine ciò che aveva cominciato.

Ebbene, non le restava che scoprire di cosa si trattasse.

Trattenne il fiato e sollevò un po' la testa per cercare di sbirciare meglio, senza essere vista.

Il suo sguardo incrociò quello di Remington che, schiacciato tra paillette e piume di struzzo, se ne stava immobile, gli occhi sbarrati, sicuro di essersi perfettamente camuffato.

Olga avvicinò l'indice alla bocca per invitare l'animale a fare silenzio. Quello per tutta risposta girò su sé stesso, si acciambellò su un maglione e cominciò a dormire.

Be', almeno aveva obbedito.

Accanto all'armadio c'era uno specchio e, dalla posizione in cui si trovava, Olga aveva un'immagine parziale ma chiara dell'uomo: era di spalle, perché era rivolto verso il letto, eppure alcuni dettagli lei non li avrebbe dimenticati facilmente.

Di corporatura robusta, capelli rasati, e una piovra tatuata sul collo. Tra i tentacoli erano incisi una svastica e uno scorpione.

– Sono dentro, – gli sentí dire all'improvviso.

Stava parlando al telefono.

La voce, quasi metallica, era in perfetta sintonia con il tatuaggio.

Cercò di mantenersi fredda richiamando alla mente quel che sapeva del polpo, anche a lei era capitato di tatuarlo. La creatura marina piú misteriosa degli abissi, con due gambe, sei braccia, tre cuori, tentacoli che possiedono

una vita propria e la capacità di cambiare colore e mime-
tizzarsi per non essere scoperto dai predatori. Per i Maya
era un simbolo di morte.

– No, non mi ha visto nessuno... Sí, ho capito. Lo so,
quello che devo fare. No, qui non c'è nulla.

A Olga scivolò il braccio sul quale aveva appoggiato la
testa e, per quanto riuscí ad attutire il colpo, nel silenzio
della stanza qualcosa si udí.

L'uomo d'istinto portò la mano alla giacca, probabilmente aveva una pistola.

Come aveva fatto a essere tanto stupida?

Olga smise di respirare e si preparò al peggio, ma Remington intervenne a salvarla. Se avesse compreso la situazione o fosse solo stanco di stare in mezzo alle paillette, nessuno lo avrebbe mai scoperto, fatto sta che uscí dall'armadio con la calma dei saggi.

Quando l'uomo lo vide, gli sferrò un calcio violentissimo, tanto che l'animale rimbalzò dall'altra parte della stanza, sparendo dalla visuale di Olga.

– No niente, era un gatto. Sí, la porto via. Nessun problema.

Chiuse la conversazione, prese la valigia, la appoggiò sul letto e cominciò a riempirla.

Afferrava vestiti dall'armadio e li ficcava dentro. Spalancava cassetti e non li richiudeva. Non si stava certo preoccupando di non lasciare tracce.

Olga attese che terminasse ciò che doveva e che se andasse. Quando le parve che fosse passato un tempo sufficiente, strisciò fuori da sotto il letto. Le venne spontaneo fare una carezza a Remington, che ancora tremava in un angolo. Quel contatto le trasmise una scarica elettrica inusuale. Ritirò subito la mano, un po' turbata.

Non c'erano piú dubbi: Melinda era nei guai, forse era stata rapita. Perlomeno, il dettaglio della valigia sembrava indicare che non l'avessero ancora uccisa.

Ci avrebbe pensato lei a trovarla. Poteva farcela. Era stata addestrata per anni e adesso era giunto il momento di dare un senso all'addestramento.

Stava per decidere la mossa successiva quando altri passi provenienti dal soggiorno la spinsero di nuovo a nascondersi, stavolta nell'armadio.

– Melinda? Melinda, ci sei? – era la voce di un uomo. Dal tono timido, Olga dedusse che non si trattava dello stesso di prima. – Ehi, lo sai che la porta è aperta?

Lo sentí avvicinarsi, poi lo vide entrare.

Era strano. Si muoveva in modo circospetto, come se anche lui temesse qualcosa o non sapesse bene cosa fare. Non dava l'idea di essere cattivo, anzi. L'atteggiamento dice molto delle persone e il comportamento di quell'uomo indicava insicurezza. Era alto, di bell'aspetto e appariva spaventato.

– Melinda, sei qui?

Uno scricchiolio indusse lo sconosciuto a guardare verso l'armadio, dove Remington, senza fretta, stava cercando di rientrare. Era evidente che neanche al gatto quel tizio faceva paura. Ma lui individuò subito la figura acquattata tra i vestiti, gli occhi che brillavano nella penombra dell'armadio.

– C'è qualcuno lí dentro? Ti nascondi? Vieni fuori, bastardo! Ti avverto che sono campione di kung fu!

E mentre agitava in aria le braccia simulando mosse inesistenti di arti marziali, Olga, stanca del viavai che c'era in quella casa, decise di agire. Saltò fuori dal suo nascondiglio e con una mano afferrò un braccio del malcapitato, torcendoglielo fin dietro la schiena, cosí forte che lui fu costretto a voltarsi per non farselo spezzare. Poi lo spinse contro il letto. L'uomo si ritrovò, senza neanche capire come, a terra inginocchio e schiacciato

sul bordo del materasso. Con una mano Olga gli teneva
giú la testa, mentre con l'altra continuava a imprimere
una dolorosa torsione.

– Ahi! Che cazzo succede? Mi stai spezzando il braccio!

– Quella era l'idea.

– Perché? Cosa...? Per l'amor di Dio, non riesco a respirare.

– Chi sei? Perché ti sei intrufolalo nell'appartamento
della mia amica? Dov'è? Che cosa le hai fatto?

– Intrufolato? La... la porta era aperta e giuro che non ho
idea di dove sia Melinda. Non le ho fatto niente. Per favore, non respiro. Se le avessi fatto qualcosa, perché sarei qui?

– Non hai risposto alla domanda.

– Quale domanda?

– Perché sei qui?

– Non avevo capito, me ne hai fatte troppe... ah! – gridò. Olga gli aveva premuto con maggior forza la testa sul
letto. – Aspetta, aspetta. Sono... sono un suo amico.

– Certo, come no.

– Cristo santo, perché dovrei mentire?

– Perché sei stato sorpreso in una casa non tua, perché
sei solo con una donna che sta per farti molto male, perché la gente mente sempre e con grande facilità. Perché
Melinda è scomparsa.

– Okay, mi hai convinto. Ma giuro che io non sto mentendo!

– Vedremo. Tu non ti muovere, o ti spezzo il braccio.
È una promessa.

– Non ne dubito.

Allora Olga mollò la presa sulla nuca e con la mano libera gli sfilò il portafoglio, che spuntava dalla tasca dei
pantaloni. A quel punto, lui riuscí a ruotare la testa, ma
quello che vide non lo rassicurò affatto.

– Oddio, sei della yakuza? – chiese lui attonito.

In che razza di guai si era cacciato?

– Eh?

– Quel... quel tatuaggio lí è... è un dragone?

– Sí.

– Sono un uomo morto.

– Può darsi, ma non ti ucciderà il drago, – disse Olga, mentre con la mano libera rovistava tra le cose scosse fuori dal portafoglio e sparpagliate sul letto. Perlopiú scontrini accartocciati e foglietti con appunti scarabocchiati. – Lo conosci il significato del dragone?

– È una domanda trabocchetto?

– No.

– Morte? Distruzione?

– Pace e saggezza.

– Ti credo sulla parola.

La tipa era completamente pazza, meglio assecondarla.

– Equilibrio tra bene e male. Cosa abbiamo qui? Un biglietto da visita.

Un biglietto da visita? Ma non li aveva buttati tutti da un pezzo?

– Filippo Lanzi, mediatore immobiliare. Sei tu?

Filippo Lanzi? E chi cazzo era?

– Be'? Sei indeciso?

– No, no.

– No, non sei tu, o no, non sei indeciso?

– Volevo dire sí, sono io, è il mio biglietto da visita.

Tutto sommato era meglio morire come Filippo Lanzi che come Gabriele Pasca. I giornalisti non piacevano mai a nessuno, e ficcavano il naso dove non dovevano.

– Se questo è un tentativo di depistarmi, sappi che non funziona.

– Ma quale tentativo? Per chi mi hai preso? Mica sono Rambo! Se mai sei tu Rambo!

– Va bene, agente immobiliare, dimmi che cosa ci fai a casa della mia amica.

– Mediatore, non agente. Scusa, ma ci tengo. Sarò anche in una posizione umiliante, però...

– Okay, mediatore. Perché diavolo sei entrato qui?

– Te l'ho detto, sono un suo amico. Le avevo valutato l'appartamento, cosí ci siamo conosciuti. E ieri sera... ieri sera avevamo un appuntamento...

– Dove?

– Allo... *Starlight night club.*

Quindi era lui l'uomo ineffabile che Melinda doveva incontrare e che stava frequentando? L'uomo che la stava aiutando con le indagini? Non aveva senso, era un mediatore immobiliare...

– Ma lei non si è presentata. Il che è davvero insolito. Ho atteso per piú di due ore. Quando ho visto che ormai era tardi me ne sono andato, e adesso eccomi qui.

– Be', hai aspettato un bel po' prima di venire.

– Sí, giusto, ma... Guarda che io sono preoccupato, devi credermi. C'era qualcosa tra noi. Insomma, mi sembrava che ci piacessimo, ecco. Possiamo parlarne in maniera normale?

– Te lo ha detto lei?

– Cosa?

– Che le piacevi.

– No, certe cose si capiscono.

– Sicuro...

– Non apprezzo il tuo tono sarcastico.

Eh, andava bene tutto, ma mica poteva mettere in dubbio il suo fascino. E senza neanche conoscerlo.

Olga, intanto, era molto combattuta. Quel tizio stava mentendo? Forse no. I dettagli combaciavano. Non potevano esserci due uomini affascinanti e ineffabili al mondo, già trovarne uno era un miracolo. Però poteva averla rapita

lui. Magari Melinda invece si era presentata all'appuntamento e lui l'aveva sequestrata, o uccisa. Poi era tornato
a cancellare eventuali tracce. Ma allora chi era l'uomo che
c'era prima? No, non aveva senso. Nulla aveva un senso.

Strinse ancora di piú la presa.

– Ahi! Che ho detto?

– Stai zitto, sto pensando.

Aveva un solo modo per scoprire la verità: fingere di
credergli.

– Adesso ti lascio. Ma non provare a fare movimenti
bruschi.

– No, no.

Olga mollò il braccio dell'uomo che, piano piano, tornò
in posizione eretta.

– Posso voltarmi? – chiese, tenendo le braccia alzate.

– Certo, mica sei in arresto.

– Sarebbe stato meno umiliante.

E quando lui si voltò, Olga pensò che non aveva sbagliato a lasciarlo andare: quella era la faccia di un uomo inof-
fensivo. Il ragazzo era alto molto piú di lei, con gli occhi
verdi, limpidi. Occhi buoni. I capelli erano arruffati e il
maglione stropicciato per la breve colluttazione.

Anche Pasca stava facendo le sue considerazioni. Se
fino a pochi secondi prima aveva temuto per la sua vita,
adesso era scioccato. Si era aspettato di trovarsi di fronte
Brigitte Nielsen nei panni della moglie di Ivan Drago, ma
quella che lo stava fissando con curiosità, e uno sguardo
abbastanza sospettoso, era uno scricciolo! Era stato immo-
bilizzato da uno scricciolo. Non per questo, però, poteva
abbassare la guardia. Doveva restare all'erta e...

– Va bene, Lanzi, abbiamo poco tempo, – disse la donna mettendo a tacere i suoi pensieri. – Melinda mi ha riferito che tu la stavi aiut...

– Poco tempo? Poco tempo per fare cosa? – la interruppe lui, massaggiandosi il collo e camminando lento all'indietro, verso la porta della stanza. Non aveva alcuna intenzione di restare ancora a lungo in compagnia di quell'assassina. Se l'era cavata benissimo fino a quel momento solo grazie alla sua prontezza nelle risposte. E sí, anche grazie a una buona dose di culo.

– C'era un uomo qui, prima di te. Potrebbe tornare. Per ripulire la scena.

– Ripulire la scena? Senti, io sono un agente immobiliare...

– Mediatore.

– Certo, certo, e io che ho detto? Un mediatore. E tu mi parli di scene da ripulire. Voglio dire, chi mi dice che non sei tu che hai fatto del male a Melinda? Se fossi davvero una sua amica saresti preoccupata o a casa a piangere... No, scusa, questo forse no, è piú una cosa che farei io. Però saresti andata alla polizia! Insomma, tutto, tranne metterti ad aggredire innocenti!

– La polizia, figuriamoci.

– Be', perché no? È compito loro.

Olga non voleva assolutamente che questo Lanzi coinvolgesse la polizia. Non finché lei si occupava del caso. Suo padre era sempre stato chiaro in merito. Mai essere schedata, mai inserire il nome in qualsiasi tipo di database, modulo, social, vivere il piú possibile nell'ombra e usare il dark web.

Se lui avesse deciso di chiamare le forze dell'ordine...

– Senti, vai pure. Non ti preoccupare. Se avrò notizie ti contatterò io. Tanto so come trovarti, – gli disse, sventolandogli davanti agli occhi il biglietto da visita.

Gabriele rivolse un pensiero partecipe al povero Filippo Lanzi, di cui non ricordava niente. D'altra parte, in guerra e in amore ogni cosa è lecita e lui non sapeva nemme-

no chi fosse quella tizia. Se fosse stata proprio lei a rapire Melinda? Se fosse stata coinvolta nel giro di sparizioni
delle escort? In fondo, gli aveva quasi spezzato un braccio. No, no, doveva subito andare alla polizia, altro che.
Anzi, avrebbe fatto una visita a sorpresa a Gianni, il suo
vecchio amico questore.

Afferrò la maniglia e uscí.

Olga pensò che fosse meglio cosí. Non voleva averci
nulla a che fare, se davvero lui stava andando alla polizia.
E forse era consigliabile non vederlo mai piú, anche per
ragioni del tutto estranee alla vicenda, che non aveva alcuna intenzione di approfondire.

X.

26 settembre, alba

L'ispettrice Elisabetta Scardi del commissariato di San
Siro, il quartiere dove abitava Melinda, una somiglianza
impressionante con Angela Merkel, sedeva alla sua scrivania, visibilmente annoiata.

Di fronte a lei, Max e Sebastian, elegantissimi e del tutto a loro agio nonostante l'ora, la guardavano seri. Erano
da poco passate le sei del mattino.

Non era da Olga, allontanarsi a lungo da Trarego, tanto meno restare a Milano e dormire fuori.

Max e Sebastian si erano svegliati molto prima del solito, un po' inquieti per le sorti della loro amica. Cosí, in
perfetta sintonia, avevano deciso di andare a controllare
la casa. In pigiama e immersi nel silenzio, erano riusciti
a sbirciare l'interno. Di Olga e della macchina non c'era
traccia. Questo fatto, unito alla telefonata nella notte, li
aveva spinti ad andare al commissariato. Soprattutto perché Giacomina, che avevano incrociato dopo cena lungo
la strada tra Trarego e Cheglio, aveva ribadito con chiarezza che sulla loro amica incombeva qualcosa di ignoto.

– Che tipo di ignoto?

– Il Nardi non lo ha specificato.

– Olga al telefono aveva parlato di qualcuno che stava
per morire, giusto? – Sebastian si era rivolto a Max.

– Giusto.

– Ci penserà il Matto, – aveva concluso Giacomina, riflessiva. – Il Matto è con lei.

– E questo è un bene? – aveva domandato Max.

– Se è un bene dipende solo da Olga.

Max e Sebastian non avevano capito niente. E, nonostante sapessero che Olga non amava essere controllata, l'avevano chiamata per essere certi che fosse arrivata a casa sana e salva. Ma se la telefonata da una parte li aveva tranquillizzati, perché l'amica aveva risposto quasi subito, dall'altra li aveva fatti agitare.

Max aveva dovuto allontanare il cellulare dall'orecchio per la musica ad altissimo volume che proveniva dal posto dove si trovava Olga.

«Sei a una messa nera?»

«No, allo *Starlight night club*, e credo stia per morire...» ma la parola «batteria» si era persa nel frastuono del locale.

«Chi sta per morire?»

«Che dice? Metti in vivavoce». Sebastian voleva ascoltare.

«Zitto che non capisco. Dice che è allo *Starlight night club* e che qualcuno sta per morire».

«Ma uno a caso?»

«Ah, non so, aspetta che glielo chiedo».

«Intanto io cerco questo locale online».

«Olga, tesoro, chi sta per morire?»

«Max, non ti sento. Prima che muoia il... meglio che vi dica una cosa...»

«Niente, insiste, la senti?»

«Guarda il locale», aveva ribattuto Sebastian mostrandogli dal suo smartphone una carrellata di foto di donne nude.

«Oh, mamma. Olga, amore, sono ENTUSIASTA! Brava! Certo, potevi dircelo...»

«Entusiasta di cosa? Sono venuta a Milano perché Melinda è scomparsa...»

«Melinda?! Quando? Pronto? Olga? – Poi Max si era rivolto sconsolato a Sebastian. – È caduta la linea».

«E tu richiama!»

Ma il cellulare risultava staccato.

«E adesso?»

«Aspettiamo. Richiamerà».

Olga, però, non aveva richiamato. Non si era piú fatta viva e non era tornata a casa.

Per questo si trovavano lí. Sapevano che Melinda abitava a San Siro, come lo sapeva tutta Trarego, e andare a un commissariato di zona era sembrata una scelta ovvia.

Ma l'ispettrice che sedeva di fronte a loro non aveva l'aria di essere una volpe.

– Dunque, mi stavate dicendo che la vostra amica è scomparsa da ieri sera, – ricominciò la Scardi.

– Sta parlando di Melinda o di Olga? Perché Melinda non è propriamente una nostra amica, diciamo piuttosto un'amica di un'amica, e non sappiamo da quanto è scomparsa, però di certo da piú tempo. Olga, invece...

– Melinda è una escort, giusto?

– Sí, tra le piú brave! – ci tenne a sottolineare Sebi.

Max annuí compiaciuto.

La simil Merkel era sbigottita. – Sentite, non metto in dubbio l'abilità della signorina, ma è troppo presto per avviare delle ricerche.

– Quindi non potete fare niente?

– Ha una vaga idea di quante denunce di sparizioni riceviamo ogni giorno? Ragazze scappate di casa, finite per sbaglio in un brutto giro, drogate...

– Mi sta dicendo che ci sono donne scomparse che hanno piú valore di altre? – Max si stava alterando.

– No, ci mancherebbe. Cercavo di farvi capire la nostra posizione. Tutte le denunce per noi sono importanti... –

«Figuriamoci», pensò. – Questa faccenda, però, ammetterete che è un po' particolare.

– Perché? – domandò Max.

– Perché potrebbe esserci un milione di ragioni per cui la vostra amica non è rientrata.

– Me ne dica una.

L'ispettrice stava perdendo la pazienza, era evidente.

– Potrebbe essersi fermata a dormire dal... cliente.

– Per giorni? Questo non è avere del sonno arretrato, è essere entrati in coma! – esplose Max.

– Stai calmo, – gli sussurrò Sebastian.

– Ecco, sí, mantenga la calma, per cortesia. Ha ragione il suo...

– Marito.

– Esatto, benissimo. Marito.

La Scardi cercò di non far trapelare alcun giudizio al riguardo, con scarsissimo successo.

– Senta, ho capito che non ci crede. Che cosa mi può dire invece di Olga?

– Anche lei è scomparsa?

– Sí, dopo Melinda. Cioè, è andata a cercarla e se ne sono perse le tracce. Ci ha chiamati dallo *Starlight night club* stanotte e ha accennato a qualcuno che stava per morire. E basta. Nessun altro contatto.

– Lo *Starlight* è un locale per escort.

– Sí, ma le garantisco che Olga non è con un uomo, se è a questo che stava pensando. Il sesso non la appassiona. Ed è il motivo per cui mi sono stupito che fosse lí. Poi ci ho ragionato. Quello era il locale di Melinda.

– Come, il sesso non la appassiona? – inorridí Sebastian. Max annuí serio.

– Ma è terribile, non mi avevi detto niente. E si guarisce?

– Ci vorrebbe un miracolo...

– Ehm, scusate, non siamo in un consultorio e io non sono una psicologa!

– E su questo siamo d'accordo, – concordò Max.

– Bene, almeno su questo, – convenne soddisfatta la Scardi senza cogliere il tono ironico. – E per quanto concerne lo *Starlight*, credo si tratti solo di una coincidenza. Mi rendo conto che spesso *chi non è del mestiere*, – e sottolineò di proposito la frase, – tenda a fare confusione, ma...

– La mia amica sostiene che le coincidenze non esistono.

– La escort?

– No! Olga! – Certo che l'ispettrice era davvero stupida. – La mia amica tatuatrice!

– È scomparsa anche lei? Quindi sono tre.

– Come, tre? Chi altro è scomparso?

– La tatuatrice.

– Ma la tatuatrice è Olga!

Max era esausto. E la Merkel anche, un po'.

– Senta, volevamo solo fare una denuncia, tutto qui. Un'amica non si trova da ieri sera e temiamo possa essere in grave pericolo.

– Va bene, scriviamo la denuncia, allora.

– Meno male.

Max si rilassò, finalmente, mentre l'ispettrice cominciava a vedere la luce in fondo al tunnel.

Conclusa la denuncia e liquidati i ragazzi, si decise a compilare la famosa domanda di trasferimento che da mesi giaceva in un cassetto. Non ne poteva piú di quella vita. Lei era fatta per entrare in azione, per lavorare sul campo! La sua mente brillante era sprecata, lí in ufficio, a dare retta a ogni coppia di isterici.

Non era nemmeno alla prima riga del formulario quando le arrivò una telefonata che non si sarebbe mai aspettata e che la mandò in fibrillazione.

– Ispettrice, sono io, Pasca, le sono mancato?

La Scardi cominciò a sventolarsi la faccia con la domanda di trasferimento.

Quell'uomo aveva la capacità di rianimare un corpo ormai quasi imbalsamato dalla menopausa.

– Be', un pochino, in effetti.

– Me ne compiaccio.

– Ma non avrà certo chiamato per sapere come sto, – disse, anche se, ovvio, ci sperava.

– Per chi mi prende? Certo che ho chiamato per quello. E per chiederle se avesse qualcosa per me.

L'ultima parte della frase le diede il colpo di grazia.

– Il solito giornalista a caccia di notizie...

Pasca aveva aspettato, prima di chiamarla, di aver esaurito ogni opzione. La Scardi era una cretina. Però a quel punto era una cretina indispensabile, perché le ricerche non avevano dato i frutti sperati. Dopo la trasferta bolognese e l'assalto in casa di Melinda, era andato subito dal suo amico questore e gli aveva raccontato tutto. Be', non proprio tutto. Aveva omesso che ad aggredirlo era stata una donna di quaranta chili. Anzi, l'aveva descritta come una valchiria armata e sotto l'effetto di sostanze psicotrope. Ma quando era tornato nell'appartamento, accompagnato da un poliziotto, lo aveva trovato ordinato e deserto. Sembrava non fosse entrato nessuno per giorni, persino la serratura era stata rimontata, e della valchiria non c'era alcuna traccia. Per cui non era riuscito a chiudere occhio. Ecco perché, mattiniero, aveva telefonato alla Scardi.

– Sa che non è cosí, non sono il «solito» giornalista.

– Forse sí, forse no. Comunque, qui non succede niente. Per farle capire in che condizioni mi trovo, le dico solo che ho appena preso la denuncia di due... due... – si guardò intorno come per controllare che non ci fosse nessuno ad ascoltarla, – di due gay, per giunta sposati, che blateravano di una donna scomparsa. Scomparsa! Non sono passate neanche dodici ore, capisce?

– Eh, lo so.

– Sono avvilita.

– La abbraccio virtualmente.

– Grazie. E non è finita. Le donne scomparse, sempre secondo loro, sono ben due! Dove andremo a finire di questo passo?

– Ah, da nessuna parte.

– Esatto!

– E chi sono?

– Chi?

– Le signore scomparse.

– Una è una escort, figuriamoci, e l'altra è una tatuatrice.

Pasca, che ormai rispondeva a monosillabi e si era pentito di avere fatto quella telefonata, ebbe un sussulto.

– Scusi, Scardi, una escort e una tatuatrice, ha detto?

– Sí, capisce?

– E come si chiamano?

– Aspetti, ho ancora qui la denuncia. Melinda Malaguti, la tatuatrice, e Olga Rosalia Bellomo, la escort. No, un attimo, è il contrario. Mamma mia, lavoro troppo. Dunque, la escort si chiama Melinda Malaguti e... È ancora lí? Pasca? Pronto?

Silenzio.

– Mi sente? Forse è caduta la linea...

Quello stronzo aveva riattaccato.

Riprese la sua domanda di trasferimento e finí di compilarla.

XI.

Poche ore prima…

Olga aveva osservato la stanza. Perché quell'uomo aveva preparato una valigia per Melinda con le sue cose? Dove si trovava adesso l'amica, e per quanto sarebbe rimasta viva? Forse, finché non avesse confessato il nascondiglio in cui Grazia aveva messo qualsiasi cosa loro (ma chi?) stessero cercando; solo che Melinda non poteva confessare ciò che non sapeva. E loro (ma chi?) non sapevano che lei non sapeva. Quindi, magari… Doveva pensare piú in fretta e piú lucidamente.

Che elementi aveva? Pochissimi.

Sapeva che Melinda aveva un appuntamento allo *Starlight* con Filippo Lanzi e che non si era presentata, se doveva credere alle parole dell'uomo. Per il momento decise di farlo. Le era sembrato troppo terrorizzato per mentire.

Si sedette sul letto e tirò fuori dallo zaino il diario.

Melinda stava indagando sulla scomparsa di Grazia. Era addirittura andata in un «posto», stando agli appunti che aveva preso dopo la loro ultima conversazione, per ricostruire gli spostamenti dell'amica. Forse visitare questo «posto» le era stato fatale? Ma chi poteva esserci dietro? Escluse che potesse trattarsi di un cliente particolarmente scontento o particolarmente losco. La escort ne aveva pochi e fidati. Però: chi erano? Ecco, poteva partire da lí. Saltò in piedi come una molla.

L'agenda di Melinda!

Si guardò intorno. No, un attimo, era inutile cercarla nel suo appartamento, l'amica non conservava nulla che avesse a che fare con il suo lavoro. Era una regola che si era data.

«La mia casa è come la mia anima, – diceva sempre. – Pulita. Quando rientro non voglio trovare tracce di chi sono altrove».

Ma questo chi lo sapeva oltre a lei? Pochi, e di certo non chi le stava dando la caccia, quindi Olga aveva un discreto vantaggio.

Guardò l'ora: le dieci. Perfetto. Poteva mangiare un boccone fuori e aspettare che arrivasse il momento di entrare allo *Starlight*.

Prese uno straccio, pulí gli oggetti che aveva toccato, poi chiamò un taxi. Il locale era in centro e lei aveva bisogno di muoversi con facilità. Meglio lasciare la macchina dov'era. Sarebbe passata a prenderla piú tardi, non appena avesse finito la ricognizione nel locale. E non solo la macchina.

Doveva farlo, anche se non ne era entusiasta. Cercò Remington con lo sguardo. Lo scovò quasi subito. Stava dormendo, credendosi nascosto tra i cuscini. Ignaro del fatto che da dietro la federa spuntasse gran parte del suo sedere.

– Che ne farò di te? – chiese, prima di uscire. – Io non sono brava con gli esseri umani, figuriamoci con i gatti. Ma non ti abbandono, è una promessa. Tu mi hai salvato la vita, io salverò la tua. Qualsiasi cosa succeda, torno a prenderti.

Accostò la porta, che non si chiudeva, attraversò il corridoio e scese le scale.

Il taxi era già sotto che la aspettava.

– Olga, che ci fai qui?

Manuela, in arte Emanuelle – con piú citazionismo che fantasia –, stava entrando nel locale dal retro. Era stata pure lei a Trarego, anni prima, durante il viavai che tanto aveva scombussolato il pacifico paesino di montagna.

– Sto cercando Melinda.

– Ah, ma non credo sia ancora arrivata...

– Puoi farmi entrare?

– Certo, vieni.

Lo *Starlight night club* era un locale tra i piú quotati della Milano notturna, per chi avesse voluto rilassarsi in compagnia di ragazze bellissime e assistere a spettacoli di lap dance e strip-tease, sorseggiando cocktail complicati o piú semplici coppe di champagne, seduti su comodi divani. Ed era l'ufficio di Melinda.

Il direttore, Soter Levantes, un uomo di grande fascino e originario della Grecia, le aveva concesso una piccola stanza dove potersi cambiare o riposare e dove tenere le sue cose. Era l'unica ad avere questo privilegio.

Olga entrò in un mondo sconosciuto.

Melinda le aveva parlato spesso dello *Starlight* e lei se lo era immaginato come un girone infernale pieno di gente bruttissima e con i denti aguzzi. Rimase sorpresa invece di trovare un ambiente caldo ed elegante, divani in pelle e tavoli apparecchiati con gusto, il tutto avvolto da luci soffuse. I barman sembravano usciti da una sfilata di alta moda e le ragazze, bellissime, sorridevano mentre si preparavano alla serata.

Manuela la condusse nel camerino di Melinda. – Vedi? Non è qui.

– Tu quando l'hai vista l'ultima volta?

– Non mi ricordo... Perché vuoi saperlo?

– Rifletti bene. Ieri sera?

– No. Ieri sera no. Però... Ora che ci penso mi aveva accennato a un viaggio che voleva fare.

A Olga quella frase buttata lí non piacque affatto. Sembrava confezionata ad arte per giustificare la scomparsa dell'amica e, all'occorrenza, una valigia preparata in tutta fretta.

– Un viaggio? Che tipo di viaggio? Non è strano? All'improvviso, e senza dire niente a nessuno, decide di fare un viaggio.

Manuela alzò le spalle. – A me però lo ha detto.

– Be', è presto verificabile, – disse Olga e la guardò, per scorgere un'eventuale reazione. – Qui da qualche parte c'è la sua agenda. Ci sarà scritto qualcosa in proposito. Un volo aereo prenotato, un pagamento, una meta…

– Ah, non saprei. Qui, dici? Cercala pure.

Manuela sembrava stizzita, piú che turbata dalla notizia, e allora Olga si diresse risoluta verso la postazione del trucco: sotto il tavolo con le lampade c'erano due cassetti. Uno chiuso a chiave. Fu uno scherzo forzarlo. La trovò subito. Il cassetto era chiuso, è vero, ma l'agenda non era propriamente nascosta; dunque Melinda non aveva un particolare timore che qualcuno potesse rubargliela.

– Eccola! La prendo io, se non ti dispiace.

– Certo, se può esserti utile… Secondo te, se non è partita, che cosa può esserle successo?

– Non lo so. Ma sento che di qualsiasi cosa si tratti ha a che fare con la scomparsa di Grazia.

– Grazia?! Ma nooo, perché dici cosí? Cosa c'entra adesso Grazia? È assurdo… Insomma, Grazia sarà tornata dalla sua famiglia. So che la sorella ha avuto una bambina e per Grazia è stato amore a prima vista. Molte di noi a un certo punto decidono di cambiare vita. Non è la prima volta che succede e non sarà l'ultima. Forse anche Melinda ha fatto lo stesso.

– Lo escludo. Melinda non si sarebbe mai piú avvicinata né a sua madre né tantomeno al suo patrigno.

– Se lo dici tu…

– Sai dove lavorava Grazia?

– Al *Blue Moon*, accanto alla stazione.

– Dovrò fare un salto anche lí.

– Io credo che tu stia esagerando...

In quel momento entrò Soter Levantes. Era parecchio arrabbiato.

– Dove diavolo è finita Melinda? Sta per arrivare un cliente importante e lei non si trova da nessuna parte. Il cellulare è staccato e a casa non c'è.

– Stavamo parlando proprio di questo, – gli rispose Manuela. – Forse è partita...

Olga pensò che la ragazza insistesse troppo sulla partenza dell'amica.

– E per andare dove? – sbottò Soter. – Non lo avrebbe mai fatto. Il cliente aveva chiesto espressamente di lei e io gli avevo garantito la sua presenza. E la mia parola conta ancora qualcosa, in questa città!

Soter era davvero bello, rilevò Olga, ma parlava come il boss di un brutto film di gangster anni Cinquanta. Forse perché era straniero. Mentre Olga lo considerava con aria critica, l'uomo si soffermò a guardarla. Anche lui con la stessa espressione.

– Scusa, ma questa chi è? – chiese a Manuela.

– Questa, chi?

– Lei! – Soter indicò Olga. – Ammesso che si tratti di una donna.

– Certo che sono una donna! – protestò Olga, senza essere ascoltata. Non che le fosse mai importato del suo aspetto fisico, intendiamoci, ma ora ne faceva una questione di principio. Come si permetteva questo tizio, peraltro vestito in modo ridicolo, di giudicarla?

– E dove sono le tette? Senti, ragazzino, non voglio sorprese, sia chiaro. È un locale serio e rispettabile, il mio. I clienti non si aspettano scherzi.

– Sono una donna, giuro!

– Se insisti, – concesse lui, poco convinto. Poi, neanche fosse stato colto da una folgorazione, aggiunse: – Come sei entrata? Chi...? ͏

– Io, l'ho fatta entrare io. È un'amica di Melinda. Stava cercando la sua agenda.

– Che agenda?

– Questa, – disse Olga, infilandola nello zaino. – Adesso posso andarmene, grazie.

– Quindi non sei qui per lavorare?

– No no!

– Meno male, perché senza tette non si va da nessuna parte.

– Un concetto ormai chiarissimo.

– Bene –. A quel punto lui notò i tatuaggi che Olga aveva sulle braccia, e la sua faccia si decompose. – Sei della yakuza?

– Perché ce l'avete tutti con la yakuza?

– Tutti, chi? – si intromise Manuela.

– Non voglio problemi, – proseguí Soter. – Questa è la mia città, e puoi dire ai tuoi amici che io ho un grande rispetto per loro. Vado sempre al ristorante cinese!

– Non sarebbero felici di saperlo.

– Perché?

– Perché la yakuza è giapponese.

– Giapponese? Sicura?

– Assolutamente.

– Ottimo, ottimo. D'ora in avanti, allora, solo ristorante giapponese! Tra l'altro io lo odio, il cinese. Hanno quella pasta collosa... Ah, comunque puoi restare quanto vuoi. I tuoi amici sono nostri amici, – e scomparve dietro la porta, borbottando qualcosa sul pollo in agrodolce.

Olga restò sola con Manuela, ma era chiaro che da lei non avrebbe cavato piú niente. Cosí come era chiaro che stesse nascondendo qualcosa. Doveva solo scoprire cosa.

– Sai, – le disse a un tratto la escort, – finché sei giovane e bella questo mestiere ti sembra un modo facile e veloce per fare i soldi. Ma dura poco. Già a trent'anni sei da rottamare. Dall'Est arrivano ragazze piú belle e piú giovani di te. Allora capisci che hai bisogno di cambiare, di farti un'assicurazione...

– Che tipo di assicurazione?

– Sistemarti con uno ricco, per esempio.

– Non è il caso di Grazia, però. Né di Melinda.

– Ne sei certa?

– Certissima. Senti, se non ti dispiace resto fino alla chiusura.

– Nessun problema.

Manuela alzò le spalle e la lasciò. O non era turbata, oppure era una bravissima attrice.

Olga pensò che avrebbe dato un'occhiata in giro. Magari uno dei clienti del locale aveva informazioni su Melinda.

E magari qualcuno avrebbe cercato di sottrarle l'agenda, e allora...

Fu mentre era seduta al bancone a sorseggiare il secondo drink, o forse il terzo, che Olga ricevette la telefonata di Max. Aveva un tono molto preoccupato e parlava in modo confuso. Era appena cominciato lo spettacolo di lap dance e la musica complicava la comunicazione.

Olga non era abituata a rendere conto dei suoi spostamenti, anche perché, a dire la verità, fino ad allora non ce ne era stato bisogno. Non si era mai mossa da Trarego, tranne qualche rara eccezione, per cui non aveva proprio considerato di dover avvisare gli amici che non sarebbe tornata.

– Chi sta per morire?

– Morire? No...

– Olga, tesoro, chi sta per morire?

– Max, non ti sento... Meglio che vi dica una cosa...
...

– Oh, mamma. Olga, amore, sono ENTUSIASTA! Brava!
Certo, potevi dircelo...

Di che stava parlando?

Olga cercò di spiegargli perché si trovava lí, ma il cellulare si spense sul piú bello. Si disse che almeno si erano sentiti e, se lui era addirittura entusiasta, sarebbe stato anche tranquillo. Riprese a controllare in giro secondo programma.

La serata, però, si stava rivelando un buco nell'acqua. Nessuno sapeva granché di Melinda né tantomeno della sua presunta scomparsa: né le ragazze che conosceva e che aveva intercettato durante le pause degli spettacoli, né le cameriere che si aggiravano tra i tavoli in topless, e nemmeno il capo barman, un bel ragazzo, sebbene poco loquace. Lo stesso Soter, nonostante fosse terrorizzato all'idea che la yakuza potesse fare irruzione, si era dimostrato piuttosto inutile.

Olga decise di tornare in camerino e studiare un po' l'agenda di Melinda, per vedere se compariva qualche nome di colleghi del locale da interrogare in modo piú approfondito, o qualche indizio a proposito del presunto viaggio.

Fece appena in tempo a raggiungere la stanzetta, che iniziò a sentirsi male.

Lo sguardo non riusciva a fissarsi sulla pagina. Tutto ondeggiava.

Forse aveva esagerato con i drink. Le girava la testa e vedeva sfocato. Si sedette sulla sedia della postazione del trucco e respirò a fondo. La situazione peggiorò, invece di migliorare. Aveva una forte nausea.

Nonostante gli occhi le si incrociassero, si sforzò di continuare a sfogliare: parrucchiere, beauty center, incontro in un palazzo in centro con un certo R. S., doveva essere un cliente fisso, visto che ricorreva piú volte; e una cena con G. P. Quest'ultimo nome era cerchiato con un cuore rosso ed era l'unica cosa degna di nota. G. P. Chi era? Perché Melinda non gliene aveva parlato? E se fosse stato lui il famoso uomo ineffabile di cui Melinda non aveva fatto a tempo a raccontarle?

Si diede due schiaffi sulle guance e andò ancora piú a ritroso.

«Pensa, pensa, Olga. Anomalie, coincidenze. Forza, non cedere proprio ora».

G. P., di nuovo.

Nessun cenno a Filippo Lanzi. Nessun appuntamento con un mediatore immobiliare.

Molto strano. Ecco la prima anomalia. No, la seconda. C'era anche G. P., e nessun viaggio in vista.

Non riusciva a concentrarsi, però, la nausea era troppo forte. Vedeva doppio. Un attimo, cos'era quello? Un check-up al *Diamond luxury resort*? Un check-up, Melinda?

Non aveva senso. E cos'era il *Diamond luxury resort*?

Strizzò gli occhi per tentare di mettere meglio a fuoco gli appunti, ma non cambiò niente.

«Quali sono i sintomi di avvelenamento?» era la voce di suo padre. La sentiva rimbombare nelle orecchie.

«Difficoltà motorie, nausea, disorientamento».

«Soluzioni?»

«Nascondermi e non farmi prendere».

Scattò in piedi e dovette appoggiarsi alla parete per non perdere l'equilibrio.

Come poteva essere stata tanto stupida?

Si concentrò sul respiro. Dopo un paio di minuti il cuore, che aveva cominciato a pulsare piú veloce del normale, riprese a battere con regolarità.

Bloccò la maniglia con una sedia, di piú non poteva

fare. La fuga era da escludere, con la droga nel sangue l'avrebbero sopraffatta. E aveva pochissimo tempo. Doveva impedire che trovassero l'agenda.

Raccolse le forze e scrutò il camerino in cerca di un nascondiglio; la vista annebbiata e la confusione che aveva in testa però non la aiutavano. Strappò le ultime pagine dell'agenda. Tutto intorno a lei girava vorticosamente.

Udí un trambusto nel corridoio. Stavano arrivando, credendola già fuori gioco. Cominciò a ripiegare i fogli, le sembrava di compiere quei gesti con una lentezza disarmante. Il rumore si faceva sempre piú vicino, o forse era la sua immaginazione. Vide la maniglia che si abbassava. Poi qualcuno imprecò con rabbia. Grazie alla sedia, Olga aveva guadagnato un po' di tempo prezioso. Poco, ne era consapevole, sarebbero comunque entrati. Si infilò le pagine nelle mutande e scivolò a terra, sul punto di perdere di sensi.

La porta venne aperta e Olga sentí in maniera confusa una voce che parlava al telefono.

– Fatto. Certo. L'agenda e il cellulare. No, non ho idea di come sia arrivata a noi... Lo so, ci penso io. Ne avrà per ore, e non si ricorderà niente.

XII.

26 settembre, tardo pomeriggio

Pasca non sapeva piú dove cercare questa tatuatrice.
Perché era scomparsa anche lei? Chi era? Cosa sapeva?
Dopo aver sentito la Scardi, aveva fatto le sue indagini. Non era stato difficile trovare l'articolo del «Corriere
della Sera» che parlava di lei. Mentre era stato impossibile scoprire altro. Non aveva un passato. Questa donna
misteriosa dal nome siciliano – e pure un po' russo – non
era sui social e non appariva online. Olga Rosalia Bellomo,
nata a Torre San Filippo da Domenica Rosalia Bellomo e
da padre ignoto. La madre era morta e lei era spuntata a
Trarego anni dopo. Nient'altro. Com'era possibile? Tutti
lasciavano traccia di sé. Tutti, tranne lei. E che posto era
Trarego? Chi mai si sarebbe rifugiato in un luogo del genere se non avesse avuto qualcosa da nascondere?
 Allora aveva riaperto l'articolo e aveva notato una piccola fotografia in bianco e nero. Era molto sgranata e in
bassa risoluzione. Aveva scattato una foto con il cellulare e aveva ingrandito l'immagine. A quel punto era saltato sulla sedia. Difficile riconoscerne i lineamenti, a meno
che uno non si fosse trovato faccia a faccia con lei durante
un'aggressione. Ma certo, la tatuatrice! L'amica schiva di
cui Melinda gli aveva parlato. Lei lo aveva aggredito! Perché si trovava in quella casa? Anche Olga stava cercando
Melinda? Allora si era messo sulle sue tracce con maggiore veemenza. Aveva chiesto un po' in giro, a prostitute,

tossici, dopo che il suo amico questore non gli aveva dato grandi informazioni, ma sembrava che lei fosse sparita nel nulla. Come era accaduto a Melinda. Per questo alla fine era stato costretto a rivolgersi a chi poteva scavare piú a fondo, a chi aveva contatti con personaggi o organizzazioni a cui un questore non poteva certo rivolgersi.

Intanto la dottoressa Mazzanti aveva concluso le sue, di indagini. Non c'erano dubbi, il corpo con la tigre tatuata apparteneva a Grazia Palermo, non a una giovane sconosciuta di Modena. E come ci era finita una escort con tanto di denuncia di scomparsa sul tavolo della sala settoria di Bologna?

Qualcuno si doveva essere dato un gran da fare, rifletteva Pasca, come per l'occultamento dell'omicidio di Pamela Scotti. Gli vennero i brividi al pensiero che Melinda potesse avere fatto la stessa fine.

Aveva l'impressione che questa Olga, tatuatrice misteriosa, fosse la chiave, il collegamento che stava cercando.

Ma non aveva avuto fortuna. Aveva girato a vuoto tutto il giorno.

Poi, alla fine, era arrivata la telefonata.

– Sono Mizzi.

– Mizzi, che c'è? Non ti presto piú niente.

– Figa, pensi sempre che ti chiamo solo quando ho bisogno.

– E non è cosí?

– No. E te lo dimostro. Mi hanno detto che stai cercando una tipa che sta cercando un'altra tipa… Figa, sei piú incasinato di me.

Pasca si drizzò sulla sedia. – Esatto.

– So dove si trova.

– Mi prendi per il culo?

– No. Vedi? Do ut des, direste voi intellettuali. Adesso siamo pari?

– Per niente. Spara.

– Sei una merda.

– Una merda? Ti presto i soldi per farti uscire dai casi-ni e sono una merda?

Mizzi, dall'altra parte del telefono, fece un profondo respiro e continuò: – Va bene, senti, la tipa è stata vista allo *Starlight*, ieri sera.

– Ieri sera? Che informazione è? Sono passate ore!

– Figa, sei proprio un coglione. Mettiamola cosí, so che non è mai uscita.

– Che significa?

– Và a dà via i ciapp, che è meglio...

– Mizzi, vuoi davvero che mi venga a riprendere i sol-di che mi devi?

– Va là, pirla. Significa che o la tipa si sta divertendo un mondo e non vuole andare via, o le è successo qualcosa, no?

Giusto! Non ci aveva pensato.

– Okay. Adesso però sono le cinque del pomeriggio, non posso presentarmi e...

– Ghe pensi mi. Un'amica della mia morosa lavora lí. Ti aspetta.

Pasca riattaccò senza neanche salutare, Mizzi non si sa-rebbe offeso. Prese la giacca appoggiata alla sedia e si pre-cipitò fuori dalla redazione.

Considerò che non aveva idea di cosa aspettarsi una vol-ta entrato allo *Starlight*, e il pensiero rallentò il suo slancio.

Non era un eroe.

Ma una donna in pericolo andava salvata, pure se la donna in questione era una cultrice di arti marziali trave-stita da matrioska. Quella piccolina, però.

XIII.

26 settembre, tardo pomeriggio.

«Non le ho fatto nulla», le stava dicendo Nardi. Era disteso sul letto e soffriva.

«A chi?»

«A lei... Non ho potuto. Era piccola... e indifesa... Io proprio non ce l'ho fatta. Non glielo dire mai!»

«Non ce l'hai fatta a fare cosa?»

«Ci aveva visti, capisci? Avrebbe potuto riconoscerci. Quindi tuo padre... Abbiamo fatto un patto, ora però sono libero...»

Olga non capiva granché, ma era meglio cosí. Non voleva sapere e aveva smesso di chiedere.

Erano solo i deliri di un uomo malato. Niente di piú.

La testa le stava scoppiando, aveva la nausea.

Distolse lo sguardo da Nardi per potersi riprendere e osservò l'ambiente in cui si trovava. Doveva essere a Londra, ma allora perché quella stanza le ricordava tanto la camera da letto di sua madre?

Quando tornò a guardarlo, non era piú Nardi. Disteso sul letto c'era suo padre.

«Papà! Oddio, papà...»

«*Sst*. Non gridare, potrebbero sentirti».

«Chi?»

«Ricordi cosa ti ho sempre detto? Mai mostrarsi deboli».

«Ma lo sono».

«Sei debole solo se credi di esserlo. Alzati e combatti».

«Dov'è Vincenzo? Dove lo hai nascosto? Stava parlando di una bambina, e tu...»

«Resta concentrata. Non ti distrarre. Cosa vedi?»

«Rispondimi!»

«Olga, questo è un sogno. Non c'è nessuna bambina. È tutto nella tua testa, capisci?»

«No, non è vero. Nardi...»

«Cosa vedi, Olga? Sai dove ti trovi?»

«A casa, nella masseria».

«Guarda bene».

Allora lei lo fece.

No, non era a Torre San Filippo. Non riconosceva niente. C'era un quadro appeso di fronte a lei. Un quadro con una festa da ballo. E c'era una donna elegante, che sorrideva. Il suo volto aveva qualcosa di familiare.

«Dove mi trovo, papà? Non capisco, non riesco a pensare...»

«Perché devi svegliarti. Adesso. Devi riprendere il controllo».

«Il controllo...»

«Svegliati, Olga!»

«Sto male».

«Sciocchezze. Conto fino a dieci. Uno, due, tre...»

«Voglio prima sapere della bambina».

«Quattro, cinque...»

«No, aspetta».

«Sei, sette, il tempo sta scadendo. Il tuo tempo. E quello di Melinda».

«Come fai a sapere di lei?»

«Otto, nove, ORA!»

Olga si svegliò di soprassalto. Sollevò il busto, emettendo un grido soffocato.

Era sdraiata su un divano. Ma quale divano? Dove?

La prima cosa che vide fu una fotografia.

Una donna dal volto familiare stava sorseggiando un drink. Sorrideva a un uomo inquadrato di spalle. Quindi il quadro nel sogno non era un quadro.

Dio mio, che cosa le stava succedendo?

Non ricordava niente.

Si stropicciò gli occhi e il viso, e guardò di nuovo nella direzione della foto.

In realtà non ce n'era una sola, ma una parete intera.

Ragazze con indosso vestiti eleganti, o in topless, sedute a un bancone, in piedi sorridenti, su un palco. Erano state scattate durante una festa, in un locale.

Allo *Starlight*!

Si alzò in piedi. Le gambe le cedettero, ma riuscí a restare dritta.

Aveva un forte mal di testa e la nausea.

Il panico cominciò a montarle dentro. Perché non ricordava nulla?

Era arrivata allo *Starlight*, aveva incrociato Manuela, e dopo? Buio totale.

A piccoli passi si avvicinò alla porta e provò ad aprirla. Chiusa, ovviamente.

Non poteva credere a ciò che stava vivendo. Non le importava di quanto le avevano fatto, ammesso che qualcuno le avesse fatto qualcosa, o di quanto avrebbero potuto farle, perché la sua piú grande paura era diventata realtà. Non ricordava niente. La memoria era ferma all'ingresso allo *Starlight*, poi aveva un buco di… di quante ore?

– No, non adesso, per favore, – disse ad alta voce. – Non può accadermi cosí, all'improvviso.

Sentí montare l'angoscia. Un'angoscia e un terrore che non aveva mai provato. Era pronta ad affrontare tutto ma non quello, non l'Alzheimer.

Olga non aveva mai versato una lacrima in vita sua.

Di dolore ne aveva provato parecchio, ma non aveva mai pianto.

Eppure, chiusa in quella stanza, percepí bene che sarebbe successo. Avrebbe pianto.

Frugò nello zaino, un gesto automatico, non si aspettava certo di trovare lí la forza di reagire alla sua piú grande paura.

L'occhio le cadde sulla chiave bulgara e le tornò la voglia di vivere, la voglia di reagire alla situazione. Poteva piangere dopo. Prima doveva uscire da lí.

Afferrò l'arnese e cominciò a scassinare la serratura. Era un procedimento che richiedeva precisione e tempo. Lei possedeva di sicuro la precisione. Ma quanto tempo aveva?

Era molto concentrata quando sentí una voce dall'altra parte della porta e si fermò di colpo.

– Credo sia qui dentro –. Era una donna.

Manuela? Non avrebbe saputo dirlo.

– Be', allora entriamo.

Adesso era stato un uomo a parlare, e quella voce, quel timbro… Dove li aveva già sentiti?

– Ma è chiusa a chiave e io… Senti, non è che passerò dei guai?

– Perché mai? Stai solo aiutando un'amica ubriaca.

Che stava dicendo? Quale amica ubriaca?

– Okay, ma devo andare a prenderla, le chiavi stanno dietro il bancone del bar.

– Vai, io ti aspetto qui.

Bene, quelli erano minuti preziosi, per Olga.

Il suo corpo si stava riprendendo a poco a poco. Bastava non pensare a ciò che era accaduto alla mente. Doveva concentrarsi sul qui e ora.

Chiuse gli occhi e cominciò dal respiro.

Stava sempre meglio. La nausea era passata.

Quando sentí la ragazza che tornava, si posizionò dietro la porta e aspettò che la aprissero.

– Ecco, – disse quella dopo aver girato la chiave nella serratura. – Non voglio avere guai. Io non ti ho fatto entrare, okay?

– Certo, certo. Bocca cucita, grazie.

– Torno di là. Ripeto, io non ho visto niente. Qui succedono troppe cose strane, e io non voglio entrarci, capito?

– Capito. Vai pure.

Olga vide l'uscio schiudersi e attese che l'uomo facesse un passo dentro la stanza. Gli afferrò il braccio, lo tirò dentro, e mentre con un calcio richiudeva la porta, gli colpí il setto nasale, e lo tramortí.

Quello cadde a terra senza emettere un suono.

XIV

Olga afferrò lo zaino e fece per precipitarsi fuori dalla stanza, ma mentre scavalcava il corpo a terra la sua attenzione si fermò un istante su quella figura prona. Alto, capelli arruffati...

– Lanzi?! – esclamò. – Cosa? Perché?

Non aveva senso.

Non poteva essere lui ad avere architettato tutto. Che poi, tutto cosa?

Maledetta memoria.

L'uomo intanto si stava riprendendo, e Olga non sapeva davvero cosa fare.

Se fosse uscita non avrebbe avuto le risposte che cercava, ma se fosse rimasta...

– Che cavolo è successo? – gemette lui, disteso a terra. Girò appena la testa e la mise a fuoco. – No, di nuovo?

Olga gli si sedette sopra per evitare che scappasse.

– Ehi, ma che...?

– *Sst*, non gridare, potrebbero sentirci.

– Sei stata tu a colpirmi?

– Sí.

– Perché? Perché ogni volta che ti incontro senti la necessità di farlo?

– Forse perché ti trovi sempre dove non dovresti essere. Che cavolo ci fai qui?

– Be', ti sembrerà assurdo vista la posizione in cui sono, ma ero venuto per salvarti!

Olga sgranò gli occhi.

– Non c'è niente di cui stupirsi, sono serio. Insomma, io vengo qui, affrontando mille avversità, rischio la vita per te e tu mi aggredisci?

– Tu, salvare me? Questa sí che è divertente. Come vedi sto benissimo e non c'era bisogno di…

– Benissimo non direi, dal momento che sei rimasta qua dentro piú di dodici ore. O lo hai fatto per scelta?

– Dodici ore?

Olga questo non se lo aspettava. La sua amnesia era piú grave di quanto avesse immaginato.

– Non lo so, lo immagino. Sarai arrivata ieri sera e adesso sono le cinque del pomeriggio. E l'Elliot Stabler che è in me è intervenuto. Sapevo di dover fare qualcosa. Non avevo la certezza che fossi in pericolo, ma avevo una strana sensazione qui alla bocca dello stomaco, hai presente?

– Elliot Stabler… – ripeté Olga come in trance.

– Sí, *Law & Order. Unità vittime speciali.* Il classico poliziotto alfa tutto d'un pezzo. Comunque, i tuoi amici hanno denunciato la tua scomparsa e…

– I miei amici cosa?

– Sí, i tuoi amici. Cosí sono venuto a sapere che non si avevano piú tue notizie. E allora mi sono attivato, cosa credi? Ho le mie fonti. Infatti eri chiusa a chiave, non so se mi spiego.

Ma vedendo l'espressione sulla faccia di Olga si bloccò di colpo.

– Che succede? Ho detto qualcosa che non dovevo?

Perché quella donna aveva l'incredibile capacità di farlo sentire in colpa, quando era stata lei a rompergli il setto nasale?

– Lanzi, dici che sono scomparsa per dodici ore, che c'è una denuncia. Parli di un certo Elliot Stabler...

– Sí, be', quello lascialo stare, forse ha confuso un po' le carte, ma...

Olga si alzò in piedi. Non aveva piú nulla per cui combattere. La sua memoria, l'unica cosa preziosa che possedeva, se n'era andata.

L'uomo, finalmente libero, fece altrettanto.

– Accidenti, fa malissimo, – disse portandosi la mano al naso. – Sta sanguinando!

– È solo una botta.

– Come, è solo una botta? Me lo hai rotto! Il mio naso! E io che volevo... Pensavo... Insomma, chi sei? Perché vai in giro ad aggredire le persone?

Olga però non lo stava piú ascoltando.

Si era seduta sul divano per non cadere.

Fino a quel momento era riuscita a contrastare la paura, adesso non poteva piú trattenerla.

Un black-out di dodici ore. Anche con sua mamma era cominciata cosí. Poi i black-out erano diventati sempre piú lunghi e frequenti. Finché non avevano sovrastato il resto, finché non si erano sostituiti del tutto alla vita reale.

Lacrime di angoscia cominciarono a scenderle lungo le guance, senza che lei facesse niente per bloccarle. Piangeva neanche fosse una qualunque femminuccia. Se l'avesse vista, suo padre l'avrebbe senz'altro punita. Ma suo padre non era lí.

Pasca non sapeva in che modo prenderla, e sí che con le donne gli succedeva di rado. Ma odiava vederle piangere. O meglio, odiava il modo in cui si sentiva quando piangevano. Impotente e al tempo stesso smanioso di consolarle. Doveva fare qualcosa. E nonostante quella donna avesse l'assurda fissazione di metterlo k.o., forse era piú fragile di quanto intendesse mostrare.

– Okay, non ti preoccupare, ci penso io. In fondo, sono qui per questo. In fondo mi hai SOLO rotto il setto nasale, ti perdono e... È probabile che stia arrivando qualcuno, e tu mi insegni che è meglio non farsi sorprendere, giusto?

In effetti si udivano delle voci provenire dal corridoio. Quel posto si stava animando. Pasca insistette, in tono piú urgente.

– Senti, di solito sei tu quella che combatte, io preferisco assistere in panchina, per cui forse è meglio andare. Questo è il tuo zaino? Lo prendo, eh?

Olga non ascoltava, non parlava. Non gliene fregava nulla di essere in balia di uno sconosciuto. Tutte le regole erano saltate.

Aveva l'Alzheimer.

Come sua madre.

Nient'altro contava piú.

Pasca era davvero confuso. Che problemi aveva questa Olga? Un minuto prima era un ninja, un minuto dopo la persona piú fragile del mondo. Non sapeva davvero come gestirla. Sapeva soltanto che dovevano andar via quanto prima.

Se fino a poche ore prima nutriva seri dubbi sulla faccenda e non aveva idea di cosa aspettarsi, quando l'aveva vista allo *Starlight* ridotta in quello stato si era convinto di una cosa: la tatuatrice era stata drogata, altrimenti avrebbe trovato il modo di uscire dalla stanza. Solo la droga poteva mettere fuori gioco una persona per tante ore e lasciarla ridotta cosí. Quindi sí, dovevano allontanarsi il prima possibile.

Le passò un braccio sotto le ascelle e l'aiutò a tirarsi su dal divano, sorreggendola. Lei non oppose resistenza. Il corridoio era deserto e Pasca prese la direzione dell'uscita. Il locale apriva dopo le dieci, quindi adesso doveva esserci ben poca gente in giro. Per fortuna, perché Olga ancora non reagiva, si limitava a mettere un piede dietro l'altro, appoggiandosi a lui. Mentre attraversavano la sala principale del night, Pasca si guardava attorno preoccupato. Se li avessero attaccati, chi li avrebbe difesi? Non certo lui.

E i guai, quando li chiami, arrivano.

– Ehi, tu! – gridò qualcuno. Pasca si voltò, un giovane sconosciuto era emerso da dietro il bancone. Pareva piú seccato che aggressivo. – Chi sei? Dove stai andando?

– Sono... sono venuto a prendere la mia amica. Ieri sera si è sbronzata di brutto e... Be', fa sempre cosí. Una tragedia.

– Ma da dove è spuntata? Non è una delle ragazze, – l'uomo studiò Olga. – Ah, sí, me la ricordo. Non mi pareva avesse bevuto tanto...

– Eh, beve di nascosto. Siamo molto preoccupati.

– Capisco –. Lo sconosciuto alzò le spalle e scomparve in direzione del corridoio, Pasca affrettò il passo, per quanto poteva, con Olga aggrappata al fianco.

Gli sembrava di essere in *Notorius*, quando Cary Grant va a recuperare Ingrid Bergman in fin di vita nella villa del marito nazista. Il pensiero lo fece sentire un maschio alfa. Altro che Elliot Stabler.

Ricominciò a respirare solo quando si ritrovarono fuori.

Vestire i panni dell'eroe, anche se solo per pochi minuti, lo aveva davvero provato.

C'era ancora luce, e Olga si coprí gli occhi. Le dava fastidio, le dava fastidio tutto.

Tranne Lanzi. La sua presenza in qualche modo la tranquillizzava.

– Eccoci, siamo fuori. E senza danni, a parte un naso rotto per opera tua. Il che è un miracolo, considerato come sei messa. Cosa volevano da te? Dobbiamo controllare se ti hanno rubato qualcosa...

Olga taceva. Le avevano rubato qualcosa? Sí, la sua anima, i ricordi, la memoria. Questo solo contava, per lei.

– Non so che cosa ti sia successo, – proseguí Pasca, – non so perché d'un tratto sei catatonica, né se devo preoccuparmi, però di un fatto sono sicuro. Se una donna perde conoscenza per tante ore, può esserci un unico motivo: droga. E sai perché lo so? Perché è il mio lavoro. Non hai idea di quante ne ho viste, ridotte come te e…

Quelle parole smossero qualcosa dentro di lei. Un barlume di speranza a cui desiderava aggrapparsi con tutta sé stessa.

– Il tuo lavoro?

– Ah, bene, ti è tornata la voce.

– Non immaginavo che quello del mediatore immobiliare fosse un mestiere pericoloso.

– Sí, be', no, è una storia lunga e…

– A me non interessa perché tu hai a che fare con donne drogate…

– Non è proprio cosí…

– Ma se conosci una maniera per scoprire che mi è accaduto, te ne sarò grata.

– Grata fino a che punto? Voglio dire, smetterai di aggredirmi? Sarebbe già un ottimo risultato. In fondo ti ho appena salvato la vita.

– Questo è ancora tutto da dimostrare.

– Lo prenderò come un sí. Sali in macchina, ti porto da un amico.

E Olga ubbidí. Si sedette accanto a lui cercando di tenere sotto controllo l'angoscia e di ignorare il fatto che stava mettendo la vita nelle mani di un estraneo, uno sconosciuto che avrebbe potuto approfittare di lei in qualunque momento. Aveva persino pianto, si era fatta vedere debole. Tanti anni a prepararsi, e poi era crollata in pochi minuti. Davanti a un uomo. Non se lo sarebbe mai perdonato.

– Ripetile un'ultima volta! – le gridò il padre.

Nel capanno degli attrezzi di una vecchia masseria poco lontana da Torre San Filippo, dove lui aveva costruito una specie di arena, nascosti agli occhi del mondo padre e figlia si fronteggiavano, i muscoli tesi a sferrare l'attacco, le mandibole contratte.

– Papà...

– Non discutere con me. Sai che è importante. Ne va della tua vita.

– Sono anni che mi dici sempre le stesse cose, mica sono scema!

Arrivò il colpo e lei si ritrovò a terra. Ma ci era abituata, ormai, e rimettersi in piedi fu un gioco da ragazzi.

– Mi hai fregata.

– Come sempre. Ti distrai.

– Certo, perché tu mi parli.

– E tu non darmi retta.

– Allora tu non farmi le domande.

Il padre era scoppiato a ridere. – Sei proprio figlia mia. Cerca di restare concentrata, è importante. Non voglio che ti succeda nulla di male.

– Papà, è una brutta cosa volere bene a una persona che non è... non è una bella persona?

– Parli di me?

– Sí. Sento che c'è qualcosa che non mi dici.

– E perché non me lo domandi?

– Perché ho paura.

– Pensi che io sia al cento per cento una brutta persona?

– No. A metà.

– Quindi, se la metà buona è sufficiente a compensare la cattiva, direi che non è una brutta cosa.

– Forse no.

– Mi fa piacere. Sai, la maggioranza di noi ha una metà buona e una cattiva. Sta a noi trovare l'equilibrio tra le due parti e comprendere in che maniera questo equilibrio influenza chi ci sta accanto.

– Io non voglio avere nessuno accanto, almeno non mi devo preoccupare dell'equilibrio tra bene e male. Né del mio, né di quello dell'altra persona.

– Nessun uomo è un'isola, purtroppo. Guarda cosa è successo a me. Non volevo, eppure ho conosciuto tua madre... Ma tu lo hai già capito, ed è un bene.

– Non credo sia colpa tua. Parlo dell'altra metà, quella cattiva.

– Sí che lo è. Sta a noi scegliere chi diventare. Qualsiasi cosa deciderai di fare della tua vita sarà una tua responsabilità. Quindi stai attenta e scegli con giudizio.

– Io sarò un'isola!

– Spero tu ci riesca. L'importante però è non avere niente da nascondere, né qualcosa, o qualcuno, che ti rende vulnerabile e per cui puoi essere ricattata. I segreti portano solo guai. Adesso, per piacere, vuoi ripetere le regole?

– Ma le so a memoria!

– Sí, ma tu fa' felice un vecchio padre.

– Non sei vecchio!

– Lo sono nello spirito. Avanti.

– Non dare nell'occhio, osservare tutto e memorizzarlo, stare all'erta, non abbassare la guardia. Non farsi prendere, mai.

– E se invece dovesse succedere?

– Non accadrà.

– Se invece dovesse succedere? – le aveva chiesto di nuovo il padre, severo.

– Restare lucida e trovare una via d'uscita.

– Bene. Te la caverai. Sei una combattente, come me.

XV

27 settembre
Trarego

Arrivarono a Trarego all'alba. Olga, Remington e, purtroppo, Filippo Lanzi.

Non riusciva a liberarsi di lui, né del gatto. Ma lo avrebbe fatto presto. Almeno di Lanzi. Remington lo avrebbe riconsegnato a Melinda non appena l'avesse trovata.

Dopo l'ospedale era tornata a prenderlo. Glielo aveva promesso, e lei manteneva sempre le promesse. Solo
che non immaginava sarebbe stato tanto difficile. Prima
cosa la serratura era stata rimontata e lei aveva dovuto
scassinarla di nuovo. Poi aveva sottovalutato la sorprendente agilità di un gatto obeso che non appena aveva
adocchiato il trasportino si era dileguato, e lei era stata
costretta a inseguirlo sotto il divano, sopra la mensola
della cucina, dietro la tenda, nell'armadio. Lí era riuscita ad acciuffarlo. Quando era scesa in strada, con il
gatto recalcitrante chiuso nella gabbietta, aveva trovato
Lanzi ad aspettarla.

– Che ci fai ancora qui?

– La guardia.

– Non ne ho bisogno. Hai già fatto quel che potevi.
Adesso me la cavo da sola.

Ma quando aveva provato a mettere in moto la macchina,
quella non era partita. A Remington era sfuggito un ghigno.

– Lo vedo, – aveva detto lui, appoggiandosi allo sportello.

– Cosa?

– Che te la cavi da sola. Allora io vado.

E aveva finto di allontanarsi.

Olga si era abbandonata contro lo schienale e aveva chiuso gli occhi.

Doveva trovare una soluzione. Doveva tornare a casa il prima possibile.

Quando aveva riaperto gli occhi, nello specchietto retrovisore aveva visto due fari che lampeggiavano.

«E va bene, ancora una volta e basta».

Sbuffando era scesa dall'auto ed era salita in quella di Lanzi.

– Dopotutto, – aveva esordito lui, – non sono cosí inutile, non credi?

– Se lo dici tu.

Erano partiti nel cuore della notte, in silenzio. Entrambi indecisi sul da farsi, entrambi insicuri, anche se per ragioni diverse. Gabriele non riusciva a comprendere che cosa c'era in quella donna che lo attraesse, che lo spingesse a desiderare di proteggerla. Olga, al contrario, non si fidava, nonostante una parte di lei desiderasse farlo. Il che era già di per sé una novità. E poi c'era lo spaventoso vuoto di memoria. Senza memoria, lei non era nessuno. Senza memoria si sentiva perduta.

Fin qui, però, lo sconosciuto l'aveva aiutata davvero. Una volta fuori dal club l'aveva accompagnata in ospedale, nonostante lei protestasse. Non voleva essere registrata, analizzata, schedata.

«È un amico, – le aveva garantito Lanzi. – Si fida di me e non farà domande».

E cosí era stato.

Un medico, dallo sguardo bonario e stanco, era uscito dal triage del pronto soccorso e li aveva accolti. Non aveva chiesto niente. Aveva solo insistito per sapere in che modo

Lanzi si fosse procurato la frattura del naso e Olga aveva temuto che lui spiattellasse ogni cosa. Invece, aveva taciuto.

«Sono caduto dal letto», aveva detto all'amico che lo guardava perplesso.

«Vedo molte persone conciate cosí che dicono di essere cadute dal letto, però di solito sono donne».

Lanzi aveva evitato di confessare che proprio una donna l'aveva ridotto a quella maniera.

E Olga si era ritrovata a riflettere, di nuovo e nel giro di pochissime ore, sulle bugie. Quell'uomo aveva mentito al suo amico medico. Era giusto o sbagliato?

Si era quasi tranquillizzata, quando tutto era precipitato di nuovo. Mentre aspettava il prelievo, era andata in bagno, e dei fogli le erano scivolati fuori dalle mutande. Non ricordava né come né perché li avesse nascosti lí.

Si era seduta sulla tavoletta e aveva cominciato a leggerli. Ma la sua mente era rimasta vuota.

Dovevano essere stati strappati da un'agenda, perché avevano le date delle ultime settimane.

Erano note su appuntamenti.

R. S., G. P., un check-up al *Diamond luxury resort*.

Non avevano alcun significato, quegli appunti, ma se li aveva nascosti con cura era certa dovessero essere importanti. Per cui li aveva rimessi dove li aveva trovati ed era tornata da Lanzi.

«Tutto bene?» le aveva chiesto lui.

«No, per niente».

E Lanzi, che non aveva avuto il coraggio di confessare la sua vera identità, aveva deciso di tacere ancora per un po'. Stabler, forse, avrebbe agito diversamente. E anche Cary Grant. Lui no, e la cosa lo metteva a disagio. Non amava mentire, ma non sapeva cosa aspettarsi. Di Olga Rosalia Bellomo, la tatuatrice che aveva disegnato la tigre sulla schiena di Grazia, Melinda gli aveva parlato come di un'amica. E se invece questa Olga fosse stata implicata nella scomparsa delle escort? C'era da fidarsi di una cosí? E se fosse stata una semplice tatuatrice? Plausibile.

Però sembrava impossibile che quella lí seduta fosse la stessa persona che lo aveva aggredito.

«Devi dirmi la verità», le aveva detto d'improvviso Olga, neanche glielo avesse letto nel pensiero.

«Certo, certo...»

«Perché sei venuto allo *Starlight*?»

«Perché la mia amica ispettrice mi ha riferito che una coppia di... che due uomini avevano fatto una denuncia di scomparsa, anzi, due denunce».

«Maledizione, Max e Sebi!»

«Non conosco i nomi, ma...»

«Devo avvisarli. Non capisco perché si siano comportati a quella maniera. Non vorrei facessero altri danni».

«Altri danni? Erano preoccupati e hanno denunciato la tua scomparsa. Chiunque l'avrebbe fatto. Qualunque amico, intendo. Li ringrazierei, piuttosto. Non fosse stato per loro, io non avrei mai saputo dello *Starlight*».

«Sarei sopravvissuta lo stesso».

«Sei davvero una donna impossibile, lo sai? Uno ti aiuta e tu...»

«Cazzo, il cellulare! – Ecco che cosa le avevano rubato. Mentre Lanzi continuava a parlare, Olga aveva frugato nello zaino e si era finalmente accorta che le mancava il cellulare. – Mi hanno preso il telefono».

«Drogarti e sequestrarti per un telefono? Non ci sono piú i criminali di una volta».

Olga però non era in pensiero per il cellulare in sé, bensí per suo contenuto. Lí dentro c'era il messaggio che Grazia aveva lasciato a Melinda. Adesso chiunque ci fosse dietro a tutta quella storia sapeva. Sapeva che lei sapeva. Doveva recuperare a ogni costo la memoria delle ultime ore. E c'era un solo modo per farlo. Ma doveva essere a casa, in sicurezza.

«C'è una cosa che ancora non ti ho raccontato», aveva detto a quel punto Lanzi.

«Cosa?»

«Che stavo aiutando Melinda a... Be', a cercare la sua amica Grazia».

«Lo so. Me ne aveva parlato».

«E sai anche che Grazia è morta?»

«Ovvio che sia morta. L'ho pensato fin da subito. Tu piuttosto come fai ad averne la certezza?»

«Perché il suo corpo era nella sala settoria di Bologna, uno di quei posti dove i medici si allenano a fare i medici. Era senza nome ed è stata riconosciuta per un particolare tatuaggio che aveva sulla schiena. Tatuaggio che le hai fatto tu, giusto? Tu sei l'amica di Melinda. La tatuatrice».

Olga era scattata in piedi. Aveva ragione suo padre. Non bisognava fidarsi di nessuno.

«E perché me lo dici solo ora? Perché hai aspettato tutto questo tempo...»

«Be', non è che sia facile conversare con te. Ho sempre paura che tu possa aggredirmi o, peggio, uccidermi! Insomma, non è normale che... Tu non sei normale».

Lei non era normale. Già. Era vero. Lo aveva capito persino quel cretino di Ersilio Roccasecca.

«No, scusa, non volevo dire questo, cioè che non sei normale, ma...» notando l'espressione del suo viso, l'uomo aveva cominciato a ritrattare.

«Hai ragione», lo aveva interrotto lei.

«Davvero?»

«Sí, non lo sono mai stata. In compenso per me non è normale che tu ti dia tanto da fare per una sconosciuta. Perché dovrei fidarmi di te?»

Pasca aveva cominciato a sudare freddo. Se a quel punto avesse confessato, le avrebbe confermato ciò che lei sospettava: non poteva credere a nessuno. Fin lí, però, gli aveva creduto. Come avrebbe reagito?

Gabriele aveva deglutito. No, non era proprio il momento di confessare.

«Sono una persona che cerca di dare una mano. Melinda mi sta molto a cuore, che tu ci creda o meno. E per quanto riguarda te, se vengo a sapere che una donna è in difficoltà, io cerco di aiutarla, ti sembra una cosa cosí assurda?»

«Sí».

«È perché sono un uomo? O la tua è una mancanza di fiducia generale?»

«La gente non fa mai niente per niente. Le persone mentono, rubano, uccidono...»

«Io però volevo davvero aiutarti. Dio mio, che cosa ti è successo? Non tutte le persone sono come le descrivi tu. Ti ho portato via dallo *Starlight*, ti ho accompagnato dal mio amico, non ti ho messo io la droga nel bicchiere, né potrei mai fare del male a chicchessia. Questo varrà pur qualcosa, o no?»

«Non lo so...»

E Pasca aveva deciso di tacere. In fin dei conti, non era Elliot Stabler, non era Cary Grant, non era un cuor di leone.

XVI.

27 settembre, alba

Anche se si trovava finalmente a casa, Olga non era tranquilla. Le avevano somministrato uno stupefacente tra i piú potenti, i cui effetti collaterali erano difficoltà motorie, giudizio alterato, nausea, disorientamento e perdita della memoria. Unito all'alcol, poteva portare alla perdita di coscienza per quasi ventiquattro ore. Ma questo non era bastato a calmarla. E non soltanto perché voleva avere la certezza assoluta che i buchi mnemonici fossero stati causati dalla droga. C'era ben altro che la rendeva inquieta. La sua vita nelle ultime quarantott'ore aveva preso una piega inaspettata. Aveva trascorso anni da sola perché pensava di non avere scelta e non si era mai soffermata a riflettere se le piacesse oppure no. Aveva dato per scontato di dover vivere cosí. Adesso che la sua casa era invasa da sconosciuti, come doveva sentirsi?

Non avrebbe saputo dirlo né aveva intenzione di approfondire. Desiderava che tutto tornasse alla normalità. Desiderava riavere indietro la sua vita. Senza gatto, senza Lanzi, senza quei nuovi, strani sentimenti che si stavano affacciando. Non le piacevano e la disturbavano.

Pasca, invece, aveva capito molte cose. Da cronista di nera era abituato a vedere ogni tipo di scenario e quella casa la diceva lunga su Olga.

Si trovava nel posto piú isolato della zona, e possedeva i requisiti che doveva avere una classica «casa sicura». Come se Olga si aspettasse di ricevere all'improvviso visite sgradite o si tenesse pronta a scappare. Il salone era stato trasformato in un campo di addestramento. C'erano un sacco da boxe e attrezzi che a una occhiata superficiale potevano sembrare oggetti sadomaso, ma che a uno sguardo piú attento apparivano per ciò che erano: strumenti da lotta corpo a corpo. Bastoni, coltelli, catene e il Bagh Nakh, da *bagh*, tigre, e *nakh*, unghie. Lo aveva visto una sola volta, quando era riuscito ad assistere a un combattimento clandestino per un articolo che stava scrivendo. Facile da nascondere, veniva indossato all'interno del pugno per arpionare l'avversario. Non si sarebbe stupito di trovare una valigia pronta da qualche parte, e comunque un armadio con dentro pochissimi vestiti. Lo stretto necessario per vivere.

Che fosse inserita in qualche programma di protezione testimoni?

– Devo ammettere che sei stato davvero gentile con me, – gli disse lei a bruciapelo.

– Perché ti stupisce?

– Perché la gente di solito non lo è, perché mente in continuazione…

– Spesso, però, è a fin di bene.

– Mentire non è mai un bene.

Ecco, ora non sarebbe piú uscito dal quel cul-de-sac.

– Non sono d'accordo, – si giustificò. – Potrei farti un milione di esempi che ti smentirebbero, ma di certo non ti interessano. Anzi, credo che tu voglia restare da sola.

– In effetti no.

– No, cosa?

– Non voglio restare da sola. Non posso. Devo fare un bagno. Poi, potrai andartene.

Pasca deglutí. Era un'avance? Voleva che facesse il bagno con lei?

Non si era mai sottratto a inviti del genere, e non avrebbe certo cominciato adesso, ma...

– Devo fare una cosa e vorrei che fossi nei paraggi, se non ti dispiace.

No, forse non si trattava di avance. Che volesse annegarsi, tagliarsi le vene?

– Quanto nei paraggi? Cioè, nella vasca con te, o...

– Certo che no! Come ti è venuta un'idea del genere?

– Infatti, era per dire...

– Ho bisogno che qualcuno stia qui per riportarmi indietro, in caso di necessità. E al momento dispongo solo di te. Con questo non voglio dire che la cosa mi piaccia.

– Ovvio, – annuí lui alla cieca. Indietro da dove? Dal bagno?

– Non mi fido, ma non ho altra scelta.

Pasca non stava capendo nulla, però non voleva essere scortese e quel dialogo surreale cominciava a intrigarlo parecchio.

– Dovresti stare in ascolto e contare i minuti. Qualsiasi rumore, ti prego di intervenire. E se tra mezz'ora non mi vedessi uscire, entra e svegliami. Sul serio, fallo. Svegliami.

– Certo, certo.

In realtà, lui continuava a non capirci niente. Andava a dormire nella vasca da bagno? Piena o vuota? E soprattutto: vestita o... Meglio non fare domande, tranne una molto pratica: – Quindi? Sincronizziamo gli orologi?

Olga lo guardò di traverso. – È solo il tuo che deve essere sincronizzato.

– Giusto.

Ma giusto, cosa?

– Tu fai come se fossi a casa tua. Se vuoi mangiare, di là dovrebbe esserci del pane e...

– Non ti preoccupare. Io sto qui, non mi muovo.

E per qualche strana ragione, Olga gli credette.

Si chiuse in bagno e cominciò a riempire la vasca.

Non aveva scelta, doveva farlo.

Non le piaceva aver trascinato un estraneo in quella faccenda né averlo fatto avvicinare tanto alla sua vita, alla sua intimità. Non le piaceva per niente. Si era mostrata fragile e lui avrebbe potuto approfittarne. Eppure, le sembrava che Lanzi fosse sincero, le sembrava che davvero desiderasse aiutarla. Scosse la testa per rimuovere quei pensieri. Era ancora frastornata e debole. Si sarebbe ripresa presto. Doveva solo fare questa cosa, e tutto sarebbe tornato alla normalità.

«Si chiama ipnosi regressiva. È molto pericolosa, – le aveva detto suo padre. – Il passato, spesso, diventa una trappola da cui è difficile fare ritorno».

«Resterai accanto a me?»

«Sí, ma non sarà sempre cosí. Potrei non esserci, la prossima volta che lo farai».

Ebbene, era giunto quel giorno. Lanzi, in caso di guai, avrebbe provato a intervenire, ne era certa, ma sull'esito... Be', su quello non avrebbe potuto mettere la mano sul fuoco.

Non voleva accettare che fosse l'Alzheimer. No, non ancora, non adesso.

Sapeva che prima o poi sarebbe successo e credeva di essere preparata ad affrontarlo. Invece il solo pensiero l'aveva distrutta. L'unico modo per provare che non fosse cosí era ritrovare la memoria, colmare quel vuoto. Dimostrare a sé stessa che era stata solo la droga.

– Coraggio, Olga, – disse ad alta voce guardandosi allo specchio. – Te lo devi.

Si spogliò, entrò in vasca e si distese per bene, appoggiando la testa al bordo, in maniera che l'acqua coprisse le orecchie. Poi aspettò. Il respiro doveva avere un ritmo

regolare, profondo e prolungato. I suoni si sarebbero at-
tutiti, il cuore avrebbe preso a pulsare piú lento.

A quel punto la mente sarebbe stata pronta per essere
proiettata fuori dal corpo e lei avrebbe potuto vedere sé
stessa nel passato. Come in un film.

C'era quasi.

Poteva sentire i battiti del cuore. Solo quelli. D'improvviso la investirono le immagini.

Il profumo di Melinda, la sua casa, Remington, l'aggressione a Filippo Lanzi. No, doveva andare piú avanti,
non era quello il momento. Il fotogramma giusto arrivò
poco dopo. Olga che scendeva dal taxi davanti allo *Starlight* e incrociava Manuela. Che entrava con lei nel camerino dell'amica. Si concentrò sugli odori intorno a lei, i
suoni, le luci. Cercò di rivivere le atmosfere del locale, le
voci, il brusio…

«Qui da qualche parte c'è la sua agenda, – stava dicendo Olga. – Ci sarà scritto qualcosa in proposito. Un volo
aereo prenotato, un pagamento, una meta…»

Un'agenda?

«Ah, non saprei. Qui, dici? Be', cercala pure».

A quel punto era andata verso le toilette di Melinda e
aveva aperto un cassetto.

Cosa… Cosa aveva ora in mano?

Nella vasca, Olga cominciò ad agitarsi, ma riuscí a tenere sotto controllo il respiro. Tornò allo *Starlight*. L'agenda
era sparita. O meglio, non era piú con lei. Vide sé stessa
conversare con Soter, andare a sedersi al bancone del bar,
rispondere al telefono e bere un drink. Poi si vide alzarsi.
Barcollava mentre si dirigeva verso il camerino di Melinda.

Il cuore iniziò a pompare a un ritmo innaturale, il respiro a farsi piú corto e accelerato. Quindi, a poco a poco,
tutto tornò regolare. Era seduta nel camerino e aveva di

nuovo in mano l'agenda di Melinda, la stava sfogliando, ma si sentiva sempre peggio. Aveva una forte nausea e la vista annebbiata. All'improvviso aveva strappato dei fogli, li aveva ripiegati per bene e li aveva nascosti.

Che cosa…?

«Torna indietro, Olga –. La voce di suo padre le rimbombò in testa. – Hai capito. Basta. Torna indietro».

Sgranò gli occhi e con un grido strozzato si tirò su dall'acqua.

Riprese a respirare con regolarità solo dopo una manciata di secondi.

– Che succede? Tutto bene lí dentro?

Olga uscí dalla vasca e spalancò la porta, senza pensare ad altro se non al fatto che davvero il suo blocco mnemonico era dovuto solo e soltanto a una droga, e non all'Alzheimer. Senza pensare che non aveva niente addosso. Stava bene. Aveva avuto un attimo di debolezza che non si sarebbe mai perdonata, ma adesso poteva ricominciare daccapo. Sola.

Come le era venuto in mente di farsi accompagnare da un estraneo a casa? Nella *sua* casa?

Aveva ripreso il controllo, doveva liberarsi di lui in fretta.

Pasca, che si era avvicinato alla porta del bagno, pronto a intervenire, anche se non sapeva bene come, se l'era ritrovata di fronte, nuda, e d'istinto aveva chiuso gli occhi.

– Tutto bene? – le chiese di nuovo.

– Tutto okay, sí.

– Ma ti ho sentita gridare.

– Perché mi è tornata la memoria.

– Ah, benissimo. Quindi io non devo fare nulla? Cioè…

– Lanzi, perché hai gli occhi chiusi?

– Perché sei nuda!

– E quindi?

Solo allora, Pasca li aprí. – Giusto, e quindi niente. È che, insomma, pensavo...

Olga allungò il braccio e si coprí con l'asciugamano appeso al muro.

– Meglio?

– Molto meglio... Voglio dire no, non meglio perché non mi stesse piacendo ciò che vedevo, intendiamoci, meglio perché...

Pasca era confuso, ed era strano per lui. Vedere le donne nude, in fondo, era il suo forte.

Forse era stato colto alla sprovvista. Non si aspettava un corpo cosí sexy.

Olga, invece, non riusciva a capire il suo imbarazzo. Non capiva gli uomini in generale.

– So perché mi hanno drogata.

– Ottimo.

– Per prendere il mio cellulare e l'agenda di Melinda. Solo due persone erano a conoscenza del fatto che l'avevo trovata, e adesso sanno che io so e questo li porterà allo scoperto.

– Certo, certo. L'agenda, il cellulare... le tette...

– Le tette?

– Ho detto tette? No, sí, volevo dire che ce le hai, ecco!

– Certo che ce le ho!

– Appunto.

– Senti, Lanzi, ti ringrazio per quello che hai fatto e per avermi portata fino a qui. Ora però tornatene a Milano, cosí io...

– A Milano? Ora? Ma mi devi raccontare cos'hai scoperto, dobbiamo elaborare un piano, organizzare una strategia.

– Io ce l'ho, un piano.

– Ah sí? Be', ottimo. E quale sarebbe?

– Agire da sola.

– No, senti, io posso aiutarti, ci sono delle cose che...

E avrebbe confessato, finalmente. Era giunto il momento di dire la verità. Lui era un giornalista e avrebbe sul serio potuto dare un contributo a quella faccenda. Ma la situazione andò di colpo fuori controllo e lui perse l'attimo.

Un grido soffocato fece voltare entrambi verso la finestra.

C'erano spalmate contro due facce: Max e Sebastian, che tentavano di sbirciare all'interno.

– Ci mancava anche questa, – disse Olga.

– Sono i tuoi amici?

– Già. No, non amici...

– Giusto, tu non hai amici. Per questo ti stai dando tanto da fare per Melinda.

Olga non aveva tempo di mettersi a discutere e andò ad aprire la porta.

– Mio Dio! – disse Max, precipitandosi all'interno. – Credevamo fossi morta!

– Ma no, che morta? Come vi è venuto in mente? Ho avuto un contrattempo.

– Lo vediamo bene, il tuo *contrattempo*, – intervenne Sebastian squadrando Pasca dalla testa ai piedi. – Mica male...

– No, non mi sono spiegata. Per quanto le apparenze possano ingannare, non è lui il contrattempo. Lanzi, vuoi dire qualcosa anche tu, per favore?

– Perché mai? Dici che vuoi cavartela da sola, che non hai bisogno di aiuto...

– Ti sembra il momento di recriminare?

– Olga, Olgaaaaa! – Anche Giacomina era entrata di corsa. In braccio teneva un gatto obeso. – L'ho trovato qui fuori.

– Remington! Come hai fatto a...? Lo hai lasciato uscire? – disse Olga a Lanzi.

– Io sono un uomo. Non so fare piú di una cosa alla volta, – le rispose lui pronto.

– Un gatto? E da dove salta fuori? – Max era interdetto.

– Siete certi che si tratti davvero di un gatto? – intervenne Sebi. – No, perché potrebbe essere una mucca, ci avete pensato? È anche maculato...

– Lasciate perdere il gatto. Olga, stai bene? – chiese Giacomina.

– Bene, sí.

– Il Nardi era molto, molto inquieto. Mi ha detto, testuali parole, «Dille di non preoccuparsi, di non cedere alla paura. I ricordi torneranno». Che cosa avrà voluto dire, io non so. È sempre stato un uomo cosí criptico –. Solo a quel punto si accorse della presenza di uno sconosciuto nella stanza. – E lui chi è?

– Vorremmo saperlo anche noi, – s'intromise Max, incrociando le braccia al petto e sedendosi sul divano. Remington si accomodò subito accanto a lui. – Bravo. Fai come me, – Max allungò una mano ad accarezzarlo.

– Ma è il Matto! – esclamò Giacomina. – Non lo avete riconosciuto?

I presenti scossero la testa.

– Veramente sono Filippo Lanzi, mediatore immobiliare.

– Mediatore immobiliare? – domandò Sebastian, e a Olga: – Vuoi vendere la casa?

– No, affatto.

– Sciocchezze, quale mediatore immobiliare, – sentenziò Giacomina.

Pasca si sentí morire.

– Lui è il Matto.

Gabriele ricominciò a respirare. Meglio impersonare un matto qualunque che farsi scoprire in quel modo. Doveva essere lui a confessare la verità.

– Adesso ci racconti che cosa ti è successo, – disse Max, – a partire da lui, s'intende. Cioè dal contrattempo. Pardon, dal Matto.

– Io invece ho un'altra idea, – rispose Olga.

– Ah sí? Ordiniamo cornetti caldi e cappuccino?

– No. La mia idea è che ognuno di voi se ne torni a casa propria.

– La solita stronza, – sentenziò Max. – Mai una soddisfazione. E lui resta?

– No, se ne stava proprio andando.

– Veramente no.

Olga era riuscita a spingere tutti sulla soglia.

– Ci vediamo prestissimo, – disse, buttandoli fuori.

Pasca si fermò una manciata di secondi in piú.

– Sai, Olga Rosalia Bellomo, – le sussurrò, – per essere una che non si fida di nessuno e che pensa che la vita sia solitudine e miseria, in questa casa c'è un bel viavai di persone.

– Già, – ribatté lei. – Troppe.

Quando chiuse la porta e si ritrovò da sola, però, non provò il sollievo che si era aspettata.

Il gatto, che non si era mosso dal divano, sembrava volesse invitarla con lo sguardo a sedersi accanto a lui. E Olga lo fece, quasi senza pensarci. Cosí Remington, con la flemma dei saggi, si spostò sulle sue gambe e ci si acciambellò sopra, dando l'idea di non volersi piú muovere.

Olga in principio non seppe gestire quella presenza ingombrante, ma con il trascorrere dei minuti si rilassò, fino ad addormentarsi, stremata.

XVII.

27 settembre, mattina
Milano

– Come hai fatto a fartela scappare?

L'uomo con la piovra tatuata sul collo, chiuso nella sua camera d'albergo, si sentiva un leone in gabbia. – Nel suo cellulare c'è un messaggio in codice. Quindi lei deve sapere dove sono le prove. E a questo punto è l'unica a saperlo. Che ci fa ancora in giro?

– È arrivato un uomo, un giornalista –. La donna dall'altra parte del telefono sembrava impaurita.

– Che giornalista?

– Un certo Gabriele Pasca.

– Questa storia ci sta sfuggendo di mano. Piú persone vengono coinvolte, piú morti ci saranno.

– Io... io ho fatto quanto mi hai detto di fare.

– Mi pare chiaro che non è cosí, altrimenti adesso quella tatuatrice non sarebbe a spasso a progettare chissà cosa. Non vorrei aver riposto la fiducia nella donna sbagliata...

– Tu hai bisogno di me.

– Ti sbagli. Sai quante ne trovo, di ragazze come te? Disposte a tutto per quattro soldi, convinte di poter riscattare la loro vita di merda? Sei una puttana, ricordalo. Sei una puttana qualunque.

– Ti prego, non voglio... non voglio finire come le altre.

– Non pregare, non sei credibile. Se siamo arrivati fino a qui è perché siamo efficienti. E sai in che modo si ottiene l'efficienza? Con la corruzione e la riservatezza. Che hanno un costo. Non sono previste falle nel sistema. Capisci che hai combinato? E non è il primo errore che fai. Sai di chi sto parlando.

– Non è stata colpa mia, lei era impazzita, aveva un tumore. E questo l'ha fatta andare fuori di testa.

– Dovevi essere tu a calmarla. Se è morta è solo colpa tua. I morti si portano dietro sempre altri morti.

L'uomo sapeva come funzionava, lo sapeva bene. Il denaro poteva comprare il silenzio, ma non a lungo. L'avidità era una brutta bestia e portava quasi sempre alla morte. Come era accaduto al medico legale che aveva falsificato l'autopsia della Palermo. Ecco, lui era diventato un problema. Ma succedeva anche che la corruzione non riusciva a raggiungere chiunque e il meccanismo poteva incepparsi. Il corpo di Grazia Palermo era capitato per errore nelle mani della Mazzanti, lo stesso medico legale che aveva fatto l'autopsia alla Scotti.

– Una sconveniente concatenazione di eventi, – aggiunse.

– E sei stata tu a causarla.

– Ammazza anche lei. Ammazzali tutti.

L'uomo sogghignò. – Forse, invece, dovrei eliminare la falla, che dici?

La ragazza dall'altra parte emise un singhiozzo strozzato. Ma lui sapeva che ucciderla non era la soluzione. Le cose gli stavano sfuggendo di mano, e non poteva permetterselo. La sua buona fama era tutto. Se Pamela Scotti fosse stata tenuta a bada fin dall'inizio, la spiacevole catena di eventi si sarebbe interrotta subito. O meglio, non sarebbe nemmeno cominciata. Lei non sarebbe morta, la Palermo non sarebbe morta, Zecchi non sarebbe morto, una perdita gravissima per l'organizzazione, e la Mazzanti non si sarebbe trovata a fare un'autopsia che non avrebbe dovuto fare. Proprio come la tatuatrice non si sarebbe trovata a piede libero. Per giunta insieme a un giornalista.

– Posso ancora farcela, – supplicò la donna. Non aveva lavorato tanto, svuotato la propria vita da ogni persona cara, corrotto la sua anima, per finire come le altre. Lei no, lei era diversa.

– Mettiamola cosí. Prenditi un paio di giorni di riposo.

– Nooo!

– Non è un consiglio. Sparisci dalla circolazione. Sistemo tutto io.

Riattaccò, senza neppure ascoltare la risposta.

Non era tranquillo, non era tranquillo per niente.

Ci aveva messo anni a costruire la propria credibilità. Lui era un'ombra dai mille volti e dai mille nomi. Lui non esisteva. Era un killer. La vita e la morte non avevano alcun valore per lui.

C'era stato solo un altro uomo che in questo secolo aveva calpestato la sua stessa terra. Un uomo spietato, un fantasma, forse una leggenda.

Il suo unico desiderio era sempre stato superarlo.

Torre San Filippo, Sicilia, 1998

– Dove vuoi andare?
– A casa mia.
Il padre era in piedi di fronte a lei. Intorno, solo campagna.
– Deve essere un posto che ti fa stare bene.
Olga era seduta a terra, con la schiena appoggiata al tronco di un albero, gli occhi chiusi.
– Lo so.
– Per dissociarti dal dolore l'unico modo è rifugiarti in un luogo sicuro, che trovi qui dentro, – e cosí dicendo le colpí la fronte con la mano. – E dove sei abituata ad andare con il pensiero. Deve diventare una reazione automatica. Dolore uguale fuga dissociativa, capisci?
– Perfettamente.
– Allora adesso comincerò a contare. Quando arriverò a dieci, tu sarai già da un'altra parte. Sarai nel tuo luogo sicuro. Il tuo corpo sarà qui, ma non potrai sentire niente.
– Sono pronta.
– Uno, due, tre…
Olga si concentrò sul respiro. Dopo una manciata di secondi vide l'ingresso della sua casa. Ma lei si trovava ancora fuori. Doveva cercare di entrare.
– Quattro, cinque…
Avanzò lungo il vialetto, verso la porta. Non appena fu lí davanti girò la maniglia, ma quella fece resistenza.

– Sei, sette...

Spinse ancora piú forte e la porta cedette. Con un passo fu dentro, al sicuro.

– Otto...

– C'è qualcuno? – gridò.

– Tesoro, ben arrivata –. Sua madre apparve dalla cucina stringendo un canovaccio tra le mani. – Ho preparato i biscotti, ne vuoi un po'?

Olga annuí, felice. Sentiva l'odore di burro che si propagava per tutta casa. Un odore a lei molto familiare.

– Nove...

Mimí si sedette di fronte a lei, in attesa. Lo sguardo dolce, tipico di sua madre quando le chiedeva di raccontare. – Avanti, dimmi. Cosa hai fatto a scuola?

Il dieci arrivò che Olga ormai era già in salvo, al sicuro nel calore della casa, dentro confini familiari.

Non seppe calcolare quanto tempo trascorse in quello stato, né che cosa suo padre le stesse facendo.

Sapeva solo che poteva fidarsi di lui e che non le avrebbe mai torto un capello. Non piú del necessario.

XVIII.

27 settembre, sera
Milano

Era al *Blue Moon*, seduta al tavolo che aveva prenotato quella mattina. Ma nessuno avrebbe potuto pensare che sotto quell'abito succinto e quella parrucca rossa fiammante si celasse Olga.

Era stata Giacomina a prestarle gli «attrezzi» del mestiere. Vestiti e parrucche che lei aveva usato in gioventú durante i suoi corsi di burlesque e che custodiva ancora gelosamente.

Max le aveva dato la macchina. Non senza chiedere qualcosa in cambio: di poter assistere alla trasformazione.

– Mi piace, quel Lanzi, – le aveva detto seduto sul divano ghepardato di Giacomina, mentre aspettava che Olga si vestisse.

– A me no.

– E chisseneimporta. Mica deve per forza piacerti, devi solo andarci a letto. Poi, chissà...

– Sono andata a letto con un sacco di gente e non è che dopo abbiano cominciato di punto in bianco a piacermi.

– Davvero un sacco di gente? Credevo che il sesso non ti appassionasse.

– Infatti, è cosí.

– Non capisco, ma mi adeguo. Secondo me è tutta una questione di fiducia, se ti lasciassi andare...

– Ho provato anche quello, ma solo dopo averli legati per bene.

Max aveva fatto un salto sul divano. – Li hai legati?

Non aveva potuto ascoltare la risposta, però, perché Giacomina era apparsa con una pila di vestiti.

– Eccomi qua. Ho preso i migliori. Di che cosa stavate parlando?

– Dei partner di Olga, legati come capretti.

– Affascinante.

– E del mediatore immobiliare.

– Quale mediatore immobiliare?

– Quello che era a casa sua stamattina...

– Lui non è un mediatore immobiliare, è il Matto.

– E le due cose non possono coincidere? – Max a quel punto voleva andare fino in fondo.

– No, lo escludo categoricamente.

– Ecco, questo può andar bene, che dite?

Olga, ignorando il loro dialogo, aveva infilato il primo abito che le era capitato sotto mano e che fosse privo di paillette, che detestava. Peccato che al vestito mancasse un pezzo di stoffa, anzi due: sia nella parte superiore, che in quella inferiore. In pratica era una striscia. Per questo, appena indossato, Olga aveva provato a tirarlo su. Cosí facendo, però, la parte inferiore era salita troppo. Allora lo aveva tirato giú, ma le tette erano scappate fuori.

– Giacomina, non possiamo attaccare la stoffa mancante?

– Quale stoffa mancante?

– Non vedi? Manca un pezzo. Forse due.

– Adoro! Stai benissimo.

– Un attimo, deve mettere i tacchi e la parrucca.

Alla fine, dopo avere discusso a lungo su quale parte del corpo fosse meglio mostrare, se le tette o le cosce, e aver scelto le tette, Olga era riuscita a tornare a casa. Aveva afferrato il diario e si era messa a scrivere.

Non poteva piú prendersi il lusso di errori o vuoti di memoria. Non adesso. Per questo aveva buttato giú in sequenza tutto ciò che sapeva.

Grazia era stata uccisa, e il modo in cui avevano scelto di occultare il cadavere collocava chiunque fosse dietro alla macchinazione a un livello perlomeno semiprofessionale: disponeva di soldi per corrompere medici e burocrati. E non poteva escludere che il suicidio di Zecchi fosse stata una messinscena.

Davanti a una organizzazione cosí, cosa poteva fare lei? Non aveva alcuna esperienza con storie di quel tipo, con uomini di quel tipo. O sí? Non conosceva forse un uomo abbastanza freddo, abbastanza determinato e spietato da appartenere a un mondo simile?

Non era il momento di pensarci, si era detta con fermezza. Doveva scacciare quella sensazione di disagio. Non poteva permettersi crepe nella propria armatura.

Meglio concentrarsi su Grazia e sugli indizi.

176. Cosa poteva essere? Era quello che doveva scoprire al *Blue Moon*. Era andata verso l'armadio dove teneva i diari passati e aveva recuperato quello di quando Grazia era andata da lei a farsi tatuare la tigre. Tra i dettagli che aveva scritto, era emerso un nome: Tamara, l'amica con la quale Grazia aveva vissuto a lungo, a Milano. Olga aveva scritto il suo nome accanto agli appunti. Poi c'era il check-up di Melinda al *Diamond luxury resort*, un centro benessere esclusivo che, aveva scoperto cercando su Internet, si trovava vicino a Lugano. Il sito forniva pochissime informazioni, ma dava comunque l'idea di un posto di lusso. Non c'erano immagini, a parte alcune dell'esterno del resort e della natura in cui era immerso, e le scarse indicazioni alludevano a un luogo magico, in cui le persone si sarebbero sentite tutelate anche nella loro privacy.

Un check-up segnato in un'agenda di cui nessuno era a conoscenza finché lei, Olga, non era piombata allo *Starlight* a gridarlo ai quattro venti. E ora l'agenda era scomparsa.

Perché andare cosí lontano per un check-up? Melinda viveva a Milano, se anche non si fidava della sanità pubblica c'erano ottime cliniche private. Ma se lo avesse visitato nell'ambito della sua «indagine» su Grazia? Se il *Luxury* fosse stato «il posto» di cui Melinda le aveva parlato su Skype? Allora avrebbe avuto senso.

Se qualcuno aveva pedinato Melinda, come lei sospettava, quel qualcuno aveva ritenuto che la escort si stesse avvicinando troppo alla verità.

Che cosa nascondeva il *Diamond luxury resort*, tanto da mettere Melinda in pericolo di vita?

Il passo successivo era ovvio: andare lí e scoprirlo.

Ma per farlo serviva ben altro che un travestimento.

«Se avrai bisogno di aiuto, e solo in quel caso, entra qui e digita questi numeri, – le aveva detto suo padre mostrandole un indirizzo web. – Poi scrivi: "I nipoti stanno arrivando, prevedo casini. Conosci una baby-sitter?" E aspetta. Ti contatterò io».

Forse era giunto il momento della baby-sitter. Ma prima doveva fare un tentativo al club.

XIX

27 settembre, sera
Blue Moon

Dalla sua postazione aveva un'ottima visuale del locale.

Voleva parlare con Tamara, l'ex coinquilina di Grazia. Poteva essere a conoscenza di cose importanti. In fondo le due avevano condiviso un appartamento per anni, appena arrivate a Milano. Si trattava solo di intercettarla tra le molte, splendide donne che popolavano quel posto.

Mentre scrutava tra la folla, lo sguardo le cadde sul profilo di uomo che ormai avrebbe riconosciuto ovunque.

Filippo Lanzi.

Ma santo cielo, che ci faceva lí?

Si alzò dal tavolo e si diresse a passo deciso verso di lui.

Solo quando gli fu vicino si rese conto che Lanzi stava conversando proprio con Tamara.

– Ci vediamo nel privé, – le sentí dire.

– Conterò i minuti.

– A dopo.

Poi Pasca si voltò di scatto, si ritrovò Olga a un passo e quasi inciampò su di lei.

– Scusa, non ti avevo vista, – disse cortese, senza dare segno di averla riconosciuta, anche perché, in effetti, non l'aveva riconosciuta.

– Che ci fai qui? – lo aggredí lei.

– Io? Be', socializzo.

– Mi stai seguendo?

– Direi di no. Non sono ancora ridotto cosí. Voglio dire, non che tu non sia abbastanza bella da solleticare uno stalker, però non ti conosco. E non sono uno stalker.

– Ma che stai dicendo? Tu parli sempre troppo.

– Eh?

– Vieni con me, – Olga lo prese per mano e lo trascinò verso il suo tavolo.

– Non posso, inutile che insisti, ho già un impegno, – provò a protestare lui. – Però, che foga...

– Lo so. Con Tamara, – lei lo spinse a sedere senza troppa grazia.

– Sento di essere in un leggero svantaggio. Per caso ci conosciamo?

– Certo.

– Come in *Harry ti presento Sally*. Abbiamo mai...?

– Mai, cosa?

– Lascia stare. Piuttosto, mi dispiace, ma adesso devo proprio andare, – e fece cenno di alzarsi.

Olga però fu piú veloce. Gli piantò le mani sulle spalle e lo costrinse a restare seduto.

Pasca cosí si ritrovò con il naso tra le tette di lei.

Fu in quel momento che capí.

Quelle tette le avrebbe riconosciute tra mille.

– Olga?!

– E chi credevi che fossi?

– Certo, certo, infatti. Non potevo che trovarti in un night club, mezza nuda e con una parrucca in testa.

– Appunto.

– Sei molto... sexy.

– Non diciamo sciocchezze, è un travestimento.

– Un travestimento sexy.

– Va bene. Senti, Lanzi, mi spieghi perché stai per entrare nel privé con Tamara?

Pasca si era quasi dimenticato del suo pseudonimo, e di nuovo maledisse il giorno in cui aveva messo nel portafoglio il biglietto da visita di quel dimenticato mediatore immobiliare. Forse era ora di confessare. Anche se la location non era tra le piú adatte.

– Sí, a proposito di questo, devo dirti una cosa, – poi, in ritardo, si rese conto di una certa vibrazione che aveva avvertito nella voce della tatuatrice. – Scusa, sei per caso gelosa?

– Eh? – chiese lei in tono pericoloso. E Pasca, che era già stato messo k.o. due volte, ci ripensò.

– No, niente. Dimentica le mie parole. Tamara è... era l'amica di Grazia e...

– Lo so, che è la sua amica. È la ragione per cui sono qui.

– Benissimo, allora facciamo un lavoro di squadra. Olga Rosalia Bellomo, che ti piaccia o meno, io ho piú possibilità di ottenere qualcosa da lei. Non so se mi spiego.

– No, non ti spieghi –. Solo un attimo dopo, Olga capí. – Okay, va bene, – ammise, – ma verrò anche io.

– Non è possibile. Cioè, saresti di troppo.

– Perché?

– Devo farti un disegno?

Pasca però non riuscí a spuntarla e dieci minuti dopo entrò insieme a lei nel privé.

– Non mi avevi detto che eri accompagnato, – commentò Tamara. – Ti costerà il doppio.

– Certo, certo, ma mia moglie... cioè, la mia compagna, altrimenti si ingelosisce.

– Figuriamoci. Per me puoi scopare con chiunque.

Lui tossí imbarazzato. – Non sembra, ma è innamoratissima.

Olga, stufa di tante moine, si avvicinò a Tamara con fare seducente. – L'ultima volta che sono venuta qui c'era un'altra ragazza, una certa Grace.

Pasca restò senza fiato. Quella scena da film porno proprio non se l'aspettava.

– Mi piacerebbe che ci fosse anche lei, – proseguí Olga.

– Grace non c'è piú, è partita.

– Partita?

– Sí, credo sia dalla sorella. Ha una nipotina a cui è molto affezionata.

– Capisco, e…

– Che faccio, mi spoglio? – domandò Tamara.

– Certo, certo, – rispose Pasca.

– In realtà, noi preferiamo chiacchierare, – lo corresse Olga.

– Giusto, chiacchierare… Davvero? Lo preferiamo?

– Sí.

– Come volete, i soldi sono vostri.

– Quindi Grace se ne è andata. E torna?

– Non credo. Ha lasciato tutto, dal giorno alla notte. Persino la palestra. E Grace era fissata con la palestra. Mi secca parecchio, perché nel suo armadietto c'erano anche alcune cose che le avevo prestato. Be', una, in verità, ma…

– E non puoi recuperarla? – Pasca pareva partecipe del dramma.

Visto che per colpa di Olga non avrebbe potuto fare quello che era andato a fare nel privé, tanto valeva fingere interesse.

– E come? C'è il codice. Ogni armadietto del club ce l'ha. Me ne farò una ragione.

Olga ebbe un sussulto. 176! 176, il codice dell'armadietto della palestra! Certo, poteva essere, perché no? Se Grazia trascorreva molto tempo lí…

– Volete vedere la sua nipotina? – chiese d'un tratto Tamara.

– Sua di chi? – domandò Olga, seccata da quella distrazione.

– Di Grace!

– No, per carità. Preferisco approfondire la faccenda della palestra...

– Il Miami club di San Siro? Un posto davvero esclusivo. Non puoi neanche entrare, se qualcuno non ti presenta. Ci sono campi da golf, da tennis, una spa incredibile... Sicuri che non volete vedere le foto della pupa?

– Se ci tieni... – intervenne Pasca.

– Ma noi no! – gli rispose Olga, fulminandolo. Adesso che aveva capito, non vedeva l'ora di andar via. – E poi non mi piacciono i bambini.

– Strano, ti immaginavo un tipo materno, – le rispose Pasca sarcastico.

– Ma... non state insieme? – Tamara era perplessa.

– No, – disse Olga.

– Sí, – replicò Pasca. – Lei voleva dire che siamo una coppia aperta. Cosí aperta che spesso ci sembra quasi di non stare insieme. Vero, amore?

Olga alzò le spalle.

– Eccola. Guardate che carinaaaaaa! – esclamò Tamara, mostrando l'immagine di una neonata enorme sul display del cellulare.

– Mamma mia quanto è grassa, sta bene?

Lanzi le diede un calcio sugli stinchi. – Scusala, non riesce a trattenersi, è che ha perso sua sorella quando era piccola e...

Olga era stupita di quante bugie potessero uscire da quella bocca.

– Uh, terribile.

– Già, è stato uno shock.

– Qui è nella sua culla nuova. Quella che le ho comprato io...

- Perché, quella vecchia se l'era mangiata?

Olga ricevette un altro calcio.

Restarono ancora per il tempo che avevano pagato, poi finalmente uscirono.

- Bellomo, qualche volta riusciresti a non dire tutto quello che pensi?

- Lanzi, qualche volta riusciresti a dire la verità?

Pasca si sentí morire.

- Esistono le bugie bianche, - cercò di giustificarsi. - Alcune sono necessarie. Tipo quelle che ho detto lí dentro per non farci cacciare a pedate. Il mondo funziona cosí.

- Il mondo non mi interessa. Chiusa questa storia potrò ricominciare a ignorarlo. Accidenti, devo togliermi questo vestito, - disse, cercando di tirarselo su.

- A me piace. Comunque, non abbiamo cavato un ragno dal buco. Almeno mi fossi divertito.

- Abbiamo cavato un sacco di ragni, invece. Dal buco.

- Ah, sí? Be', ti sono stato utile, allora!

- No.

- Certo, certo. Infatti. E quindi, che si fa adesso?

- Io me ne torno a casa, tu non lo so.

XX

28 settembre, notte

In verità, uscita dal *Blue Moon* Olga decise di non tornare dritta a Trarego, ma di passare prima al Miami club. Voleva farsene un'idea ben precisa, subito, e poi si sarebbe presa il tempo di decidere come procedere.

Nel corso della serata aveva avuto la netta sensazione di essere osservata, ma non era riuscita a individuare nessuno che la stesse tenendo d'occhio davvero. Era molto strano. Un uomo con una piovra sul collo non passava certo inosservato. E Olga era sicura che si trattasse di lui.

Adesso però, a giudicare da quel che vedeva nello specchietto retrovisore, un'auto la stava seguendo, e poteva esserci una sola persona alla guida: l'uomo con la piovra. Decise di controllare. A metà strada rallentò, e la macchina dietro di lei anche. Poco piú avanti accostò sul lato della strada, e l'altra auto decelerò fino a fermarsi. Si era messa distante, ma non abbastanza. Voleva che lei sapesse che le stava addosso? Era questa, la sua strategia? Terrorizzarla? Be', non aveva capito con chi aveva a che fare. Lui non le faceva paura. Accese il motore e ripartí, sempre tallonata dall'auto che, quando Olga parcheggiò davanti al club, si acquattò nell'ombra pochi metri indietro. Il conducente aveva spento i fari.

Olga rimase indecisa sul da farsi per un po', alla fine aprí lo sportello e scese. Non notò alcun movimento sospetto provenire dal pedinatore. Pareva quasi che non ci fosse nessuno al volante.

Era consapevole però che, se qualcuno le avesse voluto fare del male, avrebbe potuto agire indisturbato. Non c'era anima viva e il posto era isolato. Nessuna abitazione nei dintorni, nessun negozio di quelli aperti ventiquattr'ore.

Il centro sportivo sembrava Fort Knox, inespugnabile. Mura di cinta e alberi altissimi rendevano impossibile sbirciare all'interno. A intervalli regolari, si notavano le telecamere di sicurezza piazzate tra gli alberi. L'unico modo per accedere senza destare sospetti sarebbe stato farsi raccomandare da qualcuno. Forse Tamara? Cosí avrebbe potuto trovare l'armadietto dove Grazia, con ogni probabilità, aveva nascosto le prove che le erano costate la vita. Non poteva presentarsi lí come Olga Rosalia Bellomo, però. E il pensiero ne provocò subito un altro.

Doveva contattare suo padre.

Guardò di nuovo verso l'auto. Tutto buio e spento. Nessuno era sceso. Non aveva senso. Restò in piedi, lo sguardo piantato dal lato opposto della strada. Chiunque la seguisse, ora doveva sapere che lei sapeva.

– Ehi, tu! – gridò. – Ti ho visto.

Silenzio.

– Perché mi stai seguendo?

Il conducente provò a mettere in moto, ma non ci riuscí. Che storia era quella?

E mentre l'autista provava e riprovava a fare partire la macchina, Olga, sempre piú certa di non avere nulla da temere, avanzò. Voleva andare in fondo alla faccenda. Per fortuna, il motore si era ingolfato.

Spalancò lo sportello e sfilò rapida le chiavi dal blocchetto dell'accensione.

– Aiuto, aiutoooo! – gridò la donna che era dentro l'abitacolo. Che poi era uguale ad Angela Merkel, notò lei con sorpresa. – Poliziaaaa!

– Aspetti, lei non è l'uomo con il tatuaggio!

– Io? No, io sono una donna...

– Sí, questo lo vedo.

– E odio i tatuaggi! Polizia!!!

– Allora chi è? Perché mi stava seguendo, e cosa vuole da me?

– Poliziaaaa!

– La smetta di gridare, non vede che non c'è nessuno?

– Ma sono io la polizia!

– Eh?

– Ispettrice Elisabetta Scardi.

Questa non ci voleva.

Olga si irrigidí, ma riconsegnò le chiavi dell'auto.

– E perché la polizia mi seguirebbe?

In quel momento si ricordò che piú volte nel corso della serata aveva incrociato una donna che sembrava starle sempre tra i piedi. L'aveva notata perché stonava, in un ambiente del genere. Non solo era vestita come un'impiegata appena uscita dall'ufficio, con un sobrio quanto squallido tailleur con gonna a metà polpaccio – ed era terribilmente somigliante ad Angela Merkel –, ma si guardava intorno con un'espressione di disgusto. Per quanto la Scardi desiderasse tornare in azione, non era certo quello il tipo di azione a cui aveva pensato. Era stata obbligata ad andare lí.

Ma questo Olga non poteva saperlo.

Pasca, preoccupato per la piega che stavano prendendo gli eventi, aveva chiamato la Scardi. Le aveva raccontato delle indagini che voleva svolgere e del *Blue Moon*. La Scardi non se lo era fatto ripetere due volte.

«Sarò la sua ombra, non deve preoccuparsi».

«Guardi che è molto pericoloso».

«Pasca, sono una donna di azione, nulla potrebbe cogliermi impreparata. Ho imparato sul campo. Con me sarà al sicuro».

E quando nel locale aveva adocchiato una ragazza che con atteggiamento minaccioso non si staccava dal giornalista, aveva deciso di sorvegliarla da vicino.

Olga, ignara di quei magheggi, capí di trovarsi di fronte la stessa donna incrociata nel locale.

– Io non la stavo seguendo, – le aveva risposto intanto l'ispettrice, – sono qui... per caso, volevo dare un'occhiata alla zona. Sa, devo comprare... un nuovo appartamento.

La Scardi era soddisfatta. Le pareva una scusa plausibile.

– E lo cerca in un centro sportivo, e nel cuore della notte? Non so se lo ha notato anche lei, ma nei dintorni c'è solo il Miami club.

– Sí, be', la palestra vicino a casa è importante.

– Senta, è tutta la serata che mi sta addosso. Prima al *Blue Moon* e adesso qui.

– Ah, mi ha vista?

– Impossibile non notarla.

– E allora giochiamo a carte scoperte, – propose decisa la Scardi. Le era sempre piaciuta, quella frase.

– Io non le ho mai coperte.

– Anche questo è vero. E allora le scopro io! Ero al *Blue Moon* in incognito. Per proteggere Gabriele Pasca.

– E chi è Gabriele Pasca?

– Come, chi è? Il giornalista che sta indagando sulla scomparsa delle escort... Un gran bell'uomo, se posso dire la mia. Molto... ineffabile, ecco.

– Ineffabile?

– Sí, è quando qualcuno ha qualcosa di... di...

– Di ineffabile, appunto. So bene che cosa significa e, ripeto, non è una cosa bella!

– Ripeto? In che senso? Comunque, Pasca ha chiesto il mio aiuto, collaboriamo da anni nelle indagini piú rischiose, e lui sa che può sempre contare su di me.

– Mi scusi, ma se era lí per proteggere questo giornalista, ora lui dov'è?

La Scardi ebbe un tuffo al cuore.

Olga anche, ma per motivi differenti. Un'immagine nitida le si parò davanti. L'agenda di Melinda con quel nome cerchiato da una penna rossa con il cuore: G. P.

Poteva essere Gabriele Pasca?

Era lui, l'uomo ineffabile di cui parlava l'amica? E Lanzi quindi chi era?

Ma proprio mentre stava riflettendo, un furgone le arrivò alle spalle.

Qualcuno con il volto coperto spalancò il portellone e l'attirò all'interno, tramortendola.

La Scardi non ebbe neanche il tempo di aprire bocca, né pensò di lanciarsi all'inseguimento. Rimase paralizzata dalla sorpresa. Sul campo, una cosa cosí non le era mai accaduta.

XXI.

29 settembre, alba

Una secchiata di acqua gelida la svegliò di soprassalto.
Era legata a una sedia, in quello che sembrava un magazzino o un deposito merci. C'erano degli scatoloni impilati e, poco sotto il soffitto, una piccola finestra rettangolare chiusa da un'inferriata. Non riuscí a vedere altro perché la sua attenzione si focalizzò sull'uomo che era in piedi davanti a lei, con il viso coperto.
– Bene, la bella addormentata si è svegliata, alla fine.
Olga scosse la testa per scrollarsi l'acqua di dosso.
– Stai bene?
Non era stato l'uomo a parlare, ma qualcun altro. Una voce familiare. Calda e accogliente.
Allora voltò la testa e lo vide.
– Lanzi?!
Anche lui era seduto e legato.
– Ti hanno fatto del male? – le chiese.
– No. Credo di essere tutta intera.
– Che cosa volete da noi? – domandò quindi Pasca al loro carceriere. Cercava di mostrarsi coraggioso, ma era evidente che se la stesse facendo sotto.
– Noi niente. Qualcun altro sta arrivando. Sarà qui tra poco e non vorrei davvero essere nei vostri panni.
– Che significa? Lasciate andare lei, prendete me.
Pasca non poteva credere di averlo detto davvero.

E anche Olga non ci poteva credere. Perché sacrificarsi per lei? Non aveva senso.

– Non dire stronzate, – lo corresse infatti, – moriresti in due minuti.

– Certo, certo...

– Be', che dire? Siete davvero carini, – lo interruppe l'uomo mascherato, – però penso morirete entrambi. Peccato, perché ci saremmo potuti divertire io e te, non è vero? – e allungò una mano a palpeggiare il seno di Olga. – Bel vestito, – aggiunse.

– Non la toccare! Levale le mani di dosso, stronzo! – urlò Gabriele.

Era una vita intera che sognava di dirlo.

– Se lo fai di nuovo, giuro che ti ammazzo, – disse Olga.

– Ah, amico mio, credimi se ti dico che ne sarebbe capace, – chiosò Pasca. Per tutta risposta, l'uomo incappucciato lo colpí con un pugno.

– Ah, no, il naso, di nuovo, no!

– Lanzi, è il tuo destino essere malmenato da chiunque.

– Lo sapete che siete proprio forti, voi due? Quasi quasi mi dispiaccio per ciò che vi faranno. Dove eravamo rimasti, io e te? – proseguí l'uomo, avvicinandosi ancora a lei.

Ma Olga stavolta era preparata. Facendo forza sulle gambe, riuscí a mettersi in piedi con tutta la sedia e lo colpí in fronte con una testata. Quello cadde all'indietro imprecando.

– Oh, porca miseria! – gridò Pasca. – Io ti avevo avvertito. Questa è meglio di Joe Hallenbeck. Non so se hai presente il film *L'ultimo boy scout* con Bruce Willis, quando lui dice a chi lo sta picchiando che se lo tocca di nuovo lo ammazza... Ecco, lei è uguale!

Sentendo il trambusto, un secondo uomo si precipitò all'interno.

– Che cazzo è successo? – chiese soccorrendo il compare.

– Mi ha colpito lei... Lei mi ha colpito... Brutta troia...

– Stai calmo, – disse l'amico, aiutandolo a rimettersi in piedi. – Gli ordini sono di non toccarli, capito? Se no non ci pagano. Li vuoi, i soldi?

– Sí, ma quella stronza maledetta...

– Vieni, andiamo di là e aspettiamo. Manca poco.

– Tanto morirete, stronzi, e di una morte atroce.

E i due si trascinarono fuori, chiudendosi la porta alle spalle.

– Ti fa male? – le chiese Pasca.

– No. Sono abituata al dolore. Non ci faccio caso. Che cosa è successo? Come ti hanno preso?

– Sono uscito dal *Blue Moon*, stavo andando verso la macchina. Qualcuno mi ha afferrato e trascinato in un vicolo. Non ricordo altro. A te com'è andata?

– Lasciamo perdere. Tutta colpa della poliziotta...

Pasca si sentí un po' morire. Di una morte differente rispetto a quella fisica che lo attendeva. Una morte spirituale e morale. Nonostante la situazione in cui si trovava, all'improvviso gli sembrò che la disgrazia peggiore sarebbe stata deludere quella strana donna. – Quale... quale poliziotta?

– Una certa Scardi, ha detto che stava seguendo un giornalista, Gabriele Pasca, anche se in realtà stava seguendo me. Ne sai qualcosa? Lo conosci?

– No, no, perché dovrei? – Pasca deglutí, sentendosi scivolare sempre piú a fondo nella menzogna.

– Perché è uno con cui si vedeva Melinda, ne sono certa.

– Senti, Olga, forse è ora di... insomma, c'è una cosa che mi sta davvero a cuore, e visto che sei legata ne approfitterei per...

– Lanzi, non è il momento delle confessioni. Tanto piú che io non sono un prete e, credimi, non sono nemmeno la persona adatta a cui farle.

– Perché mai?

– Primo, perché tra qualche anno potrei essermene dimenticata, secondo perché le confidenze andrebbero fatte in punto di morte e a persone che meritano di riceverle. E sí, magari siamo in punto di morte, ma io non sono meritevole.

– Come sarebbe, siamo in punto di morte?

Olga annuí. – Tra poco ci ammazzeranno.

– No, ma usa pure delle metafore...

– Mi dispiace.

– Quelli che ci hanno sequestrato?

– No. Loro sono stati pagati solo per prenderci. L'uomo che verrà a ucciderci è un altro, e ti garantisco che sarà molto doloroso.

– Perché? Voglio dire, perché non spararci e basta?

– Lanzi, non capisci? Lui crede che noi abbiamo qualcosa che Grazia ha nascosto.

– Noi però non abbiamo niente. O sí?

– Ancora no.

– Certo, certo.

Non stava capendo nulla, in verità. Ma se proprio doveva essere sequestrato, pensò che Olga era senza dubbio la compagnia migliore.

– Spero torturino prima te, – gli scappò. – Ecco, sono certo che la tua resistenza sia maggiore della mia.

– Non ho dubbi in proposito. Ma ho apprezzato quello che hai detto prima. Cioè, quando ti sei offerto di...

Lanzi si girò e le piantò addosso i suoi occhi verdi.
– Dicevo sul serio.

Olga dovette distogliere lo sguardo. Era già la seconda volta in pochi giorni che si sentiva... vulnerabile, in presenza di quell'uomo.

– Dobbiamo uscire da qui, – disse, cercando di riprendere il controllo.

– Odio sottolineare l'ovvio: siamo legati a una sedia e dubito che...

Uno scrocchio di ossa, che forse si spezzavano, lo raggelò.

– Che è successo? Cos'era quel rumore? Olga?

Ma lei aveva perso i sensi.

– No, no! Olga, stai bene?

Aiutandosi con le gambe, saltellò con la sedia verso di lei. – Olga, mi senti? Olgaaaa!

– *Ssst*, non gridare! Vuoi che ci scoprano?

– Oh, cavoli, che spavento. Sembravi... sembravi svenuta.

– Lo ero, ma dura poco. Il dolore, dico.

– Che dolore?

Poi la vide liberarsi dalle corde e alzarsi.

– Come hai fatto? – chiese lui incredulo, incapace di comprendere che cosa fosse accaduto. Olga, però, non pareva propensa a dare spiegazioni. Si inginocchiò e sciolse rapida i nodi che gli legavano i polsi.

– Okay, ora cerchiamo di uscire, – disse guardandosi intorno. – Sembra un magazzino. Ecco la porta. Sbarrata... – la indicò e, mentre sollevava il braccio, mostrò una mano malconcia.

Lui, nel vedere il pollice che pendeva inerte, piegato in maniera innaturale, ricadde sulla sedia e si accasciò contro lo schienale, privo di sensi.

– Filippo! – esclamò lei con voce soffocata. Tornò indietro a scuoterlo. – Non è il momento... *pst*, ehi, Lanzi!

Lui aprí gli occhi con un sussulto.

– Oddio, credevo... credevo di avere visto... Un incubo.

– Non ti preoccupare, adesso lo raddrizzo.

– Cosa? Gesú, allora era vero. No, no, per favore, non lo fare, oddio mi sento male...

– Devo farlo. Non può mica rimanere cosí.

– Ma... ma ti hanno rotto la mano! Quando?

– No, l'ho fatto io. Però non è rotta. Ho solo lussato il pollice. E sono riuscita a sfilarmi le corde.

– Certo, certo... Cooosa?

– Me lo ha insegnato mio padre.

– Tuo padre ti picchiava?

– Sí.

– Oddio, quanto mi dispiace, io... Insomma, un padre non dovrebbe mai, nessuno dovrebbe mai...

Pasca era davvero desolato. Adesso comprendeva molte cose. Avere avuto un padre violento l'aveva privata della sua infanzia e, forse, anche della sua adolescenza. Si vergognava di essere uomo.

– Guarda che è tutto a posto. Lo faceva a fin di bene.

Pure questa l'aveva sentita spesso, dalle donne che avevano subito abusi.

– Sai che non è cosí, sai che...

Il rumore di ossa scrocchiate, che stava imparando a conoscere, gli impedí di proseguire.

Olga aveva raddrizzato il pollice.

Pasca però tenne duro, e si sentí un eroe.

Tra l'altro, gli era venuta un'idea.

– Hai presente *Pericolosamente insieme*?

– Lanzi, ti sembra il caso?

– Per quanto io ti trovi davvero attraente, e dopo la cosa che hai fatto con la mano... per non parlare della testata al tipo, be', ancora di piú... non mi riferivo a noi due. Anche se, in effetti, pericolosamente insieme lo siamo. Mi riferivo al film.

Olga non recepí.

– Il film. Robert Redford, Debra Winger, Daryl Hannah. Redford e Winger sono i due avvocati che devono difendere la Hannah accusata del furto di un quadro realizzato dal padre scomparso. Dopo una serie di colpi di scena, i due scoprono che tutti gli altri dipinti di grande valore, che si credevano bruciati in un incendio, sono invece sempre stati in circolazione. Alla fine riescono a far assolvere la loro assistita e, secondo la migliore tradizione, si innamorano.

– E questo come ci aiuta a uscire da qui?

– Con quello, – disse, indicando un furgone parcheggiato vicino alla porta. – Se avessi visto il film, non lo chiederesti neppure.

– Non credo di aver capito.

– Redford e Winger scappano dai loro sequestratori guidando un furgone. Sfondano la porta e fuggono via.

– Certo, perché le chiavi sono attaccate al quadro apposta per noi.

Pasca, che nel frattempo si era avvicinato al mezzo e aveva aperto lo sportello, emerse dalla perlustrazione dell'abitacolo con un sorriso vittorioso e una chiave d'accensione levata in trionfo.

– Guido io. Tu non potresti, con quel pollice.

Olga era colpita.

– Lo so, sono un genio. Sali, bambolina...

– Bambolina?

– Sí, è il nomignolo con il quale quel gran figo di Derek Morgan chiama Penelope Garcia in *Criminal Minds*... Okay, lascia perdere. Sei pronta?

– Io sí.

– Ma dici che riusciamo ad abbattere la porta?

– Non resta che provare.

– Giusto. Vado, eh?

– Vai.

XXII

29 settembre, mattina presto
Milano

– Tu non ridi mai.
– No. Le persone ridono troppo e a sproposito.
– È per via di tuo padre?
– Cosa c'entra lui? Sono io, il problema. Lanzi, io non sono una persona normale.
E lo disse con rammarico.

Dopo essere riusciti a sfondare la porta, avevano proseguito finché Olga non aveva cominciato a temere per la loro incolumità. Quell'uomo guidava davvero male, o forse semplicemente non sapeva guidare furgoni. In ogni caso, lo aveva costretto ad abbandonare il mezzo appena erano stati abbastanza vicini a casa di lui da poter finire a piedi il tragitto.

E proprio lí, per una volta, Olga desiderò di potersi sentire una ragazza qualunque.

– È questo il tuo problema? Pensi di non essere normale? Be', cara mia, ovvio che non lo sei. Nessuna donna si alzerebbe in piedi mentre è legata a una sedia per dare una testata al suo rapitore. Ma è proprio questo a renderti speciale.

Olga sorrise.

– Ah, ti ho vista!

La fuga era stata rocambolesca. Lo stesso Pasca – che non aveva mai guidato un veicolo simile ma che si era calato alla perfezione nella parte dell'avvocato Tom Logan,

cioè Robert Redford – era incredulo. Gli uomini che li
avevano sequestrati non avevano neanche fatto in tempo a capire che cosa stesse accadendo. Avevano visto un
furgone abbattere la porta e lasciare il magazzino a tutta
velocità. Una volta a casa, Pasca aveva fasciato con pazienza la mano di Olga. Si stava prendendo cura di lei.

– Comincio a fidarmi di te, – gli disse lei a bruciapelo,
mentre lui stringeva le bende.

– Era ora!

– È che non sono abituata. Ma sei una brava persona,
Filippo, e mi piace averti tra i piedi.

Sentir pronunciare il suo nome, che poi non era il suo
bensí quello di un mediatore immobiliare di cui non ricordava nulla, lo destabilizzò. Come aveva potuto ficcarsi in
una situazione simile? Gli sembrava di non avere via di
uscita. Ormai, qualsiasi momento avesse scelto per confessare la verità sarebbe stato sbagliato. E mai si sarebbe
aspettato che tutto peggiorasse ulteriormente.

Non avrebbe saputo raccontare, dopo, come e perché
accadde quel che accadde.

– Se ti piace avermi tra i piedi, vuol dire che ti piaccio
anche io.

Olga annuí. – Non so se Derek Morgan sia o meno un
figo, ma tu non sei affatto male.

– Adesso sí che la tua fissazione di dire sempre la verità ha un senso.

Erano seduti l'uno di fronte all'altra, chiusi nel piccolo
bagno. Lei sulla tavoletta abbassata, lui sul bidet. E stava
pure scomodo. A un tratto, desiderò baciarla. Un desiderio tanto forte da essere quasi doloroso. Non aveva mai
provato una cosa del genere. Ma voleva farlo. Cosí, senza
pensare alle conseguenze, le prese il volto tra le mani e lo
avvicinò a sé.

– Sto per compiere un'azione irresponsabile, – le bisbigliò. – Non mi picchierai, vero?

– No, non lo farò. Ma devo avvisarti.

– Dimmi.

– Credo di essere senza anima.

Lui la guardò stupito. – Perché lo pensi?

– Non è importante. L'importante è che tu lo sappia. Io... io non provo mai nulla. Un difetto di fabbricazione, credo.

Pasca, di colpo traboccante d'amore per quell'assurda ragazza, la baciò. E il bacio si trasformò presto in qualcosa di molto piú intenso. Si ritrovarono sdraiati a terra, nel bagno.

– Scusa, non è il luogo piú romantico del mondo, – mormorò lui.

– Fa niente. In realtà, mi piace.

– Bene, vedi? Allora esiste qualcosa che ti smuove, – le disse mentre le sfilava il vestito. – Olga Rosalia Bellomo: non hai nessun difetto di fabbricazione, sei bella cosí come sei.

E quando la baciò sul collo, sul seno, sulla pancia, lei sentí uno strano formicolio lungo il corpo. Sorrise, non vista, a quella nuova sensibilità.

La sua pelle stava rispondendo, in un certo modo.

– Mi spieghi il significato di questi tatuaggi?

– Un giorno. Forse.

– È una risposta incoraggiante.

– Non ti montare la testa.

– Non lo farò.

Poi, mentre la accarezzava con delicatezza, notò una profonda cicatrice sul fianco. – E questa? Cos'è? È stato tuo padre a fartela?

– Sí, come tutte.

– Mi dispiace, – le disse, e la sfiorò con le labbra.

– Non devi. Anche se spero che tu non debba mai incrociarlo.

– Perché, è... è ancora vivo?

– Sí.

– Se accadesse, lo stenderei con un pugno.

– Se accadesse, sarebbe lui a stenderti.

– Sei cosí bella, Olga.

– Anche tu.

– Senti, mi è venuta un'idea. Facciamo un gioco, – mormorò lui, sfilandole la biancheria intima.

– Eh?

– Sí. Tu sei Tony Curtis, io sono Marilyn Monroe.

Olga, stavolta, scoppiò a ridere davvero. – Forse intendevi dire il contrario?

– No, no, è giusto. Vedi, in *A qualcuno piace caldo*, Tony Curtis cerca di sedurre Marilyn ostentando freddezza.

– Ma io non voglio sedurti.

Pasca la prese in braccio e la portò in camera da letto.

Pesava come un ramoscello. Eppure, era abbastanza forte da abbattere un toro.

– Questo lo dici solo perché ancora non ho fatto niente. Io sono cintura nera di sesso e baci, – e la baciò di nuovo. – Comunque lei, a un certo punto, si incaponisce e le prova tutte. Ma Curtis non cede. Le racconta che se persino Freud non è riuscito a guarirlo dubita che possano riuscirci i suoi baci.

– Geniale.

– Abbastanza.

– E funziona?

– Con lui? O ti domandi se potrebbe funzionare con te?

– Con lui.

– Sí. Funziona.

– Perché è un film.

– Tu dici? Proviamo. Olga, permettimi di essere la tua Marilyn.

– Filippo, te lo permetto.

Allora lui la adagiò sul letto e si preparò a dare il meglio di sé.

XXIII.

29 settembre, mezzogiorno

Lanzi dormiva ancora quando Olga sgattaiolò fuori dal letto.

Era stato molto strano, diverso. Diverso dalle altre volte in cui era andata a letto con qualcuno, ma non avrebbe saputo dire perché.

Era confusa. Aveva sempre pensato di non essere normale e si era rassegnata a quell'idea. Con lui, però, non era andata come si aspettava.

«Non mostrarti mai debole, – le diceva suo padre, – L'intimità è un'arma a doppio taglio. Se non sai gestirla, evitala. Con tutti».

Però aveva omesso un dettaglio importante. Si era dimenticato di dirle quanto fosse bella, questa maledetta intimità. Durante quelle ore aveva avvertito un insolito calore crescere dentro di sé. Un calore che adesso la faceva sentire vulnerabile e forte allo stesso tempo, fragile e felice. Per fortuna in quel momento non poteva concedersi distrazioni. Aveva un compito da svolgere. Un compito doloroso ma necessario.

Si diresse verso il piccolo salotto dove, appena entrata, aveva adocchiato un computer.

Sperò che non ci fosse una password.

Sorrise quando notò che la password c'era, però Lanzi l'aveva scritta su un post-it attaccato al desktop. Sorrise perché non era stupita.

Accese il pc e si inoltrò nel dark web. Scrisse: «I nipoti stanno arrivando, prevedo casini. Conosci una baby-sitter?»

Attese.

Si alzò e andò in cucina per cercare qualcosa da mangiare, attenta a non fare rumore.

Pensò a Remington e a Melinda. Due esseri viventi che avevano bisogno di lei. Pensò a Max e Sebastian che avevano denunciato la sua scomparsa perché preoccupati. Pensò a Filippo, che dormiva in camera. Non era piú sola, ormai tutti loro facevano parte della sua vita.

Cosa sarebbe cambiato, adesso?

Sentí un *bip* provenire dal salone.

Corse a vedere.

«La baby-sitter è in arrivo, – lesse. – Dammi maggiori dettagli».

Papà! Erano mesi che non aveva sue notizie. Si rese conto che le era mancato moltissimo. Ma poi le parole successive comparvero sullo schermo.

«Speravo di non ricevere mai notizie dei nipoti. Che cosa è successo?»

Il cuore di Olga sprofondò. Lo aveva deluso?

«Dovevo intervenire, la zia aveva bisogno di me».

«La zia poteva occuparsene da sola, non credi?»

Non era vero. Per una volta, non era d'accordo con lui. Si sforzò di attribuire la sua reazione all'apprensione per lei, e per sé stesso, e provò a spiegargli la situazione.

«Impossibile. Il marito è troppo violento».

«I mariti spesso lo sono. Cos'ha lui di diverso dagli altri?»

Olga ci pensò un attimo prima di rispondere.

«È un cacciatore di piovre. Lo pagano per farlo», scrisse. E sperò che lui capisse.

Trascorsero secondi interminabili durante i quali Olga si immaginò che il padre, ovunque fosse, avesse smesso di respirare per la tensione.

Alla fine sullo schermo cominciarono ad apparire le parole: «La zia è in guai molto seri. Cerco la baby-sitter e te la porto io di persona».

Era gravissimo, quindi. Piú grave di quanto avesse immaginato.

Però avrebbe rivisto suo padre.

«Domani, stessa ora. Ti darò i dettagli. Ah, e di' alla zia di non tornare a casa per nessuna ragione».

«Aspetta...»

Niente, si era disconnesso.

Rimase a fissare il desktop, incapace di muoversi. All'inizio le era parso solo arrabbiato, deluso che lei non avesse saputo cavarsela da sola. Ma poi si era preoccupato davvero. La raccomandazione finale, «Di' alla zia di non tornare a casa», era piú che esplicita. Ovvio, «loro», chiunque fossero, sapevano bene dove trovarla. E Max, Sebastian e gli altri? Doveva avvisarli. Doveva proteggerli.

Fu allora che lo sguardo le cadde su una cartella piazzata in mezzo al desktop. Come era possibile che le fosse sfuggita? Lanzi l'aveva denominata «Escort».

Per un attimo le mancò il respiro. Le sembrava di avere imparato a conoscere l'uomo che dormiva nella stanza accanto. Ma non si poteva mai dire. Molti serial killer conservavano souvenir delle loro vittime, o filmavano le torture per poi guardarle all'infinito. E i vicini erano pronti a giurare che si trattava di brave persone, che salutavano sempre.

Le vennero i brividi. No, Lanzi faceva parte dei buoni. Non esitò oltre, e sperando in cuor suo di non essere smentita cliccò sulla cartella. Le si aprí un mondo. Un mondo che forse sarebbe stato meglio lasciare chiuso. Conteneva altre cartelle: «Grazia Palermo», «Melinda Malaguti», «Pamela Scotti». Chi era Pamela Scotti? Aprí la cartella. Trovò alcune foto di un incidente stradale, con tracce di pneumatici sulla strada, e un articolo firmato Gabriele Pasca. Gabriele Pasca? Il G. P. dell'agenda di Melinda, cerchiato con un cuore rosso. Il Gabriele Pasca nominato dall'ispettrice! Lesse l'articolo. Il giornalista non credeva a un semplice incidente. Secondo lui, Pamela Scotti era stata uccisa in un altro modo e poi investita per nascondere l'omicidio. Trovò una sottocartella con una scansione in pdf dell'esito dell'autopsia, firmata da Patrizia Mazzanti. Pamela Scotti era morta per un'emorragia cerebrale causata da un corpo contundente. Quindi quel Pasca ci aveva visto giusto. Come in trance, aprí la cartella che portava il nome di Grazia Palermo. Vide la fotografia di una schiena, con il disegno di una tigre. Un disegno che lei conosceva molto bene. Era la schiena di Grazia. La schiena di un cadavere. Anche lí dentro c'erano degli articoli. Stessa firma, Gabriele Pasca. Perché Filippo Lanzi, un mediatore immobiliare, teneva nel computer un archivio del genere?

Lei lo sapeva, la sua mente aveva già fatto l'associazione, ma non voleva crederci.

Con il cuore che le batteva veloce nel petto, cercò Gabriele Pasca su Internet. Il suo viso bonario e la sua espressione perplessa, tipica di lui quando non riusciva a capacitarsi di qualcosa, le apparvero subito. A quel punto, con la mano che le tremava, stava per cliccare sull'ultima cartella, quella che piú le premeva, ma percepí una presenza alle sue spalle e scattò in piedi voltandosi, con la sedia sollevata a fare da scudo.

– Ehi, sono io! – le disse Pasca alzando le mani in segno di resa. Era ancora in mutande e la scena sarebbe stata comica, se Olga non si fosse sentita in pieno dramma.

– Tu, chi?

– Scusa?

Allora Pasca sbirciò oltre le sue spalle e li vide. Il computer acceso e i file aperti.

D'istinto chiuse gli occhi, ma solo per un attimo. Il tempo di assorbire il colpo.

– Lascia che ti spieghi... – disse, provando ad avvicinarsi.

– Se fai un passo ti ammazzo.

Non sapeva neppure lei perché se la stesse prendendo cosí tanto. In fondo, l'aveva sempre saputo. Le persone mentivano in continuazione.

– Certo, certo. Sto qui, non mi muovo, ma ascoltami, ti prego.

– Dimmi solo una cosa. Le hai fatto del male, *Pasca*?

– Del male? Io? No! Avanti, mi conosci, non potrei mai e poi mai fare del male a qualcuno.

– Ti conosco?

– Sí, Olga. Anche con un altro nome, sono sempre io. Filippo, Gabriele, non ha importanza. Sono io, guardami. Lo stesso uomo che è venuto allo *Starlight* per cercarti, che ti ha portato a fare le analisi, che ti ha tenuta abbracciata per ore... Non sono una brutta persona. Sono solo un vigliacco che ha avuto paura di dirti la verità, perché non voleva deluderti.

Olga abbassò la sedia. Pasca pensò che fosse un buon segno.

– Insomma, non tutti gli uomini sono come tuo padre. Io non ti farei mai del male, non...

Suo padre? Cosa c'entrava suo padre?

– Pasca, che stai dicendo? Mio padre non mi ha mai mentito. Lui mi ha sempre raccontato la verità.

– Certo, certo. Ovvio che tu lo creda. Ma allora perché terresti tutti lontani? Guarda che avere fiducia vuol dire aiutarsi a vicenda. Come i tuoi amici fanno ogni giorno. Perché credi siano andati al commissariato a denunciare la tua scomparsa? Perché, se il mondo è abitato solo da gente cattiva, tu stai rischiando la pelle per un'altra persona? Ci sono molti benefici quando ti apri con qualcuno e anche parecchie delusioni. È la vita. E le menzogne fanno parte del gioco. Ma queste emozioni ci rendono piú forti.

– È esattamente il contrario. Le emozioni non possono essere controllate. Io non ho controllato te.

Pasca sorrise. E capí, forse. E sperò di avere una chance.

– Okay, ho sbagliato. Non sono perfetto, non ho sempre tutte le risposte che invece sembri avere tu. Però sai perché ho mentito? All'inizio mi sono spaventato. Ero stato aggredito, e quando hai trovato quel biglietto da visita... Be' io non sono un uomo coraggioso e ho preferito lasciarti credere di essere un'altra persona. Poi la menzogna mi si è ritorta contro. Chi si aspettava di incontrare una donna come te? E da lí non ho piú trovato il momento adatto per confessare. Temevo di perderti. Non voglio perderti.

– Le nostre strade si dividono qui, – gli disse lei, mentre raccoglieva il vestito. – Non credo che tu sia una persona cattiva. Però... non voglio piú avere a che fare con te. Mai piú.

Olga si infilò l'abito e si diresse verso la porta. Gabriele la inseguí. – Lascia solo che ti aiuti, dopo sparirò. Ho paura di ciò che potrebbero farti, ho...

– Pasca, devi avere paura per ciò che potrebbero fare a te, perché io non sarò piú nei paraggi. Quindi, chiuditi in casa e butta via la chiave. Abbiamo a che fare con persone pericolose.

– Aspetta, ascoltami. Pensa a Dorothy! In fondo era migliore come donna che come uomo... Cioè, è stata una donna migliore dell'uomo che era.

– Eh?

– *Tootsie*. Dustin Hoffman deve travestirsi da donna per sbarcare il lunario come attore e diventa Dorothy, solo che cosí facendo mente alle persone a cui vuole bene, soprattutto a una collega, che è Jessica Lange...

– Che stai dicendo? Tu non ti sei travestito da donna, ma da mediatore immobiliare!

– Sarei diventato Dorothy, se necessario! E comunque il concetto non cambia. Sono stato migliore nei panni Filippo Lanzi che come Gabriele Pasca, questo intendevo dire. Lanzi era coraggioso, impavido, Pasca è piú... piú...

– Piú stronzo?

– Be', sí, cioè, no... Ti prego, non te ne andare.

Ma Olga ormai era quasi uscita.

– Tu stai scappando, – provò a fermarla.

– Io non scappo mai.

– Forse non da un combattimento corpo a corpo. Ma da me, sí.

– Ci sono delle cose che è meglio lasciare andare.

– Meglio per chi?

– Per te e per me.

– Chi è che sta mentendo, adesso?

– Sai che non sono capace di dire bugie.

– Vero, stai mentendo a te stessa. Il che è ancora peggio.

– Ritroverò Melinda, – gli disse, ignorando le sue parole. – Però, sappi che tu non la meriti. È migliore di te e anche di me.

E cosí dicendo si chiuse la porta alle spalle.

Riuscí però a sentire la sua ultima frase. – Che ti piaccia o meno, Olga Rosalia Bellomo, tu sei già cambiata. E te lo dico come Dorothy! No, anzi, come Gabriele Pasca!

XXIV.

1° ottobre, mattina
Miami club

– Signora Giardina? Amanda! Che piacere averla in visita qui nel nostro club.

Una ragazza esageratamente sorridente con indosso un tailleur le andò incontro.

– Siamo molto lieti che abbia scelto noi. Tamara ci ha parlato cosí bene della sua attività. È nel ramo immobiliare, vero?

– Possiedo degli immobili, sí.

Dopotutto, pensò, Pasca qualcosa le aveva insegnato. A mentire.

– Ah, ancora meglio. Prego, le faccio strada. Da dove vuole cominciare?

– Dagli spogliatoi.

– Non preferisce vedere prima la spa, o la piscina?

– No, grazie. Credo che l'igiene sia la cosa piú importante. E la sicurezza.

– Certo. I nostri armadietti sono a prova di bomba, come si suol dire. Il codice è a sette cifre, non so se rendo l'idea.

Olga annuí. Rendeva benissimo l'idea. Sette cifre erano davvero tante da indovinare, persino per lei.

Seguí la ragazza mentre ripensava ai due giorni appena trascorsi. Si era rinchiusa in un albergo vicino alla stazione centrale, uno di quei posti dove non era neanche richiesto un documento, e il vestito con il quale si era presentata l'aveva aiutata parecchio. Si era lavata, nella speranza di togliersi di dosso l'odore di Pasca, si era cambiata con degli abiti comprati al volo in un negozio di cinesi e aveva consumato i pasti in camera, in attesa dell'ora concordata con suo padre.

Aveva telefonato a Max con una scheda ricaricabile, sempre dei cinesi.

«Da che numero stai chiamando?»

«Non è importante. Ciò che conta, invece, è che dovete fare attenzione. Mi sono messa nei pasticci e ho paura per voi».

«Per noi? Ma figurati, non ti preoccupare. Lo sai che viviamo tutti insieme, con i ragazzi che lavorano al parco, il cuoco del ristorante, i camerieri, le stagiste del marketing, è difficile trovarci da soli. Chiunque ti preoccupi dovrebbe accoppare venti persone!»

«Va bene, però cercate di non rimanere mai da soli, nemmeno quando chiudete il parco».

«Cosí mi spaventi».

«È quello che voglio. C'è un uomo molto pericoloso che mi dà la caccia e...»

«Non hai capito, ho paura per te, non per noi. Chi vuoi che venga fino a qui a torturare Sebi? Tra l'altro ieri sono arrivati i suoi genitori e i cugini. Questo posto è una fortezza».

«Okay. Remington?»

«Non mi nominare quel gatto obeso. Mangia come un'idrovora ed è stronzo come una faina. Lo amiamo alla follia. Ho solo una domanda da farti. La mia macchina è ancora intera?»

«Certo, sí. Solo che per adesso è meglio che resti dov'è».

«Come al solito, non capisco ma mi adeguo. E ricorda: qualsiasi cosa, conta pure su di noi. Non sei sola».

No, non lo era.

Il giorno successivo, a mezzogiorno, era seduta davanti al pc di un Internet point gestito da cinesi nei pressi dell'albergo.

«La baby-sitter è lí, – aveva letto. – Sta comprando dei souvenir alla stazione. Poi prenderà un cappuccino al bar centrale».

Olga si era disconnessa ed era corsa fuori.

Aveva fatto il giro di tutti i negozi e i *temporary shop*, senza notare nulla di interessante. Infine era andata al bar centrale, al piano binari. Ancora niente.

Si era avvicinata alla cassa.

Il tizio seduto dall'altra parte l'aveva osservata a lungo. «Ho una cosa per te».

«Come?»

«Sei tu che cerchi una baby-sitter?»

«Sí».

«Allora questa è tua», e le aveva allungato una busta.

«Scusi, ma come faceva a sapere che doveva darla proprio a me?»

«So riconoscere quelli della yakuza, cosa credi», e le aveva fatto l'occhiolino.

Perché non era sorpresa che suo padre sapesse dei tatuaggi?

Il cassiere, intanto, si era sporto verso di lei. «Mi raccomando, – le aveva sussurrato, – di' ai cinesi che ho fatto quanto mi hanno chiesto, eh?»

«Non sono cin... ma certo, riferirò».

Il tizio aveva annuito, compiaciuto. «Che poi io mangio solo nei ristoranti cinesi. Diglielo».

Olga gli aveva promesso che avrebbe riferito ogni cosa nei minimi dettagli e si era allontanata. Chiusa in bagno, aveva aperto la busta.

Un cartoncino? Un cartoncino con un numcretto scritto sopra. Che voleva dire?

«Papà, certe volte sei troppo criptico persino per me», aveva pensato.

Si era seduta sconsolata su una sedia davanti al bar. Un barbone si era addormentato sulla sua spalla e russava. Non voleva svegliarlo, ma quando aveva visto due uomini in giacca e cravatta discutere animatamente davanti a lei su dove lasciare le valigie, si era alzata in piedi di scatto, facendo crollare riverso il povero barbone.

Certo, il deposito bagagli!

Era corsa lí e aveva mostrato il numero all'addetto dietro il bancone.

Quello era scomparso sul retro ed era riemerso subito dopo con una cartellina.

Olga non l'aveva aperta finché non era tornata in camera.

Si era chiusa bene e aveva rovesciato il contenuto sul letto: un biglietto scritto a mano, due mazzette di banconote e una carta d'identità. Aveva letto prima il biglietto: «Allontanati e non sottovalutare lo zio». Non c'era scritto altro. Non una parola di affetto. Ma avrebbe dovuto aspettarselo.

Aveva preso la carta d'identità.

Olga Rosalia Bellomo era diventata Amanda Giardina.

Suo padre si aspettava che lei scappasse dalla città. Olga aveva deciso diversamente.

Aveva prenotato un tavolo al *Blue Moon* per quella stessa sera e chiesto il solito privé con Tamara.

Era stato facile conquistare la sua fiducia. Tamara si ricordava di lei, piú che altro del compagno, cioè di Pasca. Le aveva subito domandato dove fosse e Olga si era tenuta vaga.

«Non smette mai di parlare di te, – aveva aggiunto. – Ti nomina in continuazione. C'è da esserne quasi gelosa».

Si stupí di come sapesse mentire. Quasi non avesse fatto altro nella vita.

«Non devi. Sai, noi siamo anche un po' psicologhe. Tuo marito ti ama moltissimo. Si vede».

Sapeva mentire bene pure lei.

Una volta scoperto che era in cerca di un appartamento, Olga era riuscita a strapparle una raccomandazione per il Miami club. In cambio, lei avrebbe messo una buona parola con il suo compagno per farle avere una casa a un prezzo conveniente.

Cosí ora si trovava al Miami club, di fronte a quella ragazza che non smetteva un attimo di parlare.

XXV.
1º ottobre
Milano

Gabriele Pasca non sapeva piú cosa fare per rintracciare Olga. Aveva chiamato la Scardi, che, ancora traumatizzata dagli eventi della notte in cui aveva pedinato la donna e aveva assistito in diretta a un sequestro, non era riuscita a dare un grande contributo. – Ho preso un congedo, – gli aveva detto. – Adesso è Marenzi che si occupa del caso. Claudio Marenzi.

«Bene, – aveva pensato lui, – Marenzi è un amico».

– Ah, quindi esiste un caso?

– Sí.

Il «caso» esisteva, suo malgrado. Lei, di certo, se avesse potuto avrebbe taciuto volentieri.

La dottoressa Mazzanti, invece, un valido contributo lo aveva fornito. Dopo avere eseguito parte dell'autopsia sotto lo sguardo vigile, anche se solo a tratti, della sua studentessa preferita, era già in grado di stabilire ciò che in principio poteva essere solo un sospetto, e cioè che Grazia Palermo era stata ammazzata. Questo nuovo elemento, unito al fatto che era stata donata alla sala settoria come corpo anonimo, aveva condotto ad aprire un'inchiesta sul medico che aveva eseguito la prima autopsia. Lo stesso medico che avrebbe dovuto fare quella di Pamela Scotti. I documenti erano stati inviati alla procura, e il famoso caso, alla fine, era stato aperto.

Olga, all'oscuro di tutto questo, non poteva certo immaginare che le denunce in cui era coinvolta adesso erano ben due. Non solo esisteva quella che i suoi amici
erano stati costretti a fare per rintracciarla, ma ce n'era
una anche della Scardi. Per fortuna, era solo una denuncia contro ignoti per il sequestro di una sconosciuta, dal
momento che l'ispettrice non aveva idea di chi si fosse
trovata di fronte quella notte. E Pasca si era guardato
bene dall'informarla. Non si dava pace per come erano
andate le cose. Olga non era tornata a Trarego, aveva controllato. Non era negli alberghi piú malfamati della città,
aveva controllato anche lí. Certo, poteva essersi registrata sotto falso nome, come avrebbe fatto lui. In fondo,
entrambi stavano scappando. Subito dopo che Olga era
andata via dal suo appartamento, infatti, Gabriele aveva
buttato quattro cose in una borsa e si era rifugiato da un
amico, in un posto dove mai nessuno avrebbe pensato di
cercare, e dove neppure lui avrebbe mai immaginato un
giorno di nascondersi.

– Figa, sei uno straccio, – Mizzi, sbracato sul divano,
si stava rollando una canna.

– Sono nella merda e non so nemmeno il perché.

– Il mio mantra.

– Non sapere le cose?

– No, pirla, essere nella merda.

– La cosa che mi fa incazzare è che lei invece sa qualcosa. Me lo sento. Ma ha perso fiducia.

– E niente, se si perde fiducia… – disse Mizzi con in-
differenza, leccando la cartina.

– Ma mi stai ascoltando?

– No, amico.

– Appunto. Andresti molto d'accordo con Olga, in
compenso.

– Olga chi?

– La tatuatrice!

– Cioè, figa, la ragazza che ti ha mollato è Olga Bellomo?

– Sí, ma tecnicamente non mi ha mollato. Ha solo ritenuto meglio... Perché conosci il cognome? Io non te l'ho mai detto.

– Non mi avevi detto che stavi cercando una tatuatrice, e quella è un genio. Guarda che mi ha fatto!

E Pasca vide, in un lungo piano sequenza rallentato, Mizzi che si alzava dal divano, si voltava di spalle e si calava i pantaloni.

– No, che schifo, che stai facendo?

– Ti mostro il tatuaggio.

E quando l'ultimo baluardo era stato ormai abbattuto e le mutande erano scivolate alle caviglie, Pasca poté ammirare Mizzi che, al centro del salone, gli mostrava le natiche.

– Che roba è? Una spada? Ti sei fatto tatuare una spada medievale sul culo?

– Acciaio di Valyria.

– Ah.

– *Il Trono di Spade*!

– So cos'è, ma è la posizione che mi lascia perplesso.

– Protezione, nobiltà, giustizia, coraggio, purezza! – declamava Mizzi, fiero.

– Okay, va bene, chi non si tatuerebbe il simbolo della purezza sul culo?

– Figa, è bellissimo...

– Per carità, bello è bello, sí, non posso che ammirarne i dettagli, però adesso, per piacere, ti rimetteresti le mutande?

– Sei un testina. La tatuatrice io te la trovo in dieci minuti.

Questa volta fu Pasca a scattare in piedi.

– E perché non me lo hai detto subito?

– Ciula, perché non sapevo che fosse lei, quella che sta-vi cercando. Va' a 'drisar i banan', che io mi attivo. Poi però siamo pari?

Pasca fece un profondo respiro. – Sí, siamo pari.

– Grande!

XXVI.

1° ottobre
Miami club

Olga non ne poteva piú. Nell'attesa che il club si svuo-
tasse un pochino, si era fatta fare un massaggio linfodre-
nante, aveva pranzato al ristorante con una ciotola piena
di cose coloratissime e del tutto insapori a partire dalla
base di riso, aveva fatto una partita a golf e un tuffo in
piscina. L'armadietto lo aveva individuato quasi subito, e
per fortuna era riuscita a farsene dare uno proprio accanto, ma finché lo spogliatoio fosse stato pieno era impossibile provare ad aprirlo. Anche se, e questo era un punto
a favore, gli armadietti erano in un angolo, separati dallo
spogliatoio e nascosti.

Il problema però era un altro. Il problema era che Olga
era stata individuata. E proprio mentre mangiava la ciotola con il riso e le erbette.

Se ne stava seduta al suo tavolino, al sole, quando una
ragazza, che aveva appena terminato una partita a tennis,
entrò nel ristorante, si bloccò incredula e corse verso di
lei: – Olga! Olgaaaa!

Lei restò immobile.

– Olga, non mi riconosci? Sono Pinky!

– Mi dispiace, credo che lei mi abbia scambiata per
un'altra persona.

– Scherzi? Sei abbastanza inconfondibile con quei tatuaggi.

– Non sono Olga, però.

– Ne sei certa?

– Che io sappia, sí.

– Ah, che strano. Scusami, eh. Cioè, sei identica a Olga.

– Capita.

– La ragazza che dicevo io è una tatuatrice, – e si mise a sedere di fronte a lei. – Porti pure a me un poke! – urlò al cameriere. – Lo stesso che mangia la signoraaa! – Quindi, rivolta a Olga, aggiunse: – Che c'è dentro?

– C'è un salmone che sa di barbabietola, un avocado che sa di maionese, ma di una maionese insapore...

– Buonissimo. Lo prendo. Me lo può portareeeeee!!!

Olga, dopo il terzo acuto, alla fine ricordò dove l'aveva vista. Era venuta a Trarego ad accompagnare le altre. Non si era tatuata, però. Aveva intrattenuto i presenti ridendo sguaiatamente e scherzando. Melinda le aveva confidato che non aveva un grande successo come escort. Troppo indiscreta. Ma le aveva anche detto che le erano molto affezionate perché era una persona davvero buona.

– Non credevo che a una come te potesse piacere un posto simile –. Pinky stava continuando a chiacchierare indisturbata. – Cioè, ti facevo piú una da centri sociali.

– Perché non sono Olga.

– Giusto! Forte... Strano, ma forte. Hai una sosia.

Mentre Pinky parlava, Olga si rese conto di avere un problema digestivo con il salmone. Per cui chiuse gli occhi, si portò una mano allo stomaco e cominciò a respirare in maniera affannata.

– Stai aprendo i chakra??? – chiese Pinky. – Brava! Anche io lo faccio, è una cosa importante, soprattutto quelli del cuore e della pancia.

– No, è un rutto, – le rispose.

– Ah.

Fu un pranzo molto difficile. Per fortuna Pinky si ricordò di avere un'altra partita a tennis e dopo essersi scusata profusamente si allontanò.

Subito prima del match, però, raccontò alla sua avversaria in campo dello strano incontro che aveva appena fatto a pranzo. La sosia di una tatuatrice che aveva conosciuto insieme alle amiche, figurarsi. L'avversaria giocò un paio di set, poi si scusò, non si sentiva bene. Pinky, mentre quella si allontanava in gran fretta, le gridò che forse era colpa del salmone.

Olga, ignara di quanto stava succedendo, rientrò negli spogliatoi e si ritrovò sola.

Erano quasi tutti a pranzo, o sui campi.

Poteva agire.

Si piazzò davanti all'armadietto di Grazia e cominciò a riflettere.

Un codice a sette cifre non era uno scherzo.

176, 176...

Pensò a cosa si facevano tatuare le persone che andavano da lei di solito. La maggior parte era fissata con le date. La data delle nozze, del fidanzamento, la data di nascita.

Spalancò gli occhi. Ma certo! La nipote!

Quanto poteva avere? Otto mesi? Dieci? Non avrebbe saputo dirlo. Non ci capiva un tubo di bambini, e la foto che le aveva mostrato Tamara non la aiutava.

Con il cuore in gola, provò a digitare le cifre.

Scrisse: «1762019». Ovvero 17 giugno 2019.

Non accadde niente.

Che avesse due anni? Possibile, considerata la stazza. «1762018». Sí, poteva andare.

Digitò le cifre, e di nuovo non successe nulla.

Ancora piú indietro non era possibile. Tre anni le sembravano davvero troppi. Allora le venne il sospetto che la creatura potesse avere appena pochi mesi e si sentí male per lei. Che fosse nata proprio nel 2020?

«1762020».

Spinse i pulsanti e sentí un *clic*.

Sí, quella povera creatura non aveva neanche quattro mesi.

XXVII.

1° ottobre
Miami club

Stava per uscire. Ce l'aveva quasi fatta.

Dopo avere svuotato l'armadietto nella sua borsa da palestra, l'aveva richiuso con il codice, si era cambiata e si era diretta nell'atrio. Aveva visto un paio di scarpe, un sacchetto morbido – forse con un cambio di biancheria – e un vibratore. Un oggetto davvero strano da tenere in un armadietto. Ma non era lí per giudicare. Certo è che quella mercanzia non le pareva cosí scottante da causare la morte di una ragazza.

Mentre stava per sbucare nella hall d'ingresso fu colta dall'ennesimo attacco di mal di pancia fulminante. Maledetto salmone.

Rimase in bagno per ore. Sudava freddo e non sapeva come fare a tornare a casa.

Questo le salvò la vita. Perché chiunque avesse mangiato il salmone, compresa la persona che aveva saputo della sua presenza al club sotto falso nome, stava subendo la stessa sorte, incapace di comunicare con prontezza la vera identità di Amanda.

Solo verso sera riemerse dagli spogliatoi.

Non avrebbe mai piú messo piede in quel club.

– Amanda! – si sentí chiamare mentre si dirigeva con passo malfermo verso l'uscita.

D'istinto strinse la borsa al petto e si voltò.

La ragazza dell'accoglienza le stava facendo un cenno con la mano.

Olga restò per un attimo indecisa. Era a pochi metri dalla porta d'ingresso, perché tornare indietro? Era troppo rischioso.

– Amanda Giardinaaaa! – continuava a gridare lei. – Qui, qui! Da questa parteeee! C'è un messaggio per lei!

Checché ne dicesse il loro sito, la discrezione non era proprio una delle qualità di quel posto.

Stringendo sempre di piú la borsa, decise di rischiare e si diresse verso la ragazza.

Non aveva paura per sé stessa, ovvio, ma finché non avesse saputo cosa c'era nel sacchetto, non voleva che cadesse nelle mani sbagliate. Forse qualcosa, nel suo contenuto, avrebbe potuto salvare Melinda e doveva custodirlo a costo della vita.

– Eccola qui, – trillò la ragazza. – È arrivata questo per lei, – e cosí dicendo le porse un pacchetto. E lo fece con un gesto plateale. Evidentemente chi si faceva mandare lettere e pacchi lí, dal suo punto di vista, era meritevole di attenzione.

– Grazie, chi...?

– Non so, un corriere.

Olga esitò, infine accettò il pacchetto.

Lo aprí fuori. C'erano un cellulare con delle coordinate Gps già inserite e un biglietto.

«Qui troverai la baby-sitter», lesse, e il suo cuore cominciò a battere all'impazzata.

Stava per rivedere suo padre.

Camminò fino alla macchina di Max, parcheggiata nel punto esatto in cui l'aveva lasciata un paio di notti prima e, lontana da occhi indiscreti, sfilò le due multe sul parabrezza e salí.

Mise in moto e si rese conto che erano anni che aspettava quel momento, da quando, tanto tempo addietro, suo padre si era fermato sulla strada mentre lei stava tornando da scuola. Quel giorno Olga aveva deciso di affidarsi a lui, e lo stava facendo anche adesso. Con la differenza che all'epoca lei era una bambina desiderosa di essere amata. Oggi, invece, era una donna sinceramente amata, sebbene ancora non lo avesse capito.

XXVIII

1° ottobre, sera

Pasca aveva aspettato fuori dal Miami club per ore.

Mizzi era stato di parola. Dove riuscisse a reperire le informazioni era un mistero.

Che personaggio strano, Mizzi. Lo aveva conosciuto anni prima, quando conduceva un'inchiesta su un traffico di stupefacenti che aveva il suo centro in una sartoria milanese. Il proprietario cuciva la droga all'interno di giacconi, cappotti, piumini. Mizzi era, a sentire lui, un inconsapevole corriere.

Secondo Pasca, non troppo inconsapevole, però era una brava persona. Forse un po' fuori di testa, ma un buono. Pasca non aveva fatto il suo nome sul giornale né ai suoi amici inquirenti e Mizzi era diventato un informatore. E un amico.

Finalmente, intorno alle otto di sera, dopo avere mangiato due cheeseburger e una banana, e proprio mentre il giornale radio dava la notizia della scomparsa del medico legale indagato per l'autopsia di Grazia Palermo, morto per infarto nella sua casa, vide Olga.

Perse quasi un minuto per l'agitazione. Aveva appena alzato il volume per ascoltare meglio la notizia, stentando a credere alle proprie orecchie, ed ecco che lei usciva dal club travestita da moglie di un calciatore. Il primo impulso fu scendere e intervenire. Ma intervenire su cosa?

Decise di seguirla. Quella situazione, per quanto sembrasse normale, non gli piaceva affatto. E piú i minuti passavano, piú un pensiero si faceva strada dentro di lui. Un presentimento, piú che un pensiero. E purtroppo non riusciva a metterlo a fuoco.

Olga, intanto, in auto aveva attivato il Gps e guidava secondo le indicazioni inserite da suo padre. Poco prima di partire aveva rovesciato il contenuto della borsa sul sedile accanto. Non voleva piú aspettare. Era vero che doveva concentrarsi su ciò a cui stava andando incontro, ma doveva ancora salvare la sua amica. C'erano il vibratore rosa e, nel sacchetto morbido, come aveva sospettato, un cambio di biancheria intima e un asciugamano. Aveva toccato per bene ogni indumento, le mutande, il reggiseno, persino le calze, per assicurarsi che non ci fosse nascosto qualcosa. Niente. Possibile che fosse stato tutto inutile? Aveva davvero sperato di trovare le risposte che cercava, un indizio che l'avrebbe condotta da Melinda. Era arrabbiata, delusa, spaventata. Spaventata di dovere ricominciare daccapo. Eppure, i numeri della combinazione combaciavano. Anche se in effetti le persone usavano gli stessi numeri per password o chiavi di accesso diverse. Ma l'armadietto del club era l'unica traccia che aveva. Non aveva altro e il tempo non giocava a suo favore. Con quei pensieri che le ronzavano in testa aveva messo in moto ed era partita. Per questo non si era accorta dell'auto che l'aveva tallonata.

Giunta sul posto indicato dal Gps, scese dalla macchina e si guardò intorno. Era sola, in mezzo al nulla. Suo padre aveva scelto bene il luogo dell'appuntamento, una zona industriale appena sotto la tangenziale, verso Saronno.

Le pareva di essere tornata ragazzina, al periodo in cui lo aspettava per ore nel capanno degli attrezzi, o nei campi. Non lo vedeva dal funerale di sua madre. Il giorno che aveva cambiato tutto, ancora una volta. L'unico giorno in cui aveva lasciato vuoto il diario. Aveva scritto solo «Ore 11. Funerali di Mimí. C'era parecchia gente».

Quella pagina bianca le aveva sempre trasmesso un sentimento di inquietudine, ma non aveva mai voluto approfondire. Tutto sommato, aveva scritto ciò che contava. O no?

Si guardò intorno e cercò di ragionare con la testa di lui. Non che le opzioni fossero molte: doveva essere dentro uno dei capannoni.

Avanzò, ignara del fatto che un'auto aveva accostato non lontano da lí, che un uomo era sceso e la stava seguendo a debita distanza.

Cercò di aprire la porta del primo magazzino, invano.

Avanzò ancora e provò con il secondo.

Niente.

Il terzo tentativo andò a segno e si ritrovò all'interno di uno spazio enorme, punteggiato da grandi macchinari spenti di cui non capiva l'utilizzo.

– Papà?! – gridò. La sua voce echeggiò in quel grande ambiente. – Papà... – ma la frase le si spezzò in gola.

Poi la vide. Un'ombra che emergeva dal fondo.

Deglutí.

Aveva sempre sperato di incontrarlo di nuovo, ma non aveva mai osato immaginare il contesto. Di certo non avrebbe immaginato quello.

Restò bloccata tra il desiderio di avvicinarsi, correre da lui e abbracciarlo e quello di scappare lontana. Perché, in effetti, suo padre era quasi un estraneo. La consapevolezza le provocò un immenso dolore. Di che cosa aveva vissuto in tutti quegli anni? Di ricordi. Ma quanti di quei ricordi erano reali e quanti erano invece il frutto di una sua successiva elaborazione? E perché quel guazzabuglio di sentimenti vecchi e nuovi le si agitava dentro proprio ora che aveva bisogno di tenere la mente fredda? Ripensò alla pagina bianca, senza però darle un senso.

Ormai era arrivato a pochi metri da lei, poteva persino sentire il suo odore.

– Olga, – le disse.

E lei chiuse gli occhi, per cercare di rintracciare dentro di sé la certezza che nulla fosse cambiato.

Quando li riaprí, lui era a un passo.

– Papà...

La voce di Olga si incrinò di nuovo. Se suo padre se ne accorse, non lo diede a vedere.

– Olga, che hai combinato? Perché non sei partita come ti avevo ordinato?

– Perché Melinda ha bisogno di me.

– Cosa ti ho sempre raccomandato? Di restare alla larga dai problemi e dalle persone, di non abbassare mai la guardia. Hai visto che cosa è successo? Per chi, poi? Per una che di sicuro è già morta.

– No, non è cosí.

La sua durezza la riportò bruscamente alla realtà. Cominciò a parlare. E parlare le fece bene. In qualche maniera tornò a sentirsi legata a quell'uomo. Gli disse di Melinda, di Grazia, di Remington, delle prove che aveva recuperato nell'armadietto, del sequestro e dell'uomo con la piovra. Non menzionò Pasca, un po' perché si vergognava di fronte a lui di essere stata tanto stupida, un po' perché voleva che rimanesse una cosa solo sua. Le sembrò ancora di essere di nuovo nel capanno degli attrezzi, a Torre San Filippo, quando durante gli allenamenti lei gli raccontava quello che faceva a scuola e lui la ascoltava con interesse e la guardava con affetto. Adesso, però, lo sguardo di suo padre era diverso. O era quello di Olga a essere cambiato?

– Bambina mia, credi che se fosse capitato a te, lei avrebbe fatto lo stesso? Nessuno muove un dito per aiutare gli altri, Olga. Nessuno.

Era ancora la sua bambina? Forse. Ma si sbagliava sul conto di Melinda. Ed era la seconda volta che accadeva. La seconda volta che si contraddiceva, suo padre. Max e Sebi la stavano aiutando. Nardi l'aveva aiutata. Persino Pasca, a modo suo.

– Io non posso rimanere oltre. La faccenda si è un po' complicata.

– Hai già fatto quello che potevi. Mi hai dato una nuova identità, dei soldi –. Poi, si rese conto. – In che senso, si è complicata? Sei... sei in pericolo?

– No. Lo sei tu.

– Questo mi era chiaro.

– Non credo, Olga. Dovresti aver capito ormai che faccio e chi sono.

E come in uno di quei film in cui le persone andavano avanti e indietro nel tempo, lei si ritrovò con la mente catapultata nel capanno degli attrezzi.

«Tesoro, non puoi non aver realizzato chi sono e che cosa faccio per vivere», le aveva detto il giorno che sua mamma era morta. Ma Olga, in preda al dolore e alla confusione, non aveva capito, o non aveva voluto farlo. E poi lui se n'era andato. E lei aveva deciso di non porsi il problema.

Fino a quel momento. Ora le appariva proprio strano che i suoi ricordi fossero come la pagina bianca del diario.

– E il fatto che tu sia mia figlia, – stava proseguendo suo padre, – non semplifica le cose.

– Non capisco...

– Ti ho trasformato in ciò che sei perché tu potessi farcela senza di me; soprattutto per quando questo giorno fosse arrivato.

– Quale giorno? Papà, non ti seguo.

– Il giorno in cui io avessi deciso di rientrare nel giro.

– Eh?

– Sapevi che sarebbe successo.

– Ma quale giro? No, non dirmelo. Non lo voglio sapere.

Aveva fatto cosí anche anni prima? Non aveva voluto ascoltare?

– Olga, quell'uomo, l'uomo con la piovra, è un ripulitore, e tra i piú bravi. Sa il fatto suo. Non ha identità, è un fantasma, come me. Ma ha commesso degli errori, parecchi, e io sono stato chiamato a sistemarli.

Olga non riusciva piú ad ascoltarlo. Le immagini della sua adolescenza le rimbalzavano in testa e le parole di quel giorno, il giorno in cui aveva seppellito sua madre, il giorno in cui aveva soffocato la verità su suo padre, ormai premevano per uscire.

– No, no! – urlò. Ma era un grido rivolto ai ricordi, non a lui.

L'uomo con la piovra tatuata sul collo e suo padre.

Due colleghi. Due killer.

Torre San Filippo, Sicilia, 2000

– Ora che tua madre non c'è piú, è troppo pericoloso e devi rifarti una vita. Ma lontano da qui. Non c'è futuro in questo posto. Non hai futuro. Invece devi averlo.

Olga aveva appena detto addio a Mimí. C'erano molte persone, molti amici della madre.

Qualcuno si era anche avvicinato a lei e aveva provato a parlarle, ma la temevano. Temevano quella ragazza taciturna, misteriosa, schiva.

Aveva sentito i loro occhi su di lei. Il loro rimprovero. Perché lei non aveva pianto.

Si era guardata intorno durante tutta la funzione. Suo padre era lí? Probabilmente no.

Nel pomeriggio era andata nel capanno degli attrezzi e lo aveva aspettato a lungo.

A notte fonda, alla fine, si era presentato.

– Ti ho addestrato, ti ho preparato ad affrontare il peggio, perché il peggio prima o poi arriverà e io non potrò aiutarti.

– Perché?

– Olga, non mi hai mai domandato che cosa facessi per vivere, ma se me lo avessi chiesto non ti avrei mentito, e adesso dobbiamo separarci. Abbiamo rischiato già parecchio, qualcuno avrebbe potuto vederci insieme e…

– E…?

– E farti del male. Ma ti ho addestrata e sarai pronta.

– Pronta per cosa?

– Per combattere. Arriverà il momento in cui ti servirà. Arriverà il momento in cui io deciderò di rientrare in azione. Quel giorno tu dovrai essere già molto lontana. Vai via e non tornare. Londra è la città giusta per ricominciare. Impara un mestiere e gioca bene le tue mosse. Coraggio ne hai, devi solo stare alla larga dalla gente. Non fidarti di nessuno, non farti indebolire dall'amore e andrai lontano.

– Papà. Tu non sei quello che fai, tu...

– Io sono esattamente ciò che faccio. Te l'ho sempre detto: ho scelto io il mio mestiere. Nessuno mi ha obbligato. E le scelte si pagano.

– No!

– Sí, è cosí. Adesso sta a te compiere le tue. Chi vuoi essere, Olga?

Cosa le stava chiedendo?

– Sei mia figlia, hai il mio stesso Dna. Sai fare tutto ciò che so fare io.

– Ma io non potrei mai fare del male a qualcuno.

– Certo che sí. Tanto quanto me.

– Tu... tu avevi detto che siamo metà buoni e metà cattivi e che era sufficiente trovare un equilibrio tra le due parti. Mi hai mentito?

– Sai che non lo farei mai. Sei tu che hai ascoltato ciò che volevi ascoltare.

– Non voglio piú starti a sentire. No, no!

– Come preferisci. Però, Olga, non ti ho insegnato a scappare. Le paure vanno affrontate e presto o tardi dovrai fare i conti con ciò che sono e con ciò che sei tu.

– Basta! Smetti di parlare.

– Allora chiudiamola qui. Questa è l'ultima volta che ci vediamo. Saprò cosa stai facendo, saprò sempre dove ti troverai, ma escludo che ci incontreremo di nuovo. Vai a Londra. C'è una persona che si prenderà cura di te. Me lo deve.

– Una persona? Tu mi hai sempre detto di non fidarmi di nessuno...

– Di lui puoi fidarti.

– Perché?

– Perché non mi tradirebbe mai. Ti basti sapere questo.

XXIX

1° ottobre, sera
Capannoni industriali

Eccola, la verità. La verità indicibile, che aveva sempre sospettato e mai messo a fuoco, perché troppo mostruosa da gestire. Certo, in ogni famiglia ci sono dei non detti che corrono attraverso le generazioni, che possono rovinare vite intere, ma a lei ne era toccato uno bello grosso. Suo padre era un assassino a pagamento, uno di quelli bravi, che venivano chiamati quando c'era da fare un lavoro difficile, quando le morti dovevano apparire casuali. Lui era il migliore. Lui, e l'uomo con la piovra.

Cosa c'era di diverso tra i due?

Che uno era suo padre. Ma anche lui avrebbe potuto uccidere Grazia, rapire Melinda e fare in modo che quello di Zecchi sembrasse un suicidio. Anche lui...

Come aveva fatto a non pensarci, mai? A non pensare alle famiglie che lui aveva distrutto, alle donne rimaste sole, alle figlie a cui aveva portato via un padre o una madre. Adesso che qualcuno aveva fatto lo stesso con lei, strappandole Melinda, solo adesso aveva capito? Che razza di persona era?

– Olga, devi smetterla di esporti, hai capito?

– È troppo tardi. Troppo tardi...

– No, non lo è.

Ma Olga non si stava riferendo ai casini in cui si era cacciata, bensí a ciò che lí, in quel momento, aveva realizzato. Era troppo tardi. Troppo tardi per chiedere scusa alle vittime di suo padre, per chiedere scusa a sé stessa e al mondo per non aver capito prima. Era stata una sua complice e la cosa peggiore era che non sapeva smettere di esserlo. Perché un conto era non riuscire a perdonarsi per non averlo denunciato, e un altro era immaginare di poterlo mai denunciare. Se lui davvero era «tornato nel giro» lei avrebbe avuto la forza di chiamare la polizia? Poteva prendere il telefono, ora, e fare il numero. E lui cos'avrebbe fatto? L'avrebbe uccisa? Sarebbe scappato?

Con la mente piena di domande senza risposte, fece ciò che fanno le figlie. Si scagliò contro di lui urlando con tutto il fiato che aveva in corpo. Gridava quello che non aveva nemmeno pensato di gridare tanti anni prima. Quando lui ai suoi occhi era cosí meraviglioso, cosí necessario, che anche l'orrore era accettabile, quasi normale.

– Che cosa hai fatto? Perché?

– Olga, non fare cosí, non... – Strano, all'improvviso, suonava come un padre.

– Mi hai resa tua complice! Ero solo una bambina! Io non volevo, non immaginavo. E adesso? Adesso che sarà di me? In che modo potrò guardare ancora negli occhi i miei amici? Come? Me lo spieghi, questo?

Il padre bloccava con delicatezza i pugni che lei menava alla cieca. Aveva gli occhi lucidi. O forse era ciò che Olga ancora una volta credeva di vedere.

– Papà! – urlò, stremata. – Sei un assassino, un mostro...

– Non ti ho mai mentito, Olga, mai –. Il tono era tornato quello dell'uomo che lei conosceva. Comando. Obbedienza.

Era vero. Lui non aveva mentito e lei non aveva ascoltato. Le forze la abbandonarono di colpo. Gli appoggiò entrambe le mani sul petto. E lui, in un gesto quasi automatico, le prese tra le sue.

E Olga gemette per il dolore.

– Che hai?

– La mano. Per liberarmi ho lussato il pollice e...

Fu allora che successe tutto.

Pasca, che era entrato alle sue calcagna ed era rimasto in silenzio e acquattato fino a quel momento, emerse dal nascondiglio e piombò su di loro come un falco. Dalla conversazione aveva capito che, per quanto incredibile, quell'uomo era il padre di Olga. Un padre violento, questo gli era chiarissimo. Ma se pensava di farle del male avrebbe dovuto vedersela con lui!

I due se lo ritrovarono davanti neanche fosse piovuto dal cielo.

– Che cosa le vuoi fare? – strillò. – Non la toccare o... o...

Gabriele agitava in aria le braccia simulando inesistenti mosse di arti marziali proprio come Olga gli aveva già visto fare a casa di Melinda, mentre era chiusa nell'armadio.

– Pasca?! Ma cosa...?

Olga era scioccata. Da dove era uscito? Perché era lí?

– Ma chi è questo matto? – chiese suo padre, osservando con un'espressione indecifrabile le braccia di Pasca che fendevano l'aria.

Olga conosceva quell'espressione ed ebbe paura. Quasi nello stesso momento Pasca si accorse, tardi, che l'uomo, per quanto avesse parecchi anni piú di lui, lo sovrastava in altezza e lo surclassava quanto a massa muscolare.

– Io so chi sei, – continuò, sebbene meno spavaldo di prima. Le mani ancora alzate in un'improbabile mossa di karate.

Olga si sentí morire. – Che dici!? No, non sai niente...

– Inutile nasconderlo, ho capito. Ho sentito... Lui... Lui è tuo padre e stava per picchiarti di nuovo.

– No!

– Sarai pure bello grosso, ma se sei tornato per mo-
lestarla io... Come hai potuto farle del male? Come hai
potuto! Era solo una bambina. Doveva essere protetta,
non... Le vuoi rompere l'altra mano? La vuoi accoltella-
re? Su, avanti, vigliacco. Facile prendersela con una ragazzina, prova a...

Non poté aggiungere altro, perché il padre di Olga con
la mano destra lo afferrò alla gola, bloccandogli il respiro,
e con la sinistra lo colpí al setto nasale, facendolo cadere
a terra privo di sensi.

XXX.

– Cosa hai fatto? – gridò Olga.
– Cosa hai fatto tu! Ti sei fatta seguire! Chi è questo tizio?
Già, perché la stava seguendo?
Dio mio, ma certo, per proteggerla. Pasca era lí per lei. Non si era arreso.
«Nessun uomo è un'isola», si ripeté.
– È solo un giornalista a caccia di notizie, – minimizzò, – non ha alcuna importanza.
– Un giornalista?
– Non è qui per noi. Sta facendo delle indagini per conto suo, sulle escort. Lui non sa niente, papà.
«Papà...»
Quella parola aveva perso colore.
– Ti rendi conto che lui sa chi sono? E a quanto pare sa qualcosa del nostro passato... Come hai potuto, Olga?!
Non aveva mai visto suo padre tanto adirato. Sembrava una belva.
– Non sa niente, giuro. Si è messo in testa un'assurda idea sul fatto che avessi un padre violento e che avessi bisogno di essere salvata. Pasca è fatto cosí, crede di essere D'Artagnan.
Mentre lo diceva, comprese che lo pensava veramente. Fu colta da un moto di infinita tenerezza nei confronti di

quell'uomo steso a terra che si era lanciato in suo aiuto nonostante non si considerasse una persona coraggiosa.

Si chinò verso di lui e provò a rianimarlo.

– Che stai facendo?

– Lo aiuto a riprendersi.

– Non farlo. L'ho messo k.o. perché ci restasse.

– Papà, per favore, non vorrai...

Olga lo guardò come non lo aveva mai guardato in vita sua.

Realizzò che suo padre avrebbe potuto uccidere Pasca, e che il fardello che aveva portato su di sé per tutti quegli anni non sarebbe stato nulla a confronto di quello che avrebbe dovuto portare da quel momento in poi. Quanto in là poteva spingersi suo padre pur di proteggere la loro identità? Quante persone erano morte per mano sua mentre Olga sceglieva di ignorare questa verità? Lei era stata complice. Aveva ragione suo padre, lei aveva voluto vedere solo la metà buona. Anche se ora non era piú sicura che quella metà esistesse sul serio.

– Devi allontanarti da qui, – le ordinò osservando con sguardo vigile Pasca che dava segni di voler rinvenire. – Del giornalista mi occupo io.

– Io non vado da nessuna parte. Non senza di lui, – gli rispose Olga alzandosi e piazzandosi tra i due uomini, quello in piedi con l'aria minacciosa e quello disteso a terra.

– Olga, non crederai...

– Non so piú a cosa credere, in verità. Ho trascorso gli ultimi giorni a cercare di far coincidere i tuoi insegnamenti con quanto stavo vivendo. E sai una cosa? Non ci sono riuscita. Adesso, qui, in questo capannone, mi sto domandando se quello che ho ascoltato fosse la verità o piuttosto ciò che volevo sentirmi dire, ciò di cui avevo bisogno. Io avevo bisogno di un padre...

– Ti ho insegnato a sopravvivere.

– Già. E oggi sono perfettamente in grado di uccidere un uomo a mani nude, però non ho la piú pallida idea di come fare ad amarlo. Hai creato un mostro. A tua immagine e somiglianza. Mi domando, perché? Non potevi lasciarmi stare e basta?

– No, non potevo. C'era sempre la possibilità che qualcuno venisse a sapere che esistevi e tu dovevi essere preparata ad affrontarlo.

– E cosí hai fatto in modo di mettermi a tacere. Senza uccidermi. Della mamma non dovevi preoccuparti, in fondo aveva l'Alzheimer. Be', papà, ti tranquillizzo subito. L'Alzheimer è ereditario. Verrà presto anche me e dimenticherò tutto, compresa questa conversazione. Il tuo segreto è salvo.

– Olga...

– Lasciaci andare, per piacere, – disse, mentre aiutava Pasca a mettersi seduto. – Torna da dove sei venuto e lasciaci andare.

– Ah, che cosa è successo? – borbottò Gabriele, toccandosi il naso e appoggiando la schiena al muro. Poi, giunse il dolore. – No, ancora il naso, no!

– Non è niente, è solo un graffio.

– Perché ogni volta che qualcuno mi colpisce devi sempre minimizzare?

Lei lo zittí, ma con dolcezza.

– No, non tu... non a te, – mormorò il padre, osservando l'espressione della figlia: si era innamorata. – Hai visto che mi ha fatto tua madre?

– Che ha fatto lei a te? Che hai fatto tu a lei, piuttosto. Il mondo non ruota intorno alle tue esigenze. Alla fine, l'hai abbandonata. Con la scusa di proteggerla, di proteggerci, hai abbandonato entrambe.

– Questa non è mia figlia. Che cosa ti è successo?

– È uscito il Matto, e poi Arcano XIII.

– Eh?

– Te lo spiego in un linguaggio a te piú congeniale. Ho scoperto che nessun uomo è un'isola.

XXXI

2 ottobre, alba

Grotto Carza, ristorante del parco avventura

Aprí gli occhi. Il sole stava sorgendo, illuminando pezzo dopo pezzo il parco e il piccolo laghetto in mezzo al verde. Restò a guardare quella meraviglia, con la schiena appoggiata al muro della veranda. Aveva dormito lí sperando che a nessuno venisse in mente di cercarla da quelle parti. Odiava l'idea di mettere in pericolo i suoi amici, ma non aveva piú alternative. Sperava che nessuno l'avesse vista, la notte appena trascorsa. Era arrivata cosí stanca che si era rannicchiata in un angolo della veranda ed era crollata.

Frugò nella borsa. La prova era lí, al sicuro.

Appena Pasca era rinvenuto, non avevano indugiato ad aspettare che il padre di Olga si riprendesse dallo shock e tornasse sulla decisione di non ucciderlo. Erano corsi fuori dal capannone, fino all'auto di Gabriele, dove lei gli si era seduta accanto. Voleva sincerarsi che fosse in grado di guidare prima di salire sulla propria macchina e tornare a Trarego. Ma non riusciva a parlare.

– Stai bene? – alla fine era stato lui a domandarglielo. – Hai la stessa espressione di quando ti ho trovata allo *Starlight*.

– No, Gabriele. Non penso che starò mai bene e ho un mal di pancia terribile. Ho mangiato un salmone marcio che...

– Capisco.

– Non credo, ma abbiamo molte cose da fare e non c'è tempo per i problemi personali. Tu piuttosto, ce la fai a guidare?

– Sí. Anche se alla fine di questa storia dovrò farmi una rinoplastica. Aspetta, in che senso «ce la fai a guidare»? Non ti lascio mica.

– Invece lo farai, perché non voglio piú averti tra i piedi. Mi hai mentito e io detesto le persone che mentono. Jessica Lange ha perdonato Dustin Hoffman?

– Ovvio che sí. Dorothy era troppo in gamba per lasciarsela scappare. Non particolarmente affascinante, però in gamba.

– Anche Filippo Lanzi lo era. Mi manca.

– È… è un'ottima notizia, perché, insomma, Filippo Lanzi sono sempre io, giusto?

– Forse. Certo non è stato Lanzi a seguirmi, ma Pasca. Non è stato lui a lanciarsi su di noi con coraggio, ma tu, Gabriele.

– Be', sí, cioè, quando ho capito che quello era tuo padre, ho creduto… Ho pensato che volesse picchiarti.

Olga dentro di sé aveva sorriso, si era sentita amata.

– Mio padre non mi ha mai fatto del male, almeno non nel modo che credi tu, e questo è tutto ciò che devi sapere. Ti prego, non parliamone piú è… pericoloso, e non voglio che ti capiti niente di brutto.

– Perché? Che cosa potrebbe succedermi? Credi che lui…

– Basta, per favore. Non domandarmi altro.

Gabriele avrebbe voluto baciarla, abbracciarla, ma temeva di essere respinto, di sbagliare. Con lei temeva di sbagliare in continuazione.

– Voglio dirti una cosa, – aveva detto lui d'un tratto. – Mi ci ha fatto pensare Mizzi quando si è calato le mutande e mi ha mostrato il tatuaggio.

– E adesso cosa c'entra? Soprattutto, chi è Mizzi e perché si è calato le mutande davanti a te?

– Non te lo ricordi? Gli hai tatuato... Comunque, non ha importanza. Lo ha invece l'affermazione di Tyrion Lannister nel *Trono di Spade*, quando dice che spesso si vogliono ascoltare delle parole e solo dopo averle ascoltate ci si rende conto che andava fatto in circostanze differenti. Grandissimo Tyrion.

– Pasca, tu sembri una persona normale, in realtà sei pazzo, lo sai?

– Lo so. Allora, adesso che si fa?

– Adesso guardiamo meglio quello che ho trovato nell'armadietto di Grazia, magari qualcosa mi è sfuggito, e poi...

– Certo, certo. Scusa, che armadietto?

– Quello di Grazia! – e cosí Olga aveva svuotato il contenuto della sacca della palestra sulle ginocchia.

– Ah, ecco. Ricordami: che stiamo cercando? – Gabriele si era reso conto che non aveva idea di che cosa lei stesse parlando.

– Tamara ci aveva accennato al Miami club e ai suoi armadietti.

– Certo, certo.

Ma quando mai?

– Ebbene, sono andata con il nome di Amanda Giardina, ho decifrato il codice a sette cifre dell'armadietto di Grazia ed ecco qui.

Pasca era sbalordito, non capiva perché Olga avesse dovuto compiere un'effrazione in una palestra, per giunta sotto falso nome.

– Avanti, aiutami a cercare qualcosa, delle prove per cui valesse la pena uccidere Grazia.

– Be', questo, per esempio, – e aveva sollevato il vibratore rosa per osservarlo meglio alla luce, – è un ottimo movente per un omicidio.

– Pasca, smettila di scherzare, dobbiamo... Un attimo, bravo!

– Grazie.

– Dammelo.

– Rosalia Bellomo, ti pare il momento di...

Ma Olga glielo aveva strappato dalle mani.

– Va bene, se proprio senti questa necessità, non sarò certo io a fermarti. Insomma, sono esigenze che comprendo benissimo e... Ma cosa stai facendo?

Olga stava svitando la parte superiore, quella dove c'era la batteria. E la risposta era arrivata in un lampo.

Una chiavetta usb.

Gabriele e Olga si erano guardati. Entrambi con un luccichio negli occhi.

Senza parlare, lui aveva afferrato il suo portatile e aveva inserito la pen drive.

A Olga batteva forte il cuore. Che fossero vicini alla verità?

Non restava che proseguire.

Si era immaginata degli scatti compromettenti, magari hot, tra le escort e qualche politico, aveva anche pensato a prove dell'omicidio di quella Pamela Scotti, ma ciò che le scorreva davanti era totalmente privo di senso.

– Che roba è? – aveva bisbigliato Pasca.

C'erano decine e decine di fotografie di ragazze, e a ciascuna corrispondeva una cifra in dollari. Erano donne in vendita, come i vestiti sui vecchi cataloghi «Postalmarket» che sua madre riceveva a casa quando lei era bambina. Però le cifre variavano di molto, il che era strano. Le ragazze erano all'incirca della stessa età, della stessa corporatura...

– Cazzo, – aveva gridato Gabriele.

– Che c'è? Che hai visto?

– Questa, questa ragazza qui è Pamela Scotti. Cento-trentamila dollari. Un po' pochino...

– Ma sono tutte cifre irrisorie per delle vite umane.

– Già.

– Guarda, Pasca! Tamara, la nostra Tamara!

– Dobbiamo avvisarla.

– Non possiamo, non adesso. Scorri veloce e vediamo se c'è Melinda.

Avevano aspettato, con il cuore sospeso. Per fortuna, non c'era traccia di lei sulla chiavetta.

Allora perché era scomparsa se non era invischiata in quel traffico?

– Hai notato anche tu i codici sotto ogni foto, accanto al prezzo? – aveva detto Olga.

– Non so, non ci capisco nulla, e mi sembra una cosa piú grande di noi. Dobbiamo andare alla polizia, subito.

– Fallo tu. Copia il contenuto e vai.

– Non posso! Voglio dire, non posso presentarmi alla polizia con una copia e non con l'originale!

– Sono sicura che qualcosa ti inventerai. Lanzi e Do-rothy non hanno problemi a ideare storie, giusto?

– Un colpo basso. E comunque non puoi scappare con la chiavetta.

– Ma io non sto scappando, tutto il contrario. Io voglio farmi prendere!

– Eh?

– Domani mi faccio ricoverare.

– Ottimo, ottimo. Cioè?

– Vado al *Diamond luxury resort*. Amanda Giardina ha bisogno di un restyling.

– Sono confuso. A parte che ti trovo in grande forma, sí forse con qualche accenno di ruga, ma fa parte del tuo fascino, non capisco il motivo di questo improvviso desiderio di...

– Gabriele, il *Diamond resort* è il punto di congiunzione. Sono tutte state lí, compresa Melinda, e qualcosa mi dice che le foto sono state scattate proprio in quel posto.

– Ma allora è pericoloso! No, no, non mi piace per niente...

– Addio, Pasca –. Olga aveva aperto lo sportello, pronta a scendere. – Mi mancherà romperti il naso.

– Un momento... Volevo dirti... Volevo dirti che sono felice di averti conosciuta.

Ah, ma che diamine di frase era?

– Io no. Desidero solo che la mia vita torni a essere com'era prima, e presto cambierai idea anche tu. Non sono una bella persona, il mio passato grava sul mio presente come un macigno. E il mio futuro è ancora piú incerto. Voglio che tu mi stia alla larga. Tu e Melinda sarete una bellissima coppia. Per cui, troviamola.

Cosí era scesa dalla macchina, aveva chiuso lo sportello e si era allontanata senza mai voltarsi.

XXXII.

2 ottobre, notte
Sentiero di montagna verso il *Grotto Carza*

Stava tornando a Trarego. E tutto sommato era serena. Sapeva che sarebbe stato pericoloso, ma almeno, forse, avrebbe chiuso quella storia per sempre. In un modo o nell'altro.

Mentre percorreva il lungolago illuminato dalle luci dei lampioni e attraversava i paesini addormentati, pensava al contenuto della chiavetta. Non poteva lasciare che cadesse nelle mani sbagliate. Non ora che si sentiva vicina alla soluzione. Il medico legale che aveva fatto l'autopsia alle due escort, le aveva raccontato Pasca, era morto di infarto, ma si sospettava un omicidio. Quindi davvero quelle non erano né morti accidentali, né omicidi qualunque. C'era dietro una macchina che, chissà a quale scopo, funzionava con l'appoggio di medici e politici corrotti. Grazia in qualche maniera era entrata in possesso di informazioni che le erano costate la vita. Ma di che si trattava? Un traffico di donne? Le vendevano come schiave? Non erano troppo vecchie per quel tipo di giro? Anche secondo Gabriele non aveva senso. Di solito venivano vendute ragazzine, spesso bambine. Quelle erano donne piú che navigate. E che cosa c'entrava Zecchi, un ginecologo, in tutta la faccenda?

Riscuotendosi dai suoi pensieri, a metà strada si era accorta di essere seguita. Aveva provato a seminare i pedinatori, deviando dal percorso abituale, e per un momento aveva creduto di esserci riuscita, ma l'auto era ricomparsa dietro di lei, implacabile. Stavolta non si trattava di Pasca, né dell'ispettrice, era certa che fosse lui, l'uomo con la piovra. Poi, all'improvviso, proprio mentre era vicina all'incrocio da cui partivano i tornanti per Trarego, aveva guardato nello specchietto e non aveva piú visto l'auto. Forse era riuscita a liberarsene o forse era solo un poveretto che se ne stava tornando a casa. Quando però, arrivata quasi a destinazione, mentre saliva verso Trarego, la macchina era riapparsa illuminando con i fari il buio di quei luoghi, Olga non aveva piú avuto dubbi. L'uomo con la piovra era sulle sue tracce. Non si aspettava che accadesse cosí velocemente. Non si capacitava di come l'avesse rintracciata. Forse aveva atteso, nascosto da qualche parte.

Doveva agire e in fretta. La pen drive andava custodita a costo della vita.

Era stato allora che le era venuta l'idea del *Grotto*.

Conosceva benissimo quei boschi e quelle montagne. Li aveva percorsi spesso e il buio non rappresentava un limite, per lei. Per l'uomo con la piovra, sperava di sí.

Aveva parcheggiato la macchina lungo la strada, all'imbocco del sentiero di montagna che conduceva verso il parco avventura. Era scesa di corsa e si era inerpicata, lasciando che gli alberi e la notte la inghiottissero. Pasca a quell'ora doveva essere già andato alla polizia e questo l'aveva confortata. Se fosse successo qualcosa a lei, almeno la copia era in salvo.

Il vento faceva stormire le foglie degli alberi, rendendo difficile isolare il rumore dei passi che a tratti sentiva provenire alle sue spalle.

Non aveva paura per sé stessa, ma per Melinda e per tutte le donne che erano state schedate e catalogate in quella chiavetta. Donne fragili, in balia di un complotto ordito da maschi. Donne tradite e in pericolo di vita.

Per loro, doveva sopravvivere. E se c'era un modo per riscattare il suo passato era proprio quello.

Non le importava di morire, voleva solo essere certa che accadesse dopo aver salvato Melinda e le altre.

Lui però non mollava. Era un combattente. Come suo padre. Impossibile fargli perdere le tracce, era un killer addestrato. Ma lo era anche lei.

Allora aveva cambiato strategia.

Si era nascosta dietro una roccia.

Lo aveva visto passare. Un'ombra, un segugio che annusava la pista.

E Olga era entrata in azione.

Uscendo dal suo nascondiglio di slancio, lo aveva colpito alle gambe con un calcio violento. Quello era caduto al suolo, poi era subito balzato di nuovo in piedi, ma era scivolato sulle foglie bagnate, la frazione di un istante. Olga aveva colto l'occasione per atterrarlo con un gancio.

La fitta le era arrivata in pochi secondi, lancinante. Si era dimenticata del pollice che ancora non si era sgonfiato per bene. L'ondata di dolore le aveva fatto perdere secondi preziosi. L'uomo con la piovra l'aveva buttata giú, si era piazzato sopra di lei e aveva cominciato a stringerle il collo.

– Chi sei? – le aveva bisbigliato.

– Nessuno, – aveva risposto lei, tossendo.

Con una mano, intanto, tastava attorno a sé alla ricerca di un sasso, un bastone.

– Chi sei? – aveva ripetuto lui.

– Solo una donna…

E in quel momento, all'improvviso, l'uomo aveva smesso di stringere. Aveva gli occhi sbarrati e fissava qualcosa, di fronte a sé, che lei non poteva vedere.

– Che diavolo... – aveva mormorato.

Olga ne aveva approfittato per prendere un sasso, e sferrargli un colpo in fronte.

Il tizio era rotolato su un fianco, e Olga aveva picchiato ancora e ancora.

– Sono solo una donna, – aveva ribadito, – che non ha paura degli uomini.

E non avrebbe smesso di picchiare se con la coda dell'occhio non avesse visto una gonna bianca fluttuare al vento. Impossibile non scorgerla nel buio.

Eppure, quando si era voltata verso quel punto di bianco, che sembrava dietro di lei, dove l'uomo aveva guardato pochi istanti prima, non c'era nulla.

Allora si era accorta che la piovra era stata abbattuta, e si era spaventata di sé stessa.

Dio mio, che cosa stava facendo?

Con le mani che tremavano gli aveva sfilato la pistola dalla giacca e l'aveva lanciata lontano. Gli aveva tolto le scarpe, i calzini e li aveva buttati nella propria borsa. Questo l'avrebbe un po' rallentato. Questo, e la ricerca dell'arma.

Aveva sollevato lo sguardo dal corpo a terra e aveva chiuso gli occhi. Doveva recuperare le forze e calmarsi. Non appena li aveva riaperti, lo aveva visto. Il castagno del diavolo. Era lontano, in fondo al sentiero, ma inconfondibile. Alto, imponente, bellissimo. Sotto, le era parso di scorgere un punto bianco, svolazzante. Era svanito quasi subito.

Olga si era ritrovata a sorridere, nel buio. Una donna aveva sostenuto la sua forza e l'aveva salvata. Non dall'uomo che voleva ucciderla, bensí da sé stessa. Ma non avrebbe dimenticato. Non avrebbe mai dimenticato quello che stava per fare. Aveva il cervello e l'istinto del killer. Come suo padre.

Con questo pensiero in testa si era incamminata verso il *Grotto* dove avrebbe trascorso la notte e soprattutto nascosto la chiavetta.

XXXIII.

2 ottobre, mattina
Grotto Carza, ristorante del parco avventura

– Olga?! – Sebastian, appena arrivato per aprire il parco, era in piedi di fronte a lei. – Ma... ma come è possibile? Come sei entrata?

– Ho scavalcato.

– Ah, è cosí facile?

– No, non lo è, stai tranquillo.

– Incredibile. Se avevi fame potevi dirlo, però. Ti avremmo portato noi qualcosa...

Olga scoppiò a ridere di gusto. Che liberazione, ridere. E quella risata le alleggerí il peso di una notte trascorsa a pensare che era stata sul punto di uccidere un uomo quasi a mani nude.

Doveva tenere alla larga le persone che, adesso lo sapeva, le volevano bene. Era un mostro.

– Sembri diversa, – disse Sebi, che aveva passato qualche secondo a osservarla con attenzione.

– In che senso?

– Be', innanzitutto hai riso. Non ti avevo mai visto ridere, credo. E...

In quel momento entrò Max con i camerieri e il cuoco. – Olga?!

– Ha dormito qui, ti rendi conto?

– Se avevi finito le scorte di cibo potevi dircelo.

– Le ho detto la stessa cosa! Incredibile.

– Perché pensate che io possa morire di fame?

– Tesoro, un camionista mangia meno di te. Tu e Remington siete uguali. E poi, scusa, ma come sei entrata?

– Dice che ha scavalcato.

– E per un tozzo di pane.

Ma le sorprese non erano finire. Perché nonostante l'ora antelucana, videro arrivare Giacomina, seguita da Orazio. Si precipitò dentro trafelata e senza nemmeno guardare chi c'era nella stanza esordí: – Come sta Olga? Nardi mi ha detto di correre qui stamattina. Non capendo di cosa si trattasse, mi sono portata dietro Orazio. Un uomo bello grosso è ciò che ci vuole di tanto in tanto. Non sempre, per carità... – Mise a fuoco i presenti. – Olga! Come stai?

– Ho visto una strega, stanotte –. Chissà perché, le parve la risposta piú logica, invece che la piú assurda.

– Certo, mia cara. Ovvio che l'hai vista.

– Devo ammazzare lei? La strega? – chiese Orazio, ancora stordito dall'alzataccia.

– Basta! – intervenne Max. – Troppa pazzia alle otto del mattino non fa bene alla salute. Allora, ricapitoliamo. Tu hai dormito qui, hai visto una strega, e Nardi ha conversato con Giacomina. Tutto corretto?

– Sí, – risposero in coro Olga, Sebi e Giacomina.

– E la mia macchina?

– Parcheggiata ai piedi del sentiero. Le multe le pago io. Forse ho lasciato lo sportello aperto, però.

– Sportello aperto? Multe? Al plurale?

– Sí. Due. Ma dovrei usarla ancora, se non ti dispiace. Poi giuro che te la restituisco.

– Se la ritroviamo! Le chiavi erano nell'accensione?

– No, quelle le ho sfilate. Posso farmi perdonare con queste, – e tirò fuori dallo zaino le scarpe che aveva sottratto all'uomo con la piovra.

– Belle! Che taglia sono?

– Quarantaquattro.

– Perfette, le prendo. Adesso mi dici perché non sei andata a dormire nel tuo letto? Se è una cosa che si può riassumere in pochi minuti...

– Perché era con il Matto, – disse Giacomina. – Ma il passato è ancora troppo forte. Olga, ricordati, la vita va vissuta guardando avanti, non indietro.

– Davvero? – chiese Sebi, ignorando la seconda parte della frase, troppo sibillina. – Eri con l'agente immobiliare?

– Mediatore. Ma non è né l'uno né l'altro. È un giornalista e stava frequentando Melinda. Sta, scusate, sta frequentando Melinda.

– Però era nudo a casa tua, – intervenne Max.

– No, quella nuda era lei. Il Matto era vestito, purtroppo, – concluse Sebastian.

– Io non ci sto capendo niente, – decretò Orazio.

– E ancora non sappiamo perché hai dormito qui, – continuò Max. – Per scappare dal Matto? Cioè, hai lasciato il Matto legato a casa tua e tu sei venuta qui nella notte?

– Perché dovrebbe averlo legato?

– Lascia stare, Sebi, a lei piace cosí.

– Quindi devo ammazzare il Matto? – Orazio era confuso.

– Senti, Olga, io ti voglio bene...

– Anche io, – si aggiunse Sebi.

– Be', perbacco, io pure, – disse Orazio, ma solo per non sentirsi da meno. Ivana lo aveva buttato giú dal letto intimandogli di andare ad aiutare Giacomina per cui adesso voleva dare un senso alla propria presenza lí.

– Ma, – proseguí Max, – l'affetto va ricambiato.

– Giusto.

Era vero. Non funzionava cosí nella vita?

– Per cui, quando questa storia sarà finita, tu verrai per almeno una settimana a cena con noi in baita. Decidi tu chi portare, se il Matto, il mediatore o il giornalista.

– Sono la stessa persona, – intervenne Giacomina, inascoltata.

– Quattro cene, – negoziò Olga.

– Sei, – rilanciò Max.

– Cinque.

– Aggiudicato.

Olga sapeva che quelle cene non ci sarebbero mai state. Non poteva restare. Non dopo quanto aveva scoperto su sé stessa.

– Ora, vado un attimo in bagno a rinfrescarmi, – in realtà, voleva finalmente nascondere la chiavetta indisturbata. – Vi prego, state attenti, – aggiunse. – In questi giorni ho capito che senza di voi non potrei dare un senso alle mie giornate. Adesso so che cosa vuol dire avere qualcuno a cui pensare.

– Non è che si vuole suicidare? – bisbigliò Orazio all'orecchio di Sebi. – Mio cugino disse la stessa cosa a mia zia e poi si buttò di sotto.

Sebastian guardò Orazio allibito. – No. Ha solo capito che ci vuole bene.

– Se lo dite voi. Io terrei d'occhio le finestre, finché lei è qui.

Olga si allontanò in cerca del posto giusto. Ci mise un po' a trovarlo. Il parco era grande, il ristorante anche. Ma il magazzino dove tenevano le scorte con il cibo, be', quello era davvero perfetto per occultare qualcosa di piccolo. In fondo, Grazia era stata brava. Brava e furba. Non era morta invano e forse, per merito suo, lei avrebbe salvato Melinda.

– Olga! – il cuoco era spuntato dalla cucina. – Che fai con la testa nella dispensa? Hai fame?

– Sí, – rispose, arrendevole. – Molta!

Ed era vero. Dopo il terribile mal di pancia al club non aveva messo piú niente sotto i denti.

– Ma su quel ripiano c'è solo la fecola di patate, mica te la vorrai leccare cruda! Ti faccio subito due omelette.

– Grazie. Salate. Con prosciutto e formaggio. Ah, e una con le verdure! E una con la ricottina!

– Cosí però sono tre.

– Quattro, se ne aggiungi una con l'hummus.

– Perbacco. Ovvio che ti fossi attaccata alla fecola...

Soddisfatta, Olga tornò dagli amici e cominciò a pianificare la mossa successiva.

XXXIV.

2 ottobre, mattina

Grotto Carza, ristorante del parco avventura

Dopo aver mangiato le sue quattro omelette, Olga si sentiva rinfrancata, e seduta nella veranda del *Grotto* cercava di capire come entrare al *Diamond luxury resort*. Le sue telefonate erano andate a vuoto. Non c'era posto fino al mese successivo. Le restava una sola possibilità, chiedere di nuovo aiuto a Tamara, anche se avrebbe preferito evitarlo. La sua foto dentro la chiavetta suggeriva che fosse una potenziale vittima. Però, al momento, non aveva altra scelta.

Le rispose subito.

– Amanda! Che sorpresa, tutto bene al Miami club?

Sentire la sua voce e non poterle dire nulla le fece attorcigliare lo stomaco.

– Benissimo, a parte il salmone, che sapeva di barbabietola.

– Me lo ha detto Pinky! Pare ci sia stata una strage.

– Una strage di cosa?

– Di cacarella!

– Ah, non me ne parlare...

– Beate voi, almeno siete dimagrite.

– Giusto. Senti, mi dispiace coinvolgerti ancora, ma al club mi hanno parlato benissimo del *Diamond luxury resort*. Tu ne sai qualcosa?

Tamara all'altro capo esitò, in un silenzio troppo lungo.

– Sí, certo, ma, Amanda, è un posto molto esclusivo e...

– E io sono proprio una da posti esclusivi! Poi, detto tra noi, dopo la faccenda del salmone, avrei davvero bisogno di una controllatina alla pancia.

– Ah, capisco benissimo. Solo che ci sono liste di attesa infinite.

– Però voi ci andate, vero? Tu ci sei andata?

Tamara tacque di nuovo. Perché?

– Tamara, ci sei ancora?

– Sí, scusa. Ci sono stata tempo fa... Però è Manuela che fa da tramite.

– Tramite? In che senso?

– Nel senso che conosce il primario, quindi mette una buona parola quando serve, ci procura degli sconti, cose cosí. Io non saprei aiutarti.

– Neppure dirmi chi chiamare per farmi prenotare una visita?

– Una visita per che cosa?

– Per... di controllo. Alla pancia. Te l'ho detto, il salmone...

– No, guarda, lo escludo. Se vuoi posso sentire Manuela. Magari lei riesce a procurarti un appuntamento tra un paio di mesi.

– No, no. Non disturbarla.

– Mi dispiace, allora non so che fare.

Terminata la conversazione, Olga restò con un senso di disagio.

Perché Tamara era stata cosí fredda? Pareva nascondere qualcosa, come se fosse ben consapevole di essere in quella specie di database e non volesse farlo sapere. No, non era possibile. Corse a dissotterrare la chiavetta dalla fecola di patate. Doveva ricontrollare.

La inserí nel computer di Max e cominciò a scorrere le immagini. La risposta si celava di sicuro in quei codici.

– Avete una stampante? – gridò.

– Che urli? – Sebi a pochi centimetri da lei, stava aiutando le ragazze ad apparecchiare i tavoli.

– Scusa, non ti avevo visto.

– Manda in stampa il documento. Esce nello stanzino
lí dietro.

– Ma gli altri dove sono?

– A sistemare il parco. Apriamo tra poco.

– E Giacomina?

– In cucina a fare un dolce. Orazio si è addormentato
fuori sulla sdraio.

Olga stampò i file e andò a riporre la chiavetta nella fecola, poi passò in cucina dove Giacomina stava sfornan-
do il dolce.

– Che profumino! – esclamò.

– Hai ancora fame? – intervenne il cuoco.

– No no, grazie.

Giacomina si limitò a fissarla, con il dolce caldo tra le
mani.

– Che ti succede? – le domandò preoccupata.

– A me? Niente.

– Olga, dimmi la verità.

– Una sciocchezza, davvero. Non riesco a fare una cosa
e sono a un punto morto.

– Giro una carta?

– No, no, per carità. Devo trovare il modo di entrare
al *Diamond resort*, tutto qui.

– Il *Diamond luxury resort*?

– Sí, esatto.

– Facilissimo. L'unico intoppo è il tuo abbigliamento.

– E il mio nome. Non posso entrare lí come Olga…

– E chi vorresti essere?

– Amanda Giardina!

– Va bene, contenta tu. Ma nemmeno Amanda Giardina può soggiornare in un posto elegante e sofisticato come il *Diamond* conciata a quella maniera.

– Non potrei soggiornarci comunque. Un attimo, e tu come fai a conoscerlo e cosa ne sai che si tratta di un posto sofisticato?

– Dimentichi forse chi sono stata un tempo?

– No che non lo dimentico, è che sono passati un sacco di anni…

– Non esageriamo, impudente! Appena pochi giorni. Se non ti volessi bene, non ti direi quello che sto per dirti, non te lo meriti. Ma si dà il caso che una tra le mie piú care amiche, Alma Kofler, viva al *Diamond*.

– Davvero? In che senso «vive al *Diamond*»?

– Nel senso che vive lí. Alberto, suo marito, grande medico e uomo carismatico, è stato uno dei fondatori insieme ad altri soci, e dopo la sua morte Alma ha deciso di trasferirsi al resort in pianta stabile. Ha una suite a disposizione, massaggi, bagni termali, visite di controllo…

– Quindi la conosci bene.

– Intimamente.

– Cioè?

– Se vuoi ti racconto…

– No, grazie. Ho capito, scusa.

– Okay, se insisti ti dico.

– Non ho insistito, non…

– Dunque, Alberto… Mi vengono i brividi solo a ricordarlo, guarda, vedi? Ho la pelle d'oca.

– Vedo, vedo, ma…

– Dunque, Alberto e io eravamo amanti.

– Ah.

– Lui a letto era una belva. In senso letterale. Instancabile, appassionato, mai sazio. Nonostante avesse accanto una bella moglie, be', lui non si accontentava. Sia chiara una cosa, però, io, all'epoca, non avevo idea dell'esistenza della povera Alma. Ma non mi pento, non rimpiango un minuto del tempo trascorso con lui. Quando incontri un uomo cosí, non c'è niente che si possa fare. Lui era il mio Matto.

– Credevo fosse il Nardi.

– Il Nardi non doveva andare via. Peggio per lui. Adesso fa il pentito e mi appare in sogno, ma non mi piego facilmente! Comunque, Alma alla fine ci ha scoperti. E sai cosa ha fatto? Si è presentata nel locale dove mi esibivo. Grande coraggio. Ci siamo piaciute al primo sguardo e abbiamo passato la notte a raccontarci di Alberto. Non sai quante gliene abbiamo dette alle spalle. È stato parecchio divertente. Quella notte abbiamo anche deciso di mettere in atto un piano. Olga cara, non hai idea di quanto possono essere forti le donne quando sono unite!

– Lo so, ma questo piano?

– Molto semplice. Alberto ci avrebbe trovato a letto insieme.

– Non ho capito. Voi due?

– Esatto! E cosí è stato. Alberto è tornato a casa e ci ha sorprese. Dovevi vedere la sua faccia. Identica a quella che stai facendo tu ora.

– Appassionante, – si intromise Max, spuntato alle loro spalle. – Ma eravate nude? Voglio dire, stavate fingendo, o...?

– Scostumato. Non si chiedono queste cose.

– Perché no?

– Max, non la distrarre. Quindi Alberto che ha fatto?

– Il suo sguardo diceva: mi arrabbio o mi butto?

– Grande Albert!

Olga diede una gomitata all'amico e proseguí. – E lui alla fine che ha deciso?

– Questo non posso dirlo.

– Eh? Perché?

– Perché ho promesso.

E con il suo segreto custodito nel cuore, Giacomina si allontanò per telefonare all'amica.

– Che noia, torno al lavoro.

Olga seguí Max con lo sguardo, poi si mise in ascolto. Sentiva la conversazione solo a tratti.

– Alma cara, ho un piacere da chiederti... per stasera, sí. Anche due notti. Te la affido. Prenditi cura di lei mentre è lí. Come dici? Le carte? Certo...

A quel punto Olga la vide trafficare con i tarocchi.

– La Papessa! Serenità, conoscenza, fedeltà! Ti devi fidare di Olga, cioè Amanda... Come? Che vuoi che ti dica, preferisce farsi chiamare Amanda. Ma tu avrai lo stesso giustizia! Avrai la tua resa dei conti.

XXXV

2 ottobre, pomeriggio
Diamond luxury resort, Lugano, Svizzera

L'edificio era magnifico. Un vero e proprio castello immerso nel verde e totalmente isolato. Un paradiso per chi cercava giorni di relax. Un incubo per chi, come lei, mal sopportava la convivenza forzata con altre persone e la mancanza di attività.

All'ingresso, ebbe fin da subito una brutta sensazione. Non era niente di specifico, niente che potesse individuare con chiarezza o definire. Anzi: erano tutti assai gentili e accoglienti, fin troppo. Eppure, c'era qualcosa di sinistro in quel luogo, in netta contraddizione con l'atmosfera gioviale e rilassante.

Già arrivarci era stato complicato. Il *Diamond luxury resort*, come si era prodigata a spiegare la ragazza che le aveva risposto al telefono, era raggiungibile solo in macchina e lungo una strada di montagna abbastanza impervia. Nonostante le dettagliate informazioni ricevute, Olga si era persa ben due volte. Le persone a cui aveva domandato indicazioni per strada non erano state granché loquaci. Nel sentir menzionare la clinica, erano diventate guardinghe, quasi ostili. Come se quel posto fosse lontano e non le riguardasse.

La sistemarono in una stanza meravigliosa, con vista sul parco e sulla piscina termale, e prima di mostrarle la camera le diedero una piantina dell'edificio su cui erano segnati con molta precisione gli ambienti non accessibili agli ospi-

ti della sezione Health and beauty. Non sarebbe stato piú
logico fare il contrario? Dirle dove poteva andare? Ovvio
che se c'erano ambulatori non potevano certo far entrare e uscire chiunque come al bar, ma il disagio rimaneva.
In ascensore aveva notato che a un piano, il meno due, si
poteva accedere solo inserendo una chiave.

– E se spingo qui, – aveva cinguettato all'inserviente
che la stava accompagnando in stanza indicando il pulsante con la chiave, – dove vado?

– Nelle cantine e nel locale caldaie, signora. Nulla di
interessante.

Non appena le porte dell'ascensore si erano aperte, era
entrato un medico di mezza età con indosso il camice, e
lei, uscendo, lo aveva visto inserire la chiave e ruotarla.

– E lui chi è? Che bell'uomo… – aveva chiesto Olga al
suo accompagnatore.

– Il nostro primario, il dottor Toffolo.

– Be', e perché mai un primario dovrebbe andare nel
locale caldaie?

– Si sbaglia, lí ci vanno solo gli addetti ai lavori e i ma-
nutentori degli impianti.

– Forse Toffolo si intende anche di riscaldamento…

– Non saprei dirle. Siamo arrivati. Stanza 4. Si goda il
soggiorno, e di qualsiasi cosa avesse bisogno, non esiti a
domandare. La cena viene servita alle 19.

– Davvero gentile, grazie.

Si era guardata intorno. Il bagno era spazioso ed elegante.
La camera da letto aveva persino il camino. Eppure continuava ad avere quella sensazione di malessere sottopelle.

Olga svuotò la valigia, si infilò l'accappatoio che aveva
trovato ripiegato sul letto e uscí a passeggiare in giardino.
Era curiosa di dare un'occhiata agli altri ospiti, non potevano essere tutte escort.

Sembravano, in effetti, persone comuni. In prevalenza signore, qualche coppia, molti avevano l'aria di essere stranieri – i tedeschi si riconoscevano dai sandali con i calzini, non c'era da sbagliarsi – in vacanza. Qualcuno era seduto al tavolo a sorseggiare una tisana, qualcun altro passeggiava come lei, leggeva un libro o si faceva un bagno.

Forse aveva fatto un buco nell'acqua. O, forse, quella era soltanto una facciata.

Doveva studiare il luogo, e doveva trovare a ogni costo un modo per accedere al piano meno due.

Chiese all'addetta alla reception di chiamarle la stanza di Alma Kofler. Per fortuna era in camera: – Sono qui, – le disse.

– Ottimo, ragazza mia. Cominciamo.

Non c'era tempo da perdere. Quanto ci avrebbe messo l'uomo con la piovra a scoprire che una certa Amanda Giardina, la stessa che era stata notata al Miami club e terribilmente somigliante a Olga Rosalia Bellomo, era arrivata al *Diamond*?

XXXVI.

3 ottobre, mattina
Diamond luxury resort, Lugano, Svizzera

Si svegliò di soprassalto. Aveva sognato la clinica. Si
trovava nel seminterrato e il locale stava andando a fuoco.
Non riusciva a respirare e le lacrimavano gli occhi. Quindi aveva provato a cercare una via di fuga ed era finita in
ascensore. Quello però non partiva e si stava riempiendo
di fumo. Spingeva il pulsante del primo piano, ma era inutile. Aveva iniziato a tossire e allora si era svegliata.
    Guardò l'ora: le otto.
    Si mise a sedere sul letto e prese il diario. Alle undici
doveva fare il controllo medico. Aveva provato a chiedere
del primario, ma le avevano detto che lui aveva già molti
pazienti e per il momento non ne prendeva di nuovi. In
compenso, l'avrebbe vista il suo assistente che, le avevano garantito, era altrettanto bravo.
    La sera precedente, aveva cenato con Alma e aveva sco-
perto cose interessanti.
    Innanzitutto Nicola Zecchi era stato il primario del
Diamond, sostituito, dopo la sua morte, da Luigi Toffolo.
Questo era davvero un collegamento importante. Il fatto
che due ginecologi fossero alla guida di un centro benessere era già di per sé strano. Ma se uno dei due era per
giunta anche l'amante di Grazia le cose si facevano ancora
piú intricate. E che cosa c'entrava Manuela con il viavai
di ragazze al *Diamond resort*? Che cosa avveniva realmente in quel posto? Ormai era certa che ci fosse lei dietro il

suo sequestro allo *Starlight*. L'aveva prima drogata e poi le aveva sottratto l'agenda di Melinda. Ma per conto di chi?

Doveva riuscire ad avere la conferma che ogni ragazza presente nella chiavetta era passata da lí, e per farlo, aveva bisogno di consultare un registro.

– Comunque, a me quello Zecchi non è mai piaciuto, – le aveva sussurrato Alma quando la prima bottiglia era finita. Aveva gli occhi un po' appannati e aveva appoggiato la mano sulla sua con fare materno.

– E come mai?

– Non saprei dirti. Lo aveva assunto mio marito fresco di laurea, ma non mi convinceva. Troppo ambizioso. Uno che non vedeva l'ora di sedere al tavolo dei potenti. Poi Alberto si è ammalato ed è stato costretto ad affidare la gestione a lui.

– E…?

– Anche lui aveva cominciato a sospettare. Credeva che Zecchi usasse il centro per altre cose.

– E lo ha mai dimostrato?

– No. È morto troppo presto. Non ti nego che in principio le ragioni che mi hanno spinto a sistemarmi qui fossero proprio queste, e cioè capire che cosa stesse succedendo. Ma a parte il cambio repentino di clientela, non ho scoperto granché.

– Mi spieghi meglio, Alma.

– Dammi del tu, ragazza mia.

– Volentieri.

La donna le aveva sorriso, o forse era soltanto ubriaca. Ci andava giú pesante, la cara Alma.

– Vedi, un tempo questo era il luogo ideale per incontrare un certo tipo di clientela. L'idea originaria di mio marito e dei suoi soci era di permettere a persone di alto profilo di concludere affari nella sauna. C'era gente ricca,

ma non solo. Gente ben connessa, le migliori famiglie. Da
sola la ricchezza non basta.

– Mio padre diceva che la forza da sola non basta. Serve intelligenza.

– Tuo padre era un uomo scaltro.

– Già.

– Da qualche anno, invece, arrivano ragazze… – aveva
proseguito Alma. – Be', ci siamo intese. Poco raccoman-
dabili, ecco. Non ho nulla da ridire in merito. Ognuno è
libero di scegliere come vivere, ma si perde lo spirito di
questo posto –. E cosí dicendo, aveva allargato le braccia
rugose per cingere virtualmente la sala da pranzo.

– E perché, secondo te, *da qualche anno* ci sono tutte
queste ragazze? Che cosa è cambiato?

– Chi lo sa?

– Tu di sicuro.

Alma l'aveva guardata di sottecchi e poi si era sporta
verso di lei, abbassando ancora la voce: – Ah, io un'idea
me la sono fatta.

– Non avevo dubbi.

– Credo siano qui per i medici e per alcuni clienti.

– Cioè, come una specie di premio? Un regalo in cambio di…

– Esatto. Forse era questo il segreto di Zecchi? Aveva
messo su un bordello?

– Però… se ciò che so di tuo marito è vero, non me lo
immagino a scandalizzarsi per quattro prostitute.

Alma aveva sospirato. – Giacomina ti ha detto?

– Quello che poteva.

– Una vera amica.

– E che mi dici del primario? Toffolo…

– Un gentiluomo. Ma, sai, la carne è debole.

– La carne è debole solo se è quella di un cretino, – aveva detto Olga, secca.

Alma era scoppiata a ridere. – Non sai quanto hai ragione.

Olga finí di rileggere gli appunti, aggiunse qualche dubbio e scese a fare colazione.

Si guardò intorno, sulla soglia della sala buffet. Voleva agganciare di nuovo Alma. Se, mentre era nello studio del dottore, qualcuno avesse creato un diversivo per farlo allontanare, lei avrebbe avuto il tempo di dare un'occhiata nei cassetti o, ancora meglio, nel computer. Magari la donna poteva aiutarla, anche se non era una cosa facile da chiedere.

Mentre avanzava nella stanza, le sembrò che tutti la stessero osservando. Forse era solo suggestione.

Si domandò se l'uomo con la piovra fosse già arrivato. E nel caso, cosa doveva aspettarsi? Le avrebbero drogato il caffellatte? La zuppa di ceci?

Cominciava ad avere paura. Paura di non avere la situazione sotto controllo. Paura di non sapere cosa le sarebbe accaduto. Decise di non mangiare. Almeno, di non mangiare né bere alimenti o bevande portate da loro. Si sarebbe servita da sola dal buffet.

Trovò il suo tavolo, lo stesso della sera precedente, e andò a sedersi.

Pochi secondi dopo si materializzò il cameriere. – Le porto qualcosa da bere?

– No, grazie, sono a posto cosí.

– Un frullato proteico? Un cappuccino?

– No, grazie.

– Dell'acqua?

– Ce l'ho, ho preso la bottiglia.

– Mia cara, anche tu mattiniera? – Alma Kofler le stava di fronte, sorridente. – Potevi chiamarmi.

– Non conosco i tuoi orari e non volevo disturbarti.

Olga attese che il cameriere si allontanasse, prima di proseguire. – Avevo proprio bisogno di te.

– Fantastico. Ci sto!

– Non sai neppure cosa devo dirti!

– Tesoro mio, sono vecchia ma non rincoglionita. Prima la telefonata criptica di Giacomina, lei adora essere criptica, poi la tua presenza qui sotto falso nome...

– Vorrei scoprire perché improvvisamente la clientela è cambiata.

Alba batté le mani, eccitata. – Dimmi cosa devo fare.

XXXVII.

2 ottobre, notte

Commissariato di San Siro, Milano

Pasca si trovava al commissariato di polizia di San Siro, di fronte all'ispettore Marenzi e a Gianni, l'amico questore. Il documento della chiavetta copiato sul suo computer era incomprensibile a tutti. Aveva raccontato loro una storia piuttosto articolata su come era riuscito a entrare al Miami club, a compiere una complessa effrazione all'armadietto di Grazia Palermo, a trovare la pen drive e a nasconderla dopo averne importato il contenuto. Gli altri due si erano scambiati sguardi scettici durante il racconto, ma non avevano ritenuto importante approfondire. Cosí lui aveva potuto evitare di coinvolgere Olga, sebbene pensarla in quella specie di centro benessere lo preoccupasse parecchio. Aveva però fatto il nome di Manuela, sperando in quel modo di far guadagnare a Olga tempo prezioso. C'era anche lei, dietro l'intrigo, ne era sicuro. Una piccola pedina, certo – e mossa da qualcuno di ben piú importante –, ma che di sicuro sapeva qualcosa. Era Manuela a eseguire gli ordini. Era stata lei a mettere la droga nel bicchiere di Olga, e sempre lei ad avvisare l'uomo con la piovra. Ed era lei a gestire le ragazze. Il problema era che Manuela non si trovava. Mizzi, chiamato nel cuore della notte, gli aveva riferito che da un paio di giorni non si faceva vedere al locale. Si era presa una vacanza, almeno cosí gli aveva raccontato la sua morosa. Poi aveva visto l'ora, aveva imprecato in dialetto milanese e aveva riattaccato.

Intanto, in questura si attendevano i risultati dell'autopsia sul corpo del medico legale trovato senza vita nel suo appartamento, guarda caso la notte prima di essere convocato in qualità di persona informata dei fatti per la morte di Grazia. Adesso non avrebbe piú potuto parlare. Che ci fosse un complotto ormai era chiaro, ma di che tipo, nessuno riusciva a capirlo. Gli inquirenti sospettavano una tratta delle schiave a livello internazionale. Pasca non ne era affatto convinto. Le cifre e i codici scritti accanto alle foto potevano indicare qualcosa di completamente differente. Molti anni prima, quando era agli inizi della sua carriera, aveva seguito un'inchiesta che aveva al centro un traffico di minorenni, per la maggior parte immigrate clandestine. Ragazze in cerca di fortuna che invece avevano trovato la morte, nella migliore delle ipotesi. Nella peggiore, erano cadute nelle grinfie di uomini senza scrupoli che le avevano tenute segregate e quindi vendute.

– Scusate, – disse al questore, – qui non abbiamo a che fare con persone che scompaiono nel nulla. Abbiamo controllato se le ragazze nell'elenco sono ancora qui? Se stanno continuando la loro vita quotidiana?

– Sí, abbiamo iniziato, ma il lavoro è lungo, sono centinaia…

– Avanti, nessun criminale rischierebbe tanto per pochi spicci. Queste donne non sono fantasmi. Fanno il mestiere che fanno, ma ad alto livello. Hanno la cittadinanza italiana, dei passaporti, delle famiglie. Gente che si accorge se spariscono e che sporge denuncia. Non stiamo parlando di bambine senza nome, ma di donne che pagano mutui, affitti, tasse!

– No, quelle non le pagano.

– Okay, però le bollette sí! Gianni, anche a te sembra troppo strano, no? Non possono sequestrare e far sparire persone inserite alla perfezione nella società. Grazia Palermo era l'amante di Zecchi, lo sapevano tutti. Pamela Scotti aveva subito un intervento alle ovaie, ci sarà pure una cartella clinica...

– Nel rapporto della Scardi appare un nome, una certa Olga Rosalia Bellomo, una tatuatrice, – intervenne Marenzi.

– Chi? No, no, una falsa pista, quella, – rispose rapido Pasca.

– Qui dice che era amica della Malaguti. La Mazzanti ha scritto che il tatuaggio della Palermo era stato eseguito da questa Bellomo. C'è anche una nota di una certa Sideri che descrive nel dettaglio la tecnica utilizzata per eseguire il tatuaggio. Però, che competenza... Insomma, non mi pare affatto una falsa pista. Chi è? Sappiamo qualcosa di lei?

– Niente, – bofonchiò il questore.

– Informiamoci, allora.

– No, intendo dire che non si sa niente nonostante ci siamo informati. Mi sono informato.

– Be', questo sí che è strano.

Pasca non sapeva come interrompere quella conversazione. Era colpa sua se Gianni aveva cercato di scoprire chi fosse Olga. Lui gli aveva chiesto aiuto quando non riusciva a trovarla.

– Scusate, stiamo spostando il focus, – insistette.

– A noi pare centrato benissimo.

– Anche io lo avevo pensato, all'inizio, poi...

– Poi? – domandarono insieme Marenzi e Gianni.

– Poi... poi sono stato rapito!

– Dalla Bellomo?

– Ma no, da due scagnozzi assoldati dal tizio con la piovra tatuata sul collo. Ve ne ho parlato.

– Vedi? – intervenne Gianni. – Ancora i tatuaggi. Tutto torna.

– Cosa c'entra, anche Mizzi ha una spada tatuata sul culo, ma non vuol dire che abbia qualcosa a che fare con i rapimenti.

– Una spada? Che spada?

– Acciaio di Valyria.

– Ah *Il Trono di Spade*, – concluse Marenzi, serio. – Ma al tuo amico, questo Mizzi, la spada, chi gliel'ha disegnata?

– Olga! – scappò detto a Gabriele: accidenti alla sua boccaccia e a quella voglia di dire il suo nome, come se fosse una garanzia che lei stesse bene.

– Ecco! – disse Gianni, battendo una mano sul tavolo. – Che poi, non è la stessa che ti ha aggredito in casa di Melinda?

– No, no.

– No? Me lo hai detto tu, che era una donna con i tatuaggi della yakuza!

– Sí, ma non è lei!

– E quante ce ne sono?

– Non so, tante… La yakuza ha parecchi adepti.

– Gabriele, che stai dicendo? – Gianni si stava alterando. – Marenzi, occupati di questa Olga Bellomo. Trova qualcosa su di lei e inchiodala. Portala qui, se necessario.

Pasca cercò di pensare rapidamente. Madonna, che poteva fare?

Non solo temeva di deludere di nuovo Olga, ma aveva paura di suo padre. Era evidente che quell'uomo non era come gli altri e che era bene stargli alla larga.

– Scusate, ma è inutile che la cerchiate.

– E perché?

– Perché… è in vacanza.

– Pure lei?

– Sí, be', ognuno si sceglie il periodo che vuole.

– Questo la rende ancora piú sospetta. È andata all'estero?

– Ma no, che all'estero!

– Quindi, sai dove si trova?

– Certo!

«Oh, porca miseria».

– Be'? – chiese Gianni, visto che Gabriele taceva.

– Una sciocchezza, un luogo di riposo, in Svizzera...

– E questo luogo di riposo ha un nome?

– Immagino di sí.

«Come ho fatto a peggiorare la situazione fino a questo punto?»

– Gabriele, vuoi dircelo o dobbiamo arrestarti?

– Il *Diamond luxury resort*.

– E che roba è?

– Un centro benessere.

E si sentí morire.

XXXVIII

3 ottobre, tarda mattinata
Diamond luxury resort, Lugano, Svizzera

– Allora, signora Giardina, innanzitutto benvenuta tra noi. È la prima volta, vedo.

Il giovane dottore era seduto di fronte a lei e sfogliava i moduli che Olga aveva dovuto compilare appena arrivata.

– Sí, me l'ha consigliato una cara amica, Tamara...

– Ah, certo, una nostra affezionata cliente.

– Me ne aveva parlato anche Melinda... Melinda Malaguti.

– Melinda Malaguti?

– Sí, è una vostra cliente, so che è stata qui di recente.

– No, si sbaglia. Almeno, io non la ricordo.

– Strano. Forse non l'ha visitata lei.

– Probabile. Dunque, soffre di qualche patologia particolare?

– No. Oddio, per quanto, nell'ultimo periodo, ho avuto dei seri disturbi di digestione.

– Ah, di che tipo?

– Cacarella. Ma tanta!

– Capisco. E si è curata?

– Sí, con quattro omelette.

– Io le avrei suggerito un Imodium, ma se le omelette hanno dato buoni risultati...

– Ottimi.

– Bene. E ha problemi a dormire?

– Solo quando faccio sesso con uomini che non vogliono essere legati. Allora mi agito e resto vigile, capisce?

Il medico annuí senza neanche sapere perché.

– In caso contrario, dormo come un sasso.

– Ovvio, – gli scappò. Ma lí di ovvio non c'era niente.

Gli avevano detto che questa Amanda Giardina poteva essere la tatuatrice che stavano cercando e che avrebbe dovuto tenerla d'occhio finché non fosse sopraggiunto
qualcuno di esperto a risolvere la situazione. Ma quella
sembrava piú una donna psicologicamente disagiata che
un pericolo.

In quel momento, si sentí della confusione fuori dalla
porta.

– Che cosa succede? – domandò Olga, fingendosi stupita.

– Non so, non capisco.

Qualcuno bussò e chiese di entrare. – Mi scusi, dottore –.
La segretaria aveva stampata sul viso un'espressione tra il
mortificato e l'esterrefatto. – La signora Kofler...

– Che le è accaduto?

– Ha una delle sue crisi di nervi.

– Non vede che sto visitando? Fate intervenire Toffolo.

– Il primario è giú.

– Giú? – intervenne Olga. – Nel locale delle caldaie?

– Vengo subito, – tagliò corto il dottore rivolgendosi
alla donna. Poi, a Olga: – Può scusarmi solo un attimo?

– Certo, ci mancherebbe.

– Le dispiace aspettare fuori?

– Sí che mi dispiace, fuori non c'è neanche una sedia.
Me ne sto qui comoda, che fastidio vuole che dia?

– Ma...

Il dottore era incerto sul da farsi. Fissava la sua segretaria, che ricambiava lo sguardo senza però aiutarlo in alcun

modo. Ma le urla – ora si distinguevano bene delle urla femminili – aumentarono di intensità e lui dovette capitolare. – Torno immediatamente, – disse.

– Faccia con calma.

Non appena uscí, Olga si alzò dalla sedia e fece il giro della scrivania. Cercò di aprire i cassetti, che però erano chiusi a chiave. Allora si guardò intorno. Contro il muro accanto alla porta c'era uno schedario. Lo raggiunse in due passi e tentò i cassetti. Aperti. «Pensa, pensa, Olga». Cosa doveva cercare? Le prove che quelle ragazze, Melinda compresa, fossero state lí. Cominciò con la *m* di Malaguti. Scartabellava le cartelle cliniche e ogni tanto si metteva in ascolto per controllare che il medico non stesse tornando. Eccola, Melinda Malaguti. Sfilò i fogli dalla cartellina e li appoggiò sul ripiano dello schedario, per fotografarli con la fotocamera del cellulare senza nemmeno leggerli. Fece lo stesso con Grazia Palermo. C'era anche lei. Le venne in mente Pamela Scotti. Con il cuore che batteva a mille, fotografò tutto. Aveva appena finito di riporre la cartella clinica della Scotti sotto la *s*, quando sentí dei passi avvicinarsi e scattò verso la sedia.

Per un pelo.

– Eccomi da lei, – disse il medico, entrando.

– Già fatto? Ma è stato velocissimo. Spero non sia successo niente di grave.

– No, non si preoccupi.

Poi lui cambiò espressione. Stava fissando lo schedario. Olga, senza osare voltarsi, saettò lo sguardo in quella direzione, solo con la coda dell'occhio. Il cassetto della lettera *s*. Era aperto. Tornò rapida a osservare il medico ma lui era di nuovo impassibile. Lei però sapeva di essere stata colta in flagrante.

Le restava poco tempo.

XXXIX.

3 ottobre, pomeriggio
Diamond luxury resort, Lugano, Svizzera

Chiusa in camera, non sapeva che pesci prendere. Doveva andare via da lí, anche se non aveva trovato indizi su dove potesse essere Melinda. Quello che credeva di avere scoperto era davvero triste e avvilente. Eppure, doveva essere cosí. Le fotografie scattate alle cartelle cliniche parlavano chiaro. Le aveva confrontate con le stampate dei documenti contenuti nella chiavetta e le era subito balzato agli occhi che i codici su quelle carte, che corrispondevano a ciascuna ragazza, venivano poi riportati, identici, nelle cartelle. Aveva impiegato il resto della mattinata e aveva saltato il pranzo per studiarli. Ma alla fine aveva capito e lo stomaco aveva avuto un sussulto. Non poteva certo essere ancora il salmone.

Le cartelle cliniche contenevano analisi ginecologiche e ormonali. I codici, invece, si riferivano al patrimonio genetico di ogni singola ragazza. In pratica, donne sane, giovani, belle, intelligenti venivano selezionate per dare figli a gente ricca che non poteva averne. Olga si trovava di fronte a un'organizzazione che portava avanti una specie di selezione della razza. Le escort non erano che prodotti che potevano generare altri prodotti, possibilmente con un patrimonio genetico almeno per metà perfetto. Occorrevano medici, infermieri, tecnici e anche politici, oltre a un luogo dove ciò potesse avvenire nel piú grande segreto. Il *Diamond resort*. Le rimaneva un dubbio. Anzi, piú di uno.

Due omicidi e un rapimento per degli ovuli? Certo, in quel posto non si faceva una bella cosa ed era necessaria un'organizzazione capillare, una catena logistica in cui l'efficienza del raccordo tra donatore e recettore fosse eccellente, però... uccidere per questo? Assoldare addirittura un ripulitore? Grazia e Pamela avevano fatto una brutta fine, perché? Se erano in quel database, come pure Tamara, dovevano essere consenzienti e di sicuro ricevevano una percentuale sulle vendite dei loro ovuli, ma allora perché ucciderle? E Melinda? Perché lei non era stata ancora ritrovata?

Lesse le parole di Manuela che aveva riportato sul diario dopo la serata allo *Starlight*.

«Finché sei giovane e bella questo mestiere ti sembra un modo facile e veloce per fare i soldi. Ma dura poco. Già a trent'anni sei da rottamare. Dall'Est arrivano ragazze piú belle e piú giovani di te. Allora capisci che hai bisogno di cambiare, di farti un'assicurazione», aveva detto la ragazza.

La sua assicurazione era selezionare le amiche piú belle, piú sane, piú intelligenti?

Andò in bagno a sciacquarsi il viso. Che brutto traffico si svolgeva in quella clinica. E adesso? Si guardò allo specchio e dentro di sé scoprí un desiderio che non aveva nulla di razionale. Parlarne con Pasca. Già, ma cosa avrebbe potuto fare lui? Niente. Si diede una scrollata e tornò in camera. Forse poteva parlarne con Alma. La chiamò in camera e lei rispose al primo squillo.

– Mia cara, aspettavo notizie. Perché ci hai messo tanto? Trovato qualcosa?

– Piú di qualcosa, Alma. Vieni qui, ti aspetto.

– Faccio in un baleno.

Passarono meno di cinque minuti e udí bussare. La sua nuova amica, per quanto anziana, era rapidissima.

Olga spalancò la porta. – Alma, entra, non hai idea… –
e senza nemmeno salutarla le diede le spalle per prendere
i fogli dal letto, quelli che aveva stampato al *Grotto*, e il
cellulare con le fotografie appena scattate.

Il silenzio dietro di lei la mise in allarme, ma ormai era
troppo tardi.

Si voltò di scatto e lo vide. L'uomo con la piovra. Olga
reagí, ma lui fu piú veloce.

Le piantò un ago nel collo e spinse lo stantuffo.

– Dovevi ammazzarmi quando potevi, – le disse, mentre lei cadeva tra le sue braccia.

Era paralizzata, ma sentiva e vedeva ogni cosa.

Fu trascinata in ascensore. Le porte si chiusero davanti ai suoi occhi.

Intravide la mano che girava la chiave e premeva il pulsante del piano meno due.

Alla fine, pensò, sarebbe riuscita ad andare nel locale
caldaie.

Poi divenne tutto buio.

XL

3 ottobre, pomeriggio
Diamond luxury resort, Lugano, Svizzera

– Ispettore Marenzi, – disse il poliziotto alla ragazza della reception mostrandole il distintivo. – Stiamo cercando Olga Rosalia Bellomo.

Pasca, che gli stava accanto, era parecchio nervoso. Si guardava intorno in cerca di Olga. Se l'avesse intercettata in tempo...

– Mi dispiace, non ci risulta nessuna Olga Rosalia Bellomo, tra i nostri ospiti.

Marenzi indirizzò al giornalista un'occhiata interrogativa.

– No, è che ha usato un altro nome...

– In che senso?

– Sí, quello da nubile.

– È sposata?

– Divorziata.

– Pasca, si può sapere che stai dicendo?

– Provi con Amanda Giardina, – disse il giornalista alla ragazza.

– Amanda Giardina? Gabriele, non è che se una si sposa cambia anche il nome di battesimo, eh!

La ragazza intanto aveva digitato il nominativo al computer. – No, non c'è nessuna Amanda Giardina.

L'ispettore sbuffò. Pasca aggrottò le sopracciglia. Possibile che si ricordasse male lo pseudonimo usato da Olga? No. Non era possibile.

– Controlli meglio, per favore. So per certo che è qui da ieri.

– E io le dico che non risulta.

– Una donna tatuata, molto sexy...

Marenzi ora lo fissava con sincera perplessità.

– Be', io da qui non mi muovo finché non salta fuori, – disse Pasca, incrociando le braccia al petto. – Avete una stanza?

– No, mi dispiace, siamo al completo.

– Perfetto, dormirò su uno di quei comodissimi divani.

– Mi dispiace, ma non è possibile...

– Credo invece di sí, se questa Amanda Giardina non si trova, – intervenne Marenzi.

– Ha sentito? – disse Gabriele alla receptionist, in tono di sfida.

– Fai meno lo spavaldo che non ho giurisdizione, – gli sussurrò l'ispettore.

– Fatti aiutare da qualcuno, non hai amici? Parenti?

L'ispettore lo trascinò lontano dalla reception. – Ho un amico nella polizia svizzera.

– Ottimo, chiamalo, che aspetti?

– Gabriele, mi dici che cosa ti prende? Non ti ho mai visto cosí.

– Non posso spiegarti.

– Che significa?

– È complicato, davvero complicato. C'è un uomo, che mi fa paura...

– L'uomo con la piovra.

– No, un altro...

– Gabriele, che ti ha preso?

– Non lo so. Ultimamente la mia testa va un po' per conto suo.

– Forse hai davvero bisogno di una stanza.

– Stavo inseguendo un pensiero e mi è scappato.

– Va be', senti, chiamo il mio amico. Posso lasciarti solo per cinque minuti?

– Certo, certo, perché?

E mentre l'ispettore componeva il numero, Pasca vide
una signora anziana coperta di gioielli avvicinarsi alla reception. Non avrebbe saputo dire che cosa lo attrasse di
quella donna. Magari gli sembrò fuori luogo proprio per
la quantità di gioielli. Fatto sta che le si avvicinò e sentí
forte e chiaro ciò che diceva alla ragazza.

– Scusi, mi può chiamare Amanda Giardina in camera?
Non la trovo da nessuna parte, le ho bussato, ma niente.
È strano. Mi aspettava in stanza e...

– Ah! – gridò Pasca, battendo la mano sul bancone.
Alma fece un salto sul posto. – Giovanotto, è pazzo?

– No, scusi, ce l'avevo con la signorina qui davanti. Sostiene che Amanda Giardina non è in questo resort!

– Impossibile. Ho cenato con lei ieri sera, abbiamo fatto anche colazione insieme e...

– Ecco! Vede? – esclamò Gabriele con voce strozzata.
– E come stava? Bene? Era in salute?

– Scoppiava di salute.

– Ecco! Ha sentitoooo?

– La prego, cosí mi farà venire un infarto, – proseguí
Alma. – Lasci parlare me. Adesso, vuole spiegare a me e
a questo bel ragazzo perché dice che Amanda non è qui?
Ho provveduto personalmente a prenotarle una stanza.

– Lo dice il computer. Non io. Amanda Giardina non
è registrata nel computer.

– Sta arrivando l'ispettore! – gorgheggiò Pasca.

– Lei però si deve calmare. Vuole una pasticca? Sono
ottime per la pressione.

– Hai sentito il tuo amico? – domandò Gabriele a Merenzi, ignorando la mano rugosa della signora che gli stava porgendo con insistenza una pillola.

– Ha detto di aspettarlo, sta venendo qui.

Pasca annuí. – Grazie. Sono preoccupato.

– Anche io. Ma non credo per le stesse ragioni per cui lo sei tu.

– Vogliamo fare quattro chiacchiere con lei, intanto? – chiese Gabriele a Marenzi.

– Lei chi?

– Credo ce l'abbia con me. Piacere, Alma Kofler, amica di Amanda Giardina, se vogliamo continuare a chiamarla cosí. Ma sappiamo tutti che non è il suo vero nome, giusto?

L'ispettore fissò Pasca con severità. Quindi si rivolse ad Alma: – Ha qualcosa da dirci in merito?

– Oh, sí. Parecchie cose. Per esempio, sapete che c'è un piano sotterraneo?

– Signora, ci saranno le caldaie, o…

– O qualcos'altro.

XLI

3 ottobre, pomeriggio
Diamond luxury resort, Lugano, Svizzera

Olga aprí gli occhi e la prima cosa che vide fu il sole.

Poi guardò meglio e capí che non si trattava di quello. Era una luce al neon. La tipica luce al neon di una sala operatoria. Mise a fuoco l'ambiente circostante. C'era uno scaffale in metallo con dei bisturi e degli arnesi da chirurgo. Piú a destra, un letto, vuoto.

Cercò di riscuotersi dal torpore della droga che le avevano somministrato agitando la testa. A quanto pareva era l'unica cosa che poteva muovere. Aveva braccia e gambe legate.

– Stavolta, mi sono assicurato che non riuscissi a liberarti, – disse una voce maschile.

Sollevò gli occhi e lo vide, l'uomo con la piovra le stava di fronte. Sul viso, gli ematomi che lei gli aveva causato colpendolo con il sasso. – Sei una donna davvero ostinata, lo sai? Per colpa tua, la mia reputazione…

– Ah, perché, pensi di avere una reputazione?

– Fai anche la spiritosa?

– In realtà la mia era una domanda seria. Che cosa vuoi da me?

– La chiavetta. Erroneamente ho creduto ce l'avesse la puttana, e ho perso un sacco di tempo.

– Melinda? Sta… sta bene?

– Un fiorellino. Oddio, magari un po' acciaccato, ma

è viva. Mettiamola cosí: tu mi dici dove hai nascosto la chiavetta e io la lascio andare, che ne pensi?

– Sarebbe un bel piano, se non fosse che non potrei controllare che tu lo rispetti.

– Sei troppo puntigliosa.

– Eh, che ci vuoi fare? Ho preso da mio padre.

– Mi dispiace per lui, non potrà avere dei nipoti.

– Non fa niente, detesta i bambini.

– Voglio dirti un'altra cosa, allora. Magari questo ti farà cambiare idea. Gli effetti dell'anestetico stanno svanendo, – e cosí dicendo, prese un bisturi e cominciò a osservarlo sotto la luce, – e non reggerai il dolore a lungo. Alla fine, mia cara, canterai come un uccellino.

– Voglio dirti una cosa io.

Lui si chinò verso di lei per ascoltare.

– Sono stonata come una campana.

L'uomo con la piovra le conficcò il bisturi in una mano. Olga gridò.

– Fa male, eh? Vuoi che continui? Dove hai messo quella cazzo di chiavetta?

– Aspetta, aspetta... – disse lei. Doveva guadagnare tempo.

Dio, faceva malissimo e non si era preparata.

– Sto per fare lo stesso con l'altra mano. Dopo proseguirò sulle gambe, i piedi. Posso tenerti in vita per ore. Mi pagano per questo.

Olga ebbe un tuffo al cuore.

– Perché sono il migliore.

– Non ne sarei cosí sicuro, – gli bisbigliò.

Intanto con la mente corse indietro negli anni.

«Dove vuoi andare?» le aveva detto il padre nel capanno degli attrezzi.

«A casa mia».

– Va bene, abbiamo conversato abbastanza, – l'uomo con la piovra le stava accarezzando le gambe con il bisturi. – Ultima occasione. Dimmi dov'è la pen drive. Conto fino a dieci, poi...

«Per dissociarti dal dolore l'unico modo è rifugiarti in un luogo sicuro... Allora adesso comincerò a contare. Quando arriverò a dieci, tu sarai già altrove. Sarai nel tuo luogo sicuro. Il corpo sarà qui, ma non potrai sentire niente. Uno, due, tre...»

Vide l'ingresso di casa sua e il vialetto.

«Quattro, cinque...»

– Uno, due, tre, quattro. Vado troppo veloce? Peccato. *Ops*, ti ho tagliata, scusa.

Avanzò lungo il vialetto, verso la porta. Provò a girare la maniglia, ma faceva resistenza.

– Cinque, sei, sette. Un altro taglio! Mi è scappato.

«Sei, sette...»

La maniglia cedette. Era dentro. Al sicuro.

«Tesoro, ben tornata –. Sua madre era apparsa dalla cucina stringendo un canovaccio tra le mani. – Ho preparato i biscotti, ne vuoi un po'?»

Poteva sentire l'odore di burro che si propagava per la casa. Un odore a lei molto familiare.

Non sentí il bisturi che continuava a tagliarle la pelle.

Non si accorse di nulla neanche quando un secondo uomo entrò nella sala operatoria.

– Olga, Olga, svegliati!

«No».

– Olga! Svegliati, adesso!

L'odore di biscotti si faceva sempre piú debole. Voleva restarci aggrappata, ma qualcosa la stava richiamando. Finché non scomparve. Insieme alla casa, al vialetto...

Spalancò gli occhi e un dolore lancinante alle braccia e alle gambe le arrivò dritto al cervello. Sentiva il corpo bruciare.

– Devi correre in ospedale, stai perdendo troppo sangue. Che cosa stava succedendo? Quella voce... – Papà? Papà, sei qui!

– Cosa credevi, che avrei abbandonato la mia bambina? Adesso ti slego, ma tu non guardare, serve solo a suggestionarsi. Melinda è nella stanza accanto. Sta bene.

– Papà, sento male ovunque, non so se ce la faccio...

– Certo che ce la fai, Olga. Non sei una debole. Non posso salire con te, questo posto è pieno di poliziotti. E devo finire il lavoro.

– Il... il lavoro?

Solo in quel momento si accorse che, a terra, l'uomo con la piovra era disteso in un lago di sangue.

Era stato sgozzato con il suo stesso bisturi. Qualcuno aveva pagato un killer per eliminare un altro killer. Ma chi?

– Un favore in cambio di un favore. Non devi sapere di piú, – le disse lui, quasi le avesse letto nel pensiero.

– Papà... lo hai ucciso.

Lui finí di scioglierle i polsi e la fissò. – Sí. E lui avrebbe ucciso mia figlia. Tra poco sarai libera, – aggiunse cominciando a tagliare i lacci intorno alle caviglie.

– Non lo sarò mai, – gli rispose lei.

– Controllate in tutte le stanze! – gridò una voce dal corridoio.

– Sono già qui, – disse il padre di Olga, interrompendosi. – Devo andare via. Mi dispiace, non posso farmi prendere.

– Papà, aspetta, ti prego. Non farai del male ai miei amici, vero?

– Perché dovrei? Basta che tu la smetta di commettere imprudenze. Ti stai dissanguando e non hai molto tempo. Spero che i tuoi «amici» ti portino dritta in ospedale. Uno vero.

Olga lo vide scomparire oltre la porta. Provò a muoversi, i piedi però erano ancora legati, il che in effetti era un bene perché il suo corpo non avrebbe risposto. Si sentiva sempre piú debole. Ma era rasserenata. Melinda era viva. Ce l'aveva fatta.

Chiuse gli occhi e pensò che forse, morendo, sarebbe stata libera una volta e per sempre.

– Qui dentro, venite. Qui c'è qualcuno, – urlò una voce. – No, anzi. Una persona a terra, morta e l'altra… non so, l'altra…Credo sia morta anche lei.

– Oddio, Olga, è Olga!

Pasca? Era Pasca che stava gridando? Perché?

– Ma di chi è questo lago di sangue? Di chi è???

Sembrava impazzito.

Poi non riuscí a sentire piú nulla.

XLII.

4 ottobre
Ospedale regionale, Lugano, Svizzera

Suo padre le stava affondando un bisturi nella carne. Olga sentiva dolore. Ma non era un dolore fisico. Era il dolore del suo cuore che si lacerava. L'unico uomo che avesse mai amato e di cui si fosse mai fidata era un killer a pagamento. Uno che spezzava le vite degli altri per denaro. E lei in realtà avrebbe potuto capirlo, forse dentro di sé lo aveva capito, ma aveva scelto di non vedere. Per questo adesso doveva sopportare in silenzio la lama che le squarciava la pelle.

Poi il viso dell'aguzzino cambiò. Divenne quello di uno sconosciuto tatuato, di cui non sapeva nemmeno il nome. Olga buttò fuori tutta l'aria che aveva nei polmoni e si svegliò di soprassalto.

Il sorriso di Giacomina fu la prima cosa che vide, e la rinfrancò. Seduta accanto a lei, in abito nero di tulle e un cappellino con la veletta dello stesso colore, appariva elegantissima.

– Lo sapevo! – disse calma. – Che ti avevo detto?

– Oh Gesú, meno male, – le rispose Max. La sua faccia era spuntata accanto a quella della donna. – Tesoro, hai piú cuciture tu che una pelliccia di visone.

– Dove... dove sono? Che giorno è? Perché siete... cosí eleganti?

– Perché non sapevamo cosa aspettarci quando ci hanno chiamato e... – provò a dire Max.

– Per il tuo funerale, cara, per il tuo funerale, – intervenne Giacomina con disinvoltura. Poi cominciò a soffiare sulla veletta del cappello che le ricadeva sugli occhi. – Avevo detto al Nardi, e a tutti loro qui, che non c'era di che preoccuparsi, ma hanno cosí insistito...

A Olga scappò da ridere, tanto piú che Giacomina continuava a soffiare sulla veletta.

– Che fastidio...

– Puoi toglierlo, eh! Sono viva.

– Giusto.

– Dov'è Melinda? L'avete trovata? Sta bene?

– Sí, sotto shock, con due costole rotte, qualche livido, ma viva. È nella stanza accanto. L'ispettore è sempre con lei. Siete state ricoverate qui all'ospedale di Lugano ieri sera, e ti hanno ricucita d'urgenza e fatto delle trasfusioni. Hai perso tanto sangue...

Olga si guardò le braccia, erano fasciate. Allora sollevò piano il lenzuolo e vide che pure le gambe avevano delle bende e la mano destra pure. Che le era successo?

Provò a muoversi, e una fitta la bloccò, facendola boccheggiare.

– Perché sembro una mummia?

– Ah, e noi che ne sappiamo! – gridò Max. – Speravamo ce lo raccontassi tu.

– Chi? Speravamo, chi?

– C'è Pasca qui fuori, con l'ispettore... O meglio, il Matto, con l'ispettore che non è proprio qui fuori ma piazzato nella stanza di Melinda, come ha giustamente rilevato Giacomina. Mentre quel Pasca mi sa che è matto sul serio.

– Perché è qui fuori?

– Come perché? Ti ha trovata lui, – le rispose.

– Davvero?

– Sí. Be', lui e la squadra di poliziotti scesi a recuperarvi, – disse Giacomina. – E non hai idea di quello che si è scatenato dopo che vi hanno portate via dal *Diamond*. Pare che in quel centro benessere facessero delle cose tremende.

– Tu che ne sai?

– Marenzi ci ha spiegato ogni cosa senza allontanarsi dalla stanza di Melinda. Quei due non me la raccontano giusta, – Max stava mandando un messaggio a Sebi per informarlo che Olga si era svegliata. «Aveva ragione Giacomina. Nessun funerale. Vieni pure in jeans».

– A me lo ha detto il Nardi. Lui sapeva tutto.

– Lascia stare il Nardi. Al *Diamond* c'era un giro di vendita di ovuli che fruttava miliardi. Ti rendi conto? Donne giovani, belle e sportive da cui poter attingere per generare eredi…

– Già. Ma non capisco il perché di tante morti…

– Ah, non so. Non capisco nemmeno bene come funzioni. Voglio dire, se il maschio è un mostro, cosa molto probabile, come la mettiamo? Comunque, ti racconterà per bene l'ispettore, se decide di scrostarsi dalla stanza di Melinda. E da Melinda. Senti, sicura che non posso fare entrare Pasca? – insistette Max. – Se non gli è ancora venuto un infarto non gli viene piú.

– No, per favore… non mi sento di parlare con nessuno per adesso.

Che cosa avrebbe potuto dire? Che suo padre si era sostituito all'uomo con la piovra? Che sí, le aveva salvate, ma era anche un killer? Già prima le relazioni non erano il suo forte, figurarsi ora. Non avrebbe mai potuto confessare a Pasca ciò che fino a quel momento non era riuscita a confessare neanche a sé stessa. Lui credeva che lei avesse un padre violento, e già questo in una relazione poteva essere un problema. Ma un padre assassino di professione? E restava comunque suo padre: che le piacesse o no, questo fatto non poteva cancellarlo. Meglio rifugiarsi nella condizione che fino a quel momento le aveva quantomeno garantito una vita tranquilla: isolamento e solitudine.

– Certo, riposati, – stava dicendo Giacomina.

Olga si girò dall'altra parte. Doveva sparire. Che rapporti avrebbe mai potuto instaurare, nella vita? Ecco perché suo padre le aveva detto di tenersi alla larga da chiunque. Perché lui sapeva. Sapeva che non avrebbe mai potuto avere amicizie sincere, né un uomo da amare e da cui essere ricambiata.

– Va bene, però poi lo farai entrare? Perché a me ha tolto il sentimento. Non ha smesso un attimo di parlare. Come fai a sopportarlo? – intervenne Max.

– Dopo, forse –. Sapeva che non lo avrebbe fatto.

– Noi siamo qui fuori, se hai bisogno, – e rivolto a Giacomina aggiunse: – Adesso però ci parli un po' tu, eh!

– Non ce ne sarà bisogno. Tutto si sistemerà.

– Te lo ha detto il Nardi?

– Figuriamoci. Cosa vuoi che ne sappia lui? È un uomo!

XLIII.

4 ottobre
Ospedale regionale, Lugano, Svizzera

Pasca era davvero fuori di sé. Quando, il giorno prima, era sceso con l'ispettore e la polizia svizzera al piano meno due, grazie alle insistenze di Alma Kofler, non si aspettava di trovare Olga distesa su un lettino di una sala operatoria, coperta di sangue. Aveva creduto fosse morta e non aveva piú capito niente. Si era lanciato verso di lei gridando come un pazzo, mentre Marenzi cercava di raccapezzarsi.

– Ma di chi è questo lago di sangue? Di chi è??? – aveva gridato.

– Stai indietro, Gabriele, non toccare nulla.

– Si sta dissanguando!

– Vorrei capire che cosa è successo. Chi ha ammazzato chi?

– Be', non certo Olga. Guarda com'è ridotta.

– Tu dici? C'è solo lei, qui dentro. Vedi qualcun altro?

– Ma chi se ne frega, dobbiamo portarla in ospedale!

Marenzi, per fortuna, era riuscito a mantenere un certo decoro e a mettere ordine nel caos che si era scatenato. In pochi minuti, la clinica era stata invasa da poliziotti svizzeri, medici delle ambulanze, infermieri, personale dell'investigazione scientifica. Il *Diamond resort* era diventato un campo di battaglia e la scena di un crimine. Ci sarebbe voluto del tempo per capire, comprendere a pieno ciò che si trovavano davanti.

A Pasca questo interessava poco. Lui aveva un solo e unico pensiero: Olga. Non era certo rimasto lí a seguire la perquisizione. Anche se era l'unico giornalista presente e poteva essere lo scoop della sua vita. Anche se quella era la sua storia, l'inchiesta a cui teneva di piú.

Fino a un momento prima.

Quando l'aveva vista stesa, quasi morta, la notizia gli era arrivata come di solito arriva un infarto: si era innamorato per la prima volta in vita sua. E a quel punto l'uomo con la piovra, le escort, nulla aveva avuto piú valore.

Un attimo appena di smarrimento quando erano sopraggiunte le due ambulanze e su una era stata caricata Olga, sull'altra Melinda, svenuta nella sala accanto.

– Che fai? – gli aveva domandato Marenzi, vedendolo confuso. – Sali, no?

– Certo, certo. Ma dove? Melinda sta bene, però, forse, dovrei andare con lei. Olga invece…

– Pasca, non mi dire…

– Un disastro, lo so.

– Non vorrei davvero essere nei tuoi panni. Il casino che c'è qui è niente in confronto a quello che hai in testa. E comunque, la tua tatuatrice è ancora indagata.

– Perché?

– Gabriele, tu sai che significa tutto questo?

– Be', no.

– Appunto. E neanche io. Di sotto c'è un uomo morto sul pavimento di una sala operatoria che non dovrebbe esistere, e la Bellomo a occhio potrebbe averlo ammazzato, checché tu ne dica. Per cui, ti risolvo il problema. Diciamo che devi starle incollato e controllare che non scappi. Cosí va bene?

– Insomma.

– Pasca, sali su quella cazzo di ambulanza. Quella di Olga, è un ordine.

– Certo, certo.

Cosí aveva fatto. E sull'ambulanza non aveva smesso un attimo di parlarle. Non che si aspettasse delle risposte da una donna priva di sensi, ma non riusciva proprio a smettere di farlo.

E anche dopo, quando Olga era entrata in sala operatoria, pur di continuare a blaterare con qualcuno, aveva chiamato la Scardi, si era fatto dare il numero di Max e Sebastian e li aveva avvisati. Max, che era accorso subito – a posteriori, un grave errore – era estenuato. Pasca gli aveva raccontato la storia della sua vita. Che era figlio unico di due siciliani immigrati a Milano negli anni Settanta. Che i genitori riponevano in lui le loro speranze ma purtroppo erano morti prima di vedere che grande giornalista fosse diventato. Che era stato fidanzato con una certa Claudia per tutta l'università ma la storia era naufragata perché lei voleva sposarsi e lui no. Che dopo Claudia era arrivata Emma, troppo snob, poi Silvia, una seguace del poliamore, e Alessia, troppo vegana per i suoi gusti, e Annamaria, una modella, bellissima ma senza tette, poi Laura, con le tette ma priva di umorismo. E ce ne erano state ancora, solo che Max aveva ceduto alla disperazione e aveva ingaggiato una partita a Tetris contro sé stesso nel suo cervello. Quando aveva visto che Olga era salva si era illuso che la tortura fosse finita e a quel punto, uscendo dalla stanza, il pensiero di essere ancora costretto a sciropparsi i racconti di Pasca lo incupí. Fu enorme il sollievo nel trovarsi davanti anche l'ispettore Marenzi.

– Si è svegliata? – gli chiese quello.

– Sí.

– Bene, perché ci devo parlare. I medici hanno detto che non appena si fosse svegliata avrei potuto interrogarla. Per cui, entro.

– Posso venire con te? – domandò Pasca.

Max non riuscí a nascondere l'entusiasmo e lo manife-
stò annuendo con vigore.

– Ovviamente no, – dichiarò l'ispettore.

Max chinò il capo sconfortato.

– Certo, certo. Ovvio.

– Invece Melinda ha chiesto di te, – intervenne pronta Giacomina.

– Adesso? – Pasca non sembrava ansioso di rivedere la
escort di cui fino a pochi giorni prima era infatuato.

– Sí, adesso.

– Allora vado?

– Direi di sí.

– Brava! – le bisbigliò Max, mentre Pasca si allontanava. – Grande idea. Cosí ci lascia in pace.

– Guarda che è vero. Melinda vuole parlargli.

– Lo hai letto nelle carte?

– No, me lo ha detto il Nardi.

Max non pretendeva di comprendere a fondo come fun-
zionasse la conoscenza selettiva che Nardi aveva dei fatti e delle intenzioni dei viventi, ma decise che chiunque
fosse in grado di tenere lontano Pasca meritava a scatola
chiusa la sua fiducia.

– È permesso?

Olga stava ancora guardando fuori dalla finestra quando sentí entrare l'ispettore.

Era arrivato il momento delle spiegazioni. Sapeva che c'erano delle cose che solo lei poteva chiarirgli. E avrebbe risposto a ogni sua domanda, perlomeno a quelle a cui poteva rispondere. Non aveva alcuna intenzione di tradire suo padre; ma era decisa a mentire solo un'ultima volta. Aveva passato già troppi anni a farlo, o comunque a tacere.

– Possiamo parlare? Come si sente?

– Male, ma poteva andarmi peggio, giusto?

– Giusto. Ed è proprio questo il punto. Cominci con il raccontarmi come ha fatto a cavarsela.

– Non ne ho idea.

– Non sa chi ha ucciso l'uomo con la piovra?

– No, non lo so.

– Lei è certa di non avere visto nessuno?

– Mi creda, ero priva di sensi.

Le stava costando moltissimo mentire. Ma che altra scelta aveva?

– Eppure, chiunque fosse l'assassino, non solo ha lasciato in vita una potenziale testimone, ma si è premurato di liberarla. Almeno in parte.

– Non può essere stato un medico, un infermiere? Magari qualcuno che faceva parte dell'organizzazione e non voleva che ci fossero altri morti?

– Già. Però non lo sapremo mai, perché chiunque fosse è scappato prima che noi arrivassimo.

– Non so che dirle... Le chiedo io una cosa, però. L'uomo con la piovra ha... ha un nome?

– Da quanto ho capito ne ha parecchi. Perché le interessa?

– Volevo conoscere l'identità di chi stava per uccidermi, tutto qui...

– Le prometto che quando scoprirò quella vera, glielo farò sapere. Intanto ci sono alcune questioni che lei deve chiarirmi. Il suo documento falso, per esempio, Amanda Giardina.

– Sono nei guai?

– No. Pasca si è affrettato a raccontarmi una storia abbastanza plausibile.

Olga ebbe un tuffo al cuore.

– Gabriele? Che...?

– Facciamo cosí, gliela illustro io. Lei si limiti ad annuire se la ritiene corretta. Dunque, pare che Mizzi, un personaggio che noi conosciamo bene, ma che conosce bene anche lei per avergli tatuato una spada sul... sulle natiche, sia riuscito a procurarle la carta d'identità falsa. Giusto?

– Ma certo, Mizzi!

Come aveva fatto a dimenticarsene? Proprio lei?

– Sembra stupita...

– No, no. Sono molto provata e solo ora mi è tornato in mente il tatuaggio. Fu un lavoro complesso, sa? Dovevo riprodurre l'acciaio di Valyria.

– Immagino... Comunque, Mizzi le ha fornito la carta d'identità perché lei riuscisse a introdursi al *Diamond luxury resort* e cercare Melinda.

– Sí, è cosí.

Perché? Perché Pasca aveva mentito? Non sapeva quasi nulla di suo padre e niente del guaio in cui lei si trovava.

E Mizzi? Persino lui si era esposto.

– Quindi questa faccenda possiamo considerarla archiviata. Mi restituisca il documento e finisce qui. Resta però da capire chi le ha salvato la vita e in che modo lei, Olga, abbia fatto a resistere a certe torture. Perché è stata torturata, lo sa, vero?

Aveva annuito senza rispondere.

– Gabriele dice che è una specie di Rambo.

Olga sorrise. – Lui mi vede cosí, sí.

– C'è anche la testimonianza di Alma Kofler che depone a suo favore e che le fornisce un ulteriore alibi…

Come era possibile che quelle persone le volessero bene?

– Mi ha raccontato una storia alquanto bizzarra sul marito Alberto e sulla sua idea che nel centro benessere si svolgessero loschi affari. Alma sostiene che lei sia andata al *Diamond* per aiutarla a recuperare queste prove.

– Sí. Ho fotografato le cartelle cliniche…

– Ci saranno utili, le foto, dal momento che qualcuno ha bruciato le cartelle fisiche.

– Ma avete la chiavetta.

– Ecco, veramente ancora no. Immagino ce l'abbia lei. Dove?

– Nella fecola di patate nella dispensa del *Grotto Carza*. Il ristorante del parco avventura dei miei amici. La troverete lí, sempre che il cuoco non l'abbia usata tutta, la fecola dico, ma non credo.

– Giusto. Quale posto migliore per nascondere una usb? Manderò una persona a recuperarla e poi i nostri tecnici la analizzeranno. La chiavetta, non la fecola, – puntualizzò Marenzi facendole il verso con una certa ironia. – Però, senza cartelle cliniche, non c'è un collegamento tra le immagini nella pen drive e il resort.

– Nei film dicono che bisogna seguire la traccia dei soldi. Trasferimenti, transazioni.

– O la scia di morti.

Olga deglutí. Ce ne sarebbero stati altri?

«Papà...»

– Mi scusi, sono davvero stanca e...

– Ha ragione. Resterò in contatto. Anche perché ci sono ancora molte cose da chiarire. Molte.

– Non ne dubito.

– Mettere insieme i pezzi di questa faccenda è complicato. Spero che qualcuno alla fine confessi...

Parlava piú a sé stesso che a Olga.

Non si dissero altro. L'ispettore a quel punto si alzò e si diresse verso la porta. Ma lí davanti si bloccò di colpo.

– A proposito, – disse, – c'è Gabriele qui fuori che...

– La prego, no. Non lo faccia entrare.

– Avevo capito che... Be', senza di lui forse saremmo arrivati troppo tardi per salvarla, lo sa?

– Mi è stato detto.

– Ma?

– Ma preferirei non vederlo.

– Capisco –. In verità no, non lo capiva. In generale, non capiva le donne, non le aveva mai capite.

Olga, dal canto suo, temeva che, se lo avesse fatto entrare e lo avesse guardato negli occhi, non sarebbe riuscita a tacere.

E lei doveva tacere.

XLV.

10 ottobre, mattina
Trarego

Stava preparando le valigie. Doveva partire. Non subito, era ancora debole e in convalescenza, ma voleva essere pronta per quando quel giorno non troppo lontano sarebbe arrivato. Remington ci si era subito acciambellato sopra, facendo sprofondare la parte superiore. Persino lui stava cercando di farle capire che non doveva andarsene. Melinda se ne era andata in vacanza e le aveva affidato il gatto. Di nuovo. – In questo momento, credo sia piú utile a te che a me, – le aveva detto.

– Utile? In che senso? Remington non è utile a niente...

– Questo lo pensi tu, ha il suo scopo.

– Sí, quello di stressarmi.

– Facciamo cosí, me lo vengo a riprendere di ritorno dalla vacanza.

– Melinda, io devo dirti una cosa...

– Su Gabriele? So già tutto. Ci siamo parlati in ospedale.

– Scusa, io non sapevo che fosse lui quando... Mi ha rifilato una storia assurda, prima ha detto di essere un mediatore immobiliare e poi Dorothy...

– So anche questo, mi ha raccontato ogni cosa, be' tranne la vicenda di Dorothy, qualunque cosa significhi. E sí, certo, ci sono rimasta di merda. All'inizio. Gabriele mi piaceva parecchio, lo sai. Ma Olga, tu mi hai salvato la vita, capisci? Ti sei buttata alla cieca, rischiando la pelle.

Per me. Questo vale piú di qualsiasi uomo. Piú di Gabriele. Abbiamo parlato e ho capito.

– Capito cosa?

– Non spetta a me dirtelo. Ma posso invece dirti che a questo punto non puoi tirarti indietro, non sarebbe giusto.

– Io non mi tiro mai indietro, io...

– Eppure lo stai facendo.

– Non sai tutto.

– Forse no. Però so riconoscere le donne spaventate. E tu lo sei. Di che hai paura, Olga?

– Di cosa stai parlando?

– Okay come vuoi. Però, per correttezza: io sapevo della vendita di ovuli. Manuela ha provato a coinvolgermi, ma mi sono rifiutata, e non per moralismo, sia chiaro. Solo perché non voglio mettere al mondo bambini in questo schifo. E quando mi sono messa a cercare notizie su Grazia ho finto di cambiare idea e mi sono fatta ricoverare al *Luxury*. Ecco chi sono io, Olga. E non lo nascondo davanti alle amiche. Adesso cosa pensi di me? Sono una persona terribile?

– No! Non lo penserei mai!

– Esatto. E chi è Olga? Una che ha rischiato la vita per salvare quella di un'altra. Ecco chi sei. Riflettici. Quando torno vengo a riprendermi Remington.

E Olga sperava sarebbe accaduto presto. Doveva lasciare Trarego, Max, Sebi, Giacomina, Orazio, Ivana. Lasciava la sua famiglia.

Non poteva restare. Non finché suo padre era vivo e operativo. Di nuovo. Sempre che avesse davvero mai smesso di esserlo. E c'era ancora un fatto su cui far luce: la storia di Nardi e della bambina. Arrivata a quel punto non voleva piú nascondere la testa sotto la sabbia. Voleva sapere tutto. Poi avrebbe deciso come comportarsi.

Dove sarebbe andata non lo aveva ancora deciso. Forse a Londra, forse a Torre San Filippo. O forse in un posto che nessuno si aspettava. In un posto dove, lo giurò a sé stessa, non avrebbe piú instaurato legami di alcun tipo.

– Avevi ragione, papà, – si disse. – Hai vinto.

Lei era comunque una persona chiave per l'indagine e l'avrebbero cercata. L'inchiesta era appena cominciata e Olga aveva il sospetto che si sarebbe conclusa, chissà quando, con un nulla di fatto. Avevano arrestato solo pesci piccoli, Manuela, Luigi Toffolo, il suo assistente, quattro infermiere. Chi manovrava realmente il giro di vendita di ovuli? Chi c'era dietro ai killer a pagamento? E davvero era solo per denaro? Sospettava che non lo avrebbero mai scoperto, suo padre si sarebbe premurato di impedirlo.

Non era riuscito però a impedire che Toffolo raccontasse cosa era accaduto. Glielo aveva riferito Marenzi durante una delle loro ultime conversazioni. O meglio, Marenzi le aveva parlato per cercare di capire qualcosa di piú della breve confessione di Toffolo. Olga non gli era stata di grande aiuto. In compenso lei sí, aveva capito. Eccome se aveva capito. E aveva deciso di partire.

«Tanto mi ammazzerà comunque», aveva balbettato Toffolo a Marenzi.

«Chi?»

«Lasci perdere».

«Qui nessuno ammazza nessuno».

«È un inguaribile ottimista, lei».

E Olga non poteva che essere d'accordo. Suo padre sarebbe presto intervenuto.

Poi il medico aveva cominciato a parlare. Pamela Scotti non poteva piú avere figli dopo l'intervento per il cancro alle ovaie e sembrava impazzita. Desiderava riprendersi ciò che era suo e che aveva incautamente venduto. Il figlio nato dal suo ovulo. Stava cominciando a diventare troppo insistente e rischiava di mandare a monte tutto quel lucroso affare. Manuela non era riuscita a tenerla a bada e durante l'ennesima scenata Toffolo aveva perso la testa. L'aveva aggredita, proprio al resort, nella sala operatoria, e l'aveva colpita alla testa davanti agli occhi esterrefatti di Zecchi. Con piú violenza del previsto, dato che lei aveva smesso di urlare. Per sempre. L'organizzazione non aveva gradito e aveva chiamato un ripulitore perché facesse passare per incidente l'omicidio. Toffolo era ricattabile e non avrebbe parlato. Invece Zecchi era un problema, e ancora di piú lo era Grazia, con cui lui si era confidato. Cosí al ripulitore era stato chiesto un extra, ma si era trovato a dovere risolvere la telefonata che Grazia aveva fatto a Melinda e la faccenda di quella chiavetta nascosta di cui ignorava l'esistenza.

«Di quale organizzazione sta parlando? Chi è il ripulitore?» aveva incalzato Marenzi.

«Gliel'ho detto, lei è un'ottimista. Non aggiungerò altro. Adesso chiamate il mio avvocato».

E cosí era stato. Toffolo si era chiuso in un ostinato mutismo e l'ispettore aveva cercato lumi da Olga. Ma cosa poteva dirgli? Che presto o tardi al medico e a tutte le persone implicate sarebbe accaduto qualcosa di brutto? Che lei conosceva di persona e intimamente l'uomo che avrebbe ammazzato Toffolo e chissà quanti altri? Doveva sparire il prima possibile.

Aveva avuto un solo tentennamento dopo quella telefonata. L'articolo di Pasca. Si era anche commossa nel leggerlo. Parlava di donne, di fragilità, di violenza, di ossessione per la perfezione a ogni costo. «Nella storia che sto per raccontarvi, – aveva scritto, – le donatrici, per quanto non siano da considerarsi vittime involontarie di uomini senza scrupoli, sono pur sempre vittime. Sono, ancora una volta, le donne. Ma la loro forza ha, ancora una volta, sparigliato le carte e ci ha condotti a una vittoria che è tutta loro».

In effetti una donna aveva dato il via alla storia. Pamela Scotti. Pamela, che aveva donato i suoi ovuli per due soldi e dopo aveva scoperto di avere un tumore alle ovaie, Pamela che desiderava disperatamente sapere dove fosse il figlio nato dal suo ovulo, Pamela che si presentava al *Diamond resort* per chiedere ai medici di essere ricevuta. Pamela era diventata una donna ingombrante ed era stata uccisa per questo. Poi era arrivato il turno di Grazia, che era riuscita però a parlare con Melinda. E infine Melinda che, senza volerlo, ci aveva trascinato dentro Olga. Tutte donne forti, determinate, combattive. Donne che avevano dato il via a una scomoda concatenazione di eventi che l'uomo con la piovra non era stato in grado di gestire. Perché le donne erano state piú scaltre, piú imprevedibili, piú tenaci di quanto avesse previsto.

«Gli uomini ti sottovaluteranno sempre perché sei una donna, – le aveva detto il padre. – Approfittane».

Mise il giornale in valigia. Voleva portare qualcosa di Gabriele con sé.

XLVI

10 ottobre, primo pomeriggio
Trarego

– Remington, esci dalla valigia! – gridò.

Lui la fissò per qualche secondo poi si alzò. Olga credette di averla avuta vinta, ma quello girò su sé stesso e crollò di nuovo tra i vestiti, stavolta dandole le spalle.

– Ah è cosí che mi ubbidisci? E se questa sera non ti dessi da mangiare?

Roba da matti, stava parlando con un gatto. Lo minacciava, addirittura.

Follia per follia, meglio andare a trovare Giacomina e perché no, farsi leggere le carte. Forse il Nardi poteva dirle qualcosa di importante sulla bambina.

– Quando torno, vedrai! – concluse guardando Remington, che non si mosse. Anzi, aveva cominciato addirittura a russare.

Era strano. Gli voleva bene. Ed era strano anche che gli ultimi giorni li avesse trascorsi sempre con Max e Sebastian. Come se fosse la cosa piú naturale del mondo. Come se non avesse alcuna intenzione di partire. Un'intenzione che, in realtà, non era riuscita a confessare nemmeno a loro.

– Allora io vado!

Niente.

– Sto andando, eh?

A quel punto, il gatto mollò una puzza.

– Ma Dio mio!

Olga corse ad aprire la porta, tanto doveva comunque uscire. Peccato che in piedi, sulla soglia, pronto a suonare il campanello, ci fosse Pasca.

– Stavi andando da qualche parte? – le chiese.

– Gabriele…

– Sí, in effetti questo è ancora il mio nome. Sono stupito che te ne ricordi, – e cosí dicendo, entrò in casa senza chiedere il permesso.

– Che fai? Non puoi…

– Mi darai un pugno?

– No, che dici…

– Gesú santo, cos'è questa puzza?

– Scusa, è stato Remington…

– Dagli dei fermenti lattici. E queste? Cosa sono?

– Valigie.

– Lo vedo. Stavi davvero andando via?

– Sí, be', non subito.

– E Remington? Lo lasci qui? Perché nel trolley non entra.

– No, lui non ci entra, ma non sarebbe venuto con me in ogni caso.

– Giusto, si è troppo affezionato, quindi meglio liberarsene, no?

– Se lo dici tu…

– Come stai?

– Bene.

– Mi sono tanto spaventato, lo sai, vero? Ti importa?

– Certo che mi importa, ma… È complicato, e come vedi sto bene.

– Olga, che tu ci creda o meno, adesso sono un uomo coraggioso.

– Lo sei sempre stato.

– Davvero? Comunque, non ha importanza. L'importante è che ora ho capito di esserlo. Non c'è nulla che io non possa sopportare. Qualsiasi cosa sia. Sono disposto a correre il rischio. Però apriamo una finestra perché cosí si muore!

– Di che stai parlando?

– Di Remington!

– Intendevo dire di cosa stai blaterando! Sembri Giacomina quando legge le carte.

– Mettiamola cosí. Vuoi uscire con me?

– Eh?

– Un appuntamento vero. A cena. A mangiare... cioè, ovvio che a cena si mangia, ma volevo che fosse chiaro...

– Non può funzionare. Io non funziono. Melinda...

– Melinda ha capito prima di me.

– Che cosa?

– Che ti amo. Che posso sopportare qualsiasi cosa tu voglia dirmi del tuo passato. O del tuo presente, se è per quello. Insomma, di te.

Olga crollò sulla poltrona. Nessuno, nessuno mai l'aveva amata. Dubitava che lo avesse fatto persino suo padre. Né aveva potuto amarla a lungo sua madre, semplicemente perché, un giorno, se ne era dimenticata.

Questo le rammentò che sarebbe accaduto anche a lei.

– Ricordi la scena finale di *Harry ti presento Sally*? – proseguí lui.

– No.

– Quando Harry dice a Sally che nel momento in cui ci si rende conto che si vuole passare il resto della vita con una persona, si spera che il resto della vita cominci il prima possibile?

– Stai dicendo che vuoi passare il resto della tua vita con me?

– No, cioè sí, non lo so, cosí su due piedi. Ma era la frase adatta alle circostanze ed erano decenni che sognavo di dirla.

– Ah, mi hai fatto spaventare. Tutta la vita insieme è un impegno importante.

– Però è vero che ti amo.

– Non è possibile.

– Sí che lo è, giuro!

– Non puoi amarmi. Io sono una brutta persona.

– È questo che ti racconti? Olga, le colpe dei padri non ricadono sui figli.

– Che ne sai?

– No, io niente, lo ha scritto Shakespeare. «I delitti non sono ereditari come le terre» da *Timone d'Atene*, credo.

– Volevo dire, che ne sai di mio padre e dei suoi…

– Dei suoi?

– Niente…

– È stato lui a tirarti fuori da lí?

Olga trasalí. Per quanto fosse percettivo, come era possibile che Gabriele avesse immaginato una cosa simile? Non c'era alcun nesso tra suo padre e il resort. Ma Pasca era pur sempre un giornalista, e pure bravo. Aveva indagato? Si era messo in pericolo? Suo padre non lo avrebbe risparmiato di nuovo.

Adesso comprendeva il significato delle bugie bianche. Certo, era complicato vivere in mezzo alla gente normale.

– No. Non so davvero chi mi abbia salvata, – mentí con determinazione.

– Certo, certo. Tuo padre non ti avrebbe lasciata lí a morire dissanguata, giusto?

– Giusto, – annuí, sempre con determinazione. Ma le tremò appena la voce. E lui forse capí, però non disse niente.

– Resta, Olga. Combatti. E vieni a cena con me.

– Stasera?

– Sí, solo una cena, non ti chiedo altro.

– Posso farlo. Ma poi andrò via.

– Vediamo. Ricorda che sono cintura nera di sesso e baci.

– Gabriele, io però non so se ti amo... Voglio dire, non so se so amare. Non sono una donna coraggiosa, – disse, e gli sorrise. – Era una citazione.

– Certo che mi ami! – e si inginocchiò di fronte a lei, poggiandole le mani sulle gambe. – Altrimenti perché mi colpiresti tutte le volte che mi vedi?

– È un ottimo punto di vista, in effetti.

Gabriele cominciò ad accarezzarle i fianchi. – Non sto molto comodo...

Olga sorrise di nuovo. – Okay, una sola sera, però, e basta, – e si sporse verso di lui, appoggiando la fronte sulla sua.

– Per me va bene.

– Non funzionerà... – disse Olga.

– Dammi un po' di fiducia. Cominciamo?

– Ora? Ma sono le tre del pomeriggio.

– Il vantaggio dei perdenti. Se facciamo partire la cena adesso, magari tra otto ore ti ho convinta.

Olga gli prese il viso tra le mani e lo baciò.

Lo amava, e proprio per questo doveva sparire. Aveva un passato sepolto per anni che gridava per uscire allo scoperto. Non voleva piú essere una complice.

– Mamma prima di morire mi disse: «Quello che devi capire è che in scena bisogna andare nudi! Impara a spogliarti». All'epoca non compresi... in verità all'epoca non comprendevo proprio mia madre. Non la ascoltavo...

– E ora?

– Ora credo di avere capito che cosa intendesse.

– Ottimo. Sarei andato d'accordo con lei. Cominciamo?

– A fare cosa?

– A spogliarci!

Olga scoppiò a ridere e si lasciò guidare.

«Papà, – pensò mentre Pasca le sfilava la maglietta. – Ti darò la caccia. Te lo prometto, scoprirò la verità sul tuo conto. Ma non adesso. Non ancora. Adesso voglio essere amata. Almeno per una sera».

Ringraziamenti.

Credevate a 'sto giro di esserveli risparmiati? E invece no!

Dopo la pandemia, ci sono i ringraziamenti della Moscardelli. Chi mi legge sa quanto sono importanti per me. Che periodo che abbiamo passato, chi lo avrebbe mai detto? Non bastavano i cartoni animati degli anni Settanta ad averci lasciato dei traumi indelebili, ci voleva anche una pandemia globale! Siamo stati messi a dura prova. Tutti. Chi era solo, chi in famiglia, nessuno escluso. Siamo cambiati, era inevitabile. E Olga Bellomo è il risultato dei miei cambiamenti. Spero davvero vi piaccia.

E allora si parte!

Non posso non cominciare con Max e Sebi. Siete nel libro, ma soprattutto siete nella mia vita e questo mi riempie di gioia! Grazie per avere accettato di essere i compagni di Olga, ma soprattutto grazie di essere i compagni della sottoscritta! I miei angeli custodi. E grazie a tutta Trarego Viggiona, per avermi ospitata l'anno scorso nel periodo piú buio della mia vita. Non posso non ringraziare i genitori di Sebastian, che ho amato fin dal primo momento.

Adesso attacco...

A mamma e papà, perché è merito loro se sono nata. Podalica, ma è pur sempre meglio di niente. Ringrazio mio zio Caco per essersi preso cura di me e mamma. Ringrazio mio fratello Nicola, Valentina e Rosetta. Il mio amato nipotino Matteo. I due giorni che abbiamo trascorso a Milano tutti insieme, noi quattro, sono stati tra i piú emozionanti della mia vita (anche per il furto del portafoglio). Un pensiero speciale a chi mi ha visto crescere, che non c'è piú e che mi manca tanto e a cui non smetterò mai di pensare: Alida, Gianna, babbo Giuseppe, babbo Santo. Un ringraziamento sconfinato va ai miei amici, gli svalvolati nel mondo, che mi dànno la forza di andare avanti, tutti i giorni. Senza di loro la mia vita non avrebbe la stessa forza. Sono il mio motore, soprattutto quando c'è un virus in circolazione. Grazie alla mia eterna Mateldina, che ci seppellirà tutti, purtroppo per lei, e che neanche il coronavirus ha abbattuto (per fortuna), mi butterei nel fuoco per te, amica mia adorata; a Gianluca e al loro nanetto Giovannino, a Michela (che ci vuoi fare, Michi, sopravvivremo nonostante le nostre pazzie!), a Chiara (non ti preoccupare, invecchieremo insieme, tu mi aiuterai a entrare in acqua e io continuerò a farti le foto dicendoti di coprire le tette. Mi dà conforto pensarci cosí. Stacco! Ti sei fidanzata a tre giorni dal trasferimento a Milano!!! E io che sono qui da tredici anni, niente! Povero Antonello, o anche Santonello, come amiamo chiamarlo), a Luca, mio adorato. Che mi accogli sempre a Singapore nei momenti piú difficili della vita. Solo tu potevi trascinarmi nelle Filippine. Quanto tempo è passato da quando ci guardavamo *Kiss Me Licia*? (In fondo poi neanche tanto), a Susanna (la nostra forza, il nostro problem solver. Susy, non fosse stato per te, starei ancora a Malpensa. Ci voleva una pandemia per farti svalvolare, ma conto sulla tua eccezional capacità di ripresa), a Michele che è un padre straordinario e fiero. Ne abbiamo passate tante e mi conforta anche solo pensarlo. A Giulia (gli anni a studiare, a mangiare tanto, a raccontarci di noi. E siamo ancora qui a ridere e a scherzare con il cuore), ad Anna, che ne ha passate tante ma che ogni volta trova la forza di rialzarsi e a cui starò sempre vicina. A Marta, ci siamo ritrovate, ci siamo dette tutto e anche di piú. Ci siamo sostenute durante questa pandemia. Ma in fondo, ci eravamo mai davvero perse? Quel che si è condiviso in certi momenti non si dimentica mai. Se quei banchi di scuola potessero raccontare la nostra storia... A quei pazzerelli di Filippo e Carlotta (soprattutto le camicie di Filippo e il mercato della finanza, soprattutto Carlotta, che lo sopporta). Al Bozzoloni, nonostante abbia comprato un lavello della cucina a filo che nessuno ha capito cosa fosse. A Saretta mia, quando mi sei venuta a trovare a Milano è stata una gioia. Amici cari, non sapete quanto io vi voglia bene e nei mesi in cui temevo che non vi avrei piú rivisti, chiusa in Lombardia, mi dicevo che almeno avevo condiviso con voi momenti bellissimi. Siete sempre con me, da piú di trent'anni (fa impressione pensarlo e anche scriverlo) e spero lo sarete per gli altri cinquanta, non di piú, a venire (perché non credo vivrò cosí a lungo, per fortuna). Le restanti rate del mutuo le lascio a voi. Ringrazio la mia adorata Montanucci (mi spiace, ormai ti conoscono tutti cosí), la mia unica e vera congiunta durante la pandemia. Se non ci fossi stata tu accanto a me non so davvero che fine avrei fatto. A tutti quelli che adesso ti chiedono come hai trascorso il lockdown tu rispondi: «Come credete lo abbia trascorso? L'unica persona che vedevo era la Moscardelli!» Lo so è stata dura, ma è finita! Sei andata a vivere a Bologna pur di non vedermi piú. Lo capisco. Ma sei stata e resterai sempre la compagna di mille avventure e custode dei miei segreti piú intimi (e spinti). Non potrei vivere senza di te, sappilo! Mi tocca aggiungere, e lo faccio con immenso tripudio, anche Simone, maschio alfa. Prenditi cura di lei! E ringrazio i tuoi adorati Marisa, Mario, Milena, la splendida Alice e il futuro uomo della mia vita, Enea. Lui sa già tutto. Non posso non ringraziare la mia cara Veronica e i suoi adorati genitori che mi sopportano tutti i Natali. Soprattutto Bruno e Duilio, mio attento lettore, Toni, il papà di Luca, Vittoria, mamma di Anna. Andrea, Antonella e il loro erede: perdonatemi se non mi sono ancora piazzata nella vostra nuova casa milanese, ma vedrete che lo farò presto e rimpiangere i giorni senza di me! Alessandro. Non ci sei piú, ma ti porterò sempre con me, ovunque andrò. Mi piace pensare che hai vissuto come volevi e te ne sei andato quando hai voluto tu. Il Campelli, il mio Pierpino e il mio pazzo e adorato Vignola. Fabiana e Patrizio (a cui ho dato il primo bacio, quello che non si scorda mai). Ringrazio Eloisa per avermi fatto quasi amare l'adolescenza (quasi). E Marco, che sí, mi ha rotto la tazza del cesso, ma resta una gran bella persona, un amico sincero. Ringrazio Brunella, che ha sempre creduto in me, a dispetto di tutto. «Mi rimarrai sul groppone», mi ha detto un giorno. In effetti cosí è stato, poveretta. E continua a esserlo nonostante il trascorrere degli anni. Brunella, mi hai fatto il regalo piú importante del mondo e non lo dimenticherò mai! Senza di te non avrei realizzato il mio sogno. Un grazie di cuore a Francesca Longardi, che fin da quando eravamo ragazze mi spronava a scrivere, e ai suoi figli, che ormai andranno all'università ma che io non ho visto nemmeno a due mesi. A Valentina Francese, con cui ho condiviso moltissimo, alla mia adorata Marella Paramatti che si prende sempre cura di me a ogni festival di Mantova ormai da quindici anni, se non di piú. Ti voglio bene, Marellina mia. E Olivia è bellissima. Ringrazio i miei cugini, Sara, Lorenzo (bello come il sole), Giovanna e Piero. Laura cara, ci siamo ritrovate, e zia Graziella. Giorgio e Lella per l'affetto di sempre. Margherita e Giulio, Sandra e Mario. Ringrazio Valeria, per la sua classe («Meglio piangere in una Rolls-Royce che in una Cinquecento» è opera sua), Tiziana e Patrizia, Patty, Paola, Monica, Chicca, Angela, Sabrina, la mia estetista e amica, e Katia, che ha ereditato qui a Milano il suo lavoro. Elisa, che mi ha dato tutte le informazioni «siciliane» per scrivere questo libro, i segreti custoditi a Torre San Filippo e che anni fa, durante un viaggio in Sicilia, ci ha accolte a braccia aperte con cibo meraviglioso e affetto e non ci ha piú lasciate. Antonietta, Raffa, Annetta, Gabriellina. Ringrazio i miei colleghi passati, quelli della Pierrecci, la mia amica Lisa Severoni, quelli della Play Press e della Christie's, soprattutto Mirella, con i quali ho condiviso tanto, e le ragazze della Vivalibri: Michela, Agnese, Daila, Claudia e il mitico Angi!!! E Manu che cosí sapientemente aveva attivato la pagina Facebook sulla *Gatta morta*. Chiara, per la sua eleganza, che dimentica solo a Mantova, di fronte alle patatine. Francesca, che è cresciuta tantissimo, troppo, nonostante me, e Vanda, i miei amici del mare, che non scorderò mai: Francesca Cavaliere, ci vediamo sempre troppo poco, Claudia e Marilena, Stefano, Massimo, Ale e Paolo. La mia amica d'infanzia Claudia. Laura Mercuri, cara amica. Le mie compagne di classe del mitico liceo De Sanctis, su tutte Laura, che ho ritrovato grazie ai libri, Alessia. I miei professori: chissà se avranno riconosciuto nell'autrice quell'allieva tanto timida che si presentava in classe con le pantofole e, a volte, con la busta dell'immondizia ancora in mano. E che dire dei miei ultimi undici anni milanesi? Un grazie gigante alla mia Nuvolina che ce l'ha messa tutta per riuscire a scappare da me e alla fine ce l'ha fatta. Purtroppo per lei, però, è finita a Roma! Non era meglio restare con me??? Ti voglio bene, amica mia, e non mi sfuggirai. Mai. E lo dico senza alcuna minaccia. Sei un pezzo della mia vita ormai. Ringrazio Baccomo che, suo malgrado, è mio amico. Lo so che mi vuoi bene e anche io te ne voglio, tanto! Ti ho conosciuto la mia prima settimana milanese e senza neanche accorgercene (tu forse sí) sono passati tredici anni. Sono stata proprio fortunata, anche senza il famoso cinema. Sarai un padre eccezionale della tua tenerissima Eva. Brava Ilaria, che con tanta pazienza (ora ha anche la colite) ti sopporta e sopporta me. Ringrazio la mia amata Bosco, che ha pensato bene di fuggire prima della pandemia e che mi manca tutti i giorni, non sai quanto. Ne hai passate tante, ma hai resistito! Sei la mia anima gemella, il bastone della mia vecchiaia. Bosco, un giorno, tu lo sai, noi ne rideremo dalla nostra casa di riposo nel Kentucky con appeso alle nostre spalle il calendario quattro stagioni della Brubi. E abbracciate al cuscino, che forse saranno riusciti a consegnare… Forse. Un posto speciale lo hanno le Combattenti! Maruccia, forte, coraggiosa, nuova compagna di vita e di viaggio, e Anto, unica, inimitabile. Siete donne forti, coraggiose, belle. Diciamocelo! Siete le mie adorate combattenti.

Foresto mia!! Ti sei presa un posto gigante nel mio cuore e lí resterai sempre! Un'estate incredibile che ci ha unite piú che mai! E Cristina, donna straordinaria, che ci ha accolte e accudite questa estate. Tu lo sai, il mio posto è lí da te, a Bellaria.

A Serenella per le giornate spensierate in spiaggia.

Un grazie gigante a Silvia Tomassetti, unite piú che mai dopo la nostra giornata a Sanpa.

Menzione speciale a La Mario, che mi ha insegnato a essere donna. Perché lei lo è. È una donna forte, determinata, ma anche fragile e sincera. Oltre a essere bella, tanto bella, in tutti i sensi. Felice di averti nella mia vita.

Grazie a Nadia, la mia tatuatrice, e amica. Cosa avevo detto? Uno solo poi basta? E grazie per avere ceduto sulla fatina!

Un grazie gigante alla Broc per la sua unicità. Ringrazio la Codeluppi per la nostra amicizia, intensa e solida. La ringrazio perché ha dato prova durante questo anno per lei ancora piú difficile del nostro, di avere un coraggio da leoni, anzi, da leonesse (non sono per il politicamente corretto). Gregorio è una meraviglia. Viola che mi manca tanto (anche lei ha Lorenzo). Ringrazio Coratelli (Fernando, sí, proprio «quel» Fernando) e il suo messaggio! La Ted (e va bene, pure Alí, anche se è un uomo inutile e lui lo sa), la Gabri per le nostre chiacchierate e il suo scoglio che è diventato un po' anche mio. Un grazie speciale al mio amato Capacchione per l'affetto di sempre e il supporto incondizionato. A Eugenio e Gianfranco, che non mi invitano mai a casa loro ma mi amano, io lo so, e io amo loro! A Joseph ed Enrico, ai loro capolavori culinari e a tutto il gruppo del tacchino! Vi voglio bene, ragazzi! Ringrazio di cuore il mitico signor Amedeo!!! Se non fosse stato per lui, non avrei comprato casa. Lui è il vero principe azzurro. E anche Katia Valastro che mi ha seguito con amore. Ari e Bianca e il mitico dottor Spadaro. La Fiaccarini!!! Non mi ha ancora presentato un uomo ma mi ha fatto una casetta che è una siccheria. Ma soprattutto mi sopporta e mi fa la Angel Cake!! Un grazie alla cara Angela, dell'*Hotel Broletto*! Un grazie speciale a Paola. Paola, tu lo sai, un giorno io e te in un *riad* a farci massaggiare. Alla faccia di tutti! A Ketty e Orecchiuzze. La mia cara Deborah, che cerca di restaurarmi ogni volta, e Agostino caro, anche se dopo che mi ha fatto bionda platino... L'Octopus tour! Soprattutto Manuel e Paolo, mi sembra sia passato un secolo, e forse è cosí. Il mitico gruppo Islanda 2000. Bruno e l'operazione protocollo, Patatone, il Capitano, Peppiniello e la Marino. Stefania Grisi, per le nostre chiacchierate a Salerno che ci hanno unito piú che mai, e alla cara Manuela conosciuta in un fine settimana improbabile e proprio per questo ormai amiche! Il gruppo del Caucaso! Tutti, nessuno escluso, in primis Cipollino! e quello dell'Iran! Ragazzi, che viaggio incantato e quanto sono belli gli iraniani! Siete stati dei compagni di viaggio stupendi. Ringrazio Ahmed, la luce del mio occhio! Alle ragazze del dottor Bosio e a Caterina (che ha dovuto riaprire lo studio in pieno lockdown per un ascesso al dente), soprattutto Barbarina, Manuela e Morena. Fabiola e Micol che da quando è partita la Montanucci si sono ritrovate me sul groppone (Elisa, non so se te la perdonano questa)! Ringrazio Marchino mio, quanta strada hai fatto? Sei il mio orgoglio. Orsola per le nostre chiacchierate leccesi. Ringrazio le mie colleghe dell'ufficio stampa, e i colleghi (uniti dal dolore). Paolo Perazzolo e Francesca, amici cari. Cristina Taglietti, per l'affetto e le chiacchierate, quando ci riusciamo, la Pezzino (che mi ha fatto dono della madonnina greca, la porto sempre con me, e quando me l'hanno rubata... che dolore. Per fortuna è stata ritrovata!), sei una donna forte e lo dimostrerai, io lo so! Sara Rattaro, anime gemelle, amiche. La stanza con i fenicotteri ormai è tua per sempre. Sei una persona speciale, non dimenticarlo mai e ti meriti l'amore. Lucia Caponetto con la sua splendida voce. La Bergy per la sua forza e Valentina, la Maccagni e la Galeani. Barbara Baraldi, ci hanno separate alla nascita, ma ora ci siamo ricongiunte. Bruno Morchio e la sua Genova, ad Arianna che è diventata una scrittrice bravissima! Ringrazio i miei vecchi capi, tra tutti Sergio Fanucci, il mio mentore, con cui ho trascorso degli anni intensi e felici e che mi ha insegnato tanto. Non ti dimenticherò mai. Ringrazio Alessandro Dalai, Pietro D'Amore e Stefano Mauri. Un grazie speciale ai miei

vecchi colleghi della Garzanti, che comunque mi hanno sopportato
per quattro anni (non sono pochi). Fusillino mio, Cecilietta, Barbarina, Mottinelli! La mia adorata e unica Graziella, per l'entusiasmo,
la passione e la forza vitale che mette tutti i giorni sul lavoro, l'insostituibile Zanon, Elisabetta e infine Cocco! Che, in fondo in fondo, mi vuole bene. Francesco Colombo e il suo elegantissimo pigia-
mino a righe, Guglielmone (anche lui, che maschio!), Valentina, che
mi cura la pagina Facebook, Luca Ussia e i suoi malumori. Ma nel
mio cuore c'è posto solo per LUI, Filippo Vannuccini, ultimo maschio
rimasto sulla Terra. Ma maschio proprio, eh! Tenero, sexy, ironico,
figo! E mi tocca ringraziare anche Carlotta, la moglie, beata lei, per
avermi supportato in uno dei momenti piú importanti della mia vita: il rogito! Tommasellino mio, Losani, la mia Crosettina, Alberto
Rollo, con cui ho condiviso un anno di cammino, bello, intenso, unico. Claudia, Lisi, che sa sempre tutto su qualsiasi argomento, Laura,
Francesca. La mia adorata Anna Manfredini. Ce l'hai fatta! Ti sei
sposata, e io c'ero!!! Benedetta Centovalli e Alessandra Carati. Romano Montroni e la cara Piera che il grande affetto e per le nostre
giornate bolognesi, Amanda Colombo e il Gigi (visto che stavolta
non l'ho dimenticato? Amica mia, prima o poi mi farete conoscere
un maschio alfa della contrada, vero?). Ringrazio Andrea Vitali che
mi sprona sempre e ha fiducia in me, che si è offerto di ospitarmi al
lago (se ne pentirà, forse, quando mi piazzerò da lui!) e Manuela che
mi legge sempre! Claudio Magris, per il tempo che abbiamo condiviso e che per me è stato un bene prezioso, Francesco Magris, amico caro e mio grande lettore, che mi ha fatto la bellissima sorpresa
di venire a Milano a una mia presentazione, Cristina Caboni, Silvia
Meucci, amica cara, compagna di bevute, il mio amato Bertante (prima o poi cederai alle mia avance), Caterina Bonvicini, Paola Zan-
noner, Vito Mancuso e Jadranka. Joe Lansdale, Karen e Kasey, per
l'affetto che sempre mi dimostrano. Antonella Boralevi, per le nostre giornate in via Bagutta, Rita Monaldi e Francesco Sorti e i loro
figli, Atto e Teodora. Avete ospitato me e Anna nella vostra favo-
losa casa a Vienna e abbiamo trascorso una settimana meravigliosa.
Ci avete trattato come due regine. Siamo partiti malissimo, ma siamo finiti benissimo! Marilú Oliva, Marina Marazza, Romana Petri,
la mia adorata Clara Sánchez. Marco Drago e Valentina Colosimo
per quella cena di Natale in piena pandemia. Ero sola e voi vi siete
presi cura di me. Ringrazio Giorgio Faletti, che non c'è piú e che mi

manca tanto, e Roberta Bellesini. Ringrazio dal profondo Alessia Gazzola, che mi ha aiutato a «riesumare» uno scheletro! Ah, se qualcuno avesse letto i nostri messaggi in quel periodo ci avrebbero rinchiuse a Rikers! Massimo Carlotto e Colomba Rossi, che mi vogliono tanto bene, spero, e mi sopportano. Roberta Mazzoni e Susanna Tamaro che mi hanno spronato e dato fiducia. Bruno Ventavoli, che ha creduto in me, e che continua a farlo. Lui sa che potrebbe essere un uomo uscito dalla penna di Nicholas Sparks o il mio Terence! Isabella Borghese, l'adorato Sandro Catani! Stefano Bon, Matteo Cavezzali, per tutto, ma soprattutto per quelle due splendide giornate in montagna. Emilio Marrese e Romano De Marco per la loro ospitalità. Maurizio Lazzati e Luciana Fredella. Laura Busnelli, Gabriele Dadati, Anna Cherubini. Il Panel Lucano!!! Ragazze, con voi ho trascorso quattro giorni meravigliosi, all'insegna dei peperoni cruschi e del sangue!!! Francesca Guido, io e te poi abbiamo una lunga strada davanti, Michela Gallio (Michi, ormai siamo inseparabili, lo sai!), Anita Pietra e Alice Fornasetti. Ringrazio Maria Cristina Guerra, unite per sempre da una comune spada di Damocle sulla testa, sai di che cosa sto parlando, no? Un grazie gigante alla cugina di Matelda, Silvia, e a Mimmo! Ragazzi, che pazienza... per la prossima pandemia vi conviene trasferirvi lontano da me o staccare il citofono. I miei amici condomini!!! Tutti! Soprattutto quando scrivete in chat che la porta d'ingresso della Moscardelli è spalancata e io sono dentro in pigiama e non mi sono accorta di niente. Prendersi cura di me è faticoso, lo so. Ma voi lo fate egregiamente! Con menzione speciale ai miei dirimpettai, Elena e Max, cari amici, per le serate in cui mi accolgono a cena da loro, per gli aperitivi distanziati durante il coronavirus, per esservi presi cura del mio amato Rhett! Sono stata davvero fortunata a trovarvi, voi forse un po' meno. Ero proprio a cena da voi la sera in cui Conte ha annunciato il lockdown. Grazie a la Gabri e la Titti della vineria *Tut a Post*. Se non ci siete ancora stati, be', andateci di corsa. Si prenderanno cura di voi. Un grazie alla mia dietologa, Paola Mirabelli. Quanti chili mi hai fatto perdere??? E non ho mica finito! Credevate me ne fossi dimenticata? Non potrei, mai. Ci siete voi, le mie lettrici. Che non siete solo delle lettrici, siete delle amiche. Amiche che mi avete sostenuto fino a qui, che mi avete dato la forza di continuare a scrivere anche quando credevo che non ce l'avrei piú fatta, quando ero amareggiata e delusa. Delle amiche che spero ogni volta di non de-

ludere e che ringrazio di cuore. Siete voi la mia forza. Grazie per
essermi state sempre accanto e avere creduto in me. Su tutte Livia,
Loredana e Serena (che prima o poi organizzerà anche il mio di ma-
trimonio!) Il gruppo di Trieste, quello di Bologna e di Torino. Che
serate. Alla cara Angela Iantosca, che mi ha fatto scoprire un posto
straordinario. A tutti gli abitanti di Strangolagalli! Siete fantastici.
Mi avete accolto nel vostro piccolo borgo e io mi sono sentita pra-
ticamente a casa. Quando ho presentato *Teresa Papavero e la maledizione di Strangolagalli* in piazza Fica mi avete fatto commuovere
(soprattutto per la scelta della location). Grazie ai miei nuovi compagni di avventura in Solferino. Luisa Sacchi, Carlo Brioschi, Michela Gallio (nominata ben due volte nei ringraziamenti), Giovanna
Canton, Rossella Biancardi, Beatrice Minzioni, Valentina Ciolfi,
Domenico Errico, Virginia Rossetti, Sara Botticini, Valeria Fazio,
Antonella Acquaviva e Monica Moriggi, unica e insostituibile, Elena Grimi. La mia amata Stella Boschetti, per le confidenze, i pran-
zi, le chiacchiere. Un giorno mi inviterai a cena??? Se Paolo Soraci
è d'accordo… Un grazie gigante a Caterina Balivo per avermi fatto
trascorrere la settimana piú emozionante della mia vita, in televisio-
ne con lei a *Vieni da me* durante Sanremo. C'è qualcosa che potrei
desiderare di piú? Hai creduto in me, mi hai voluta e te ne sarò in-
finitamente grata. A te e a tutti i ragazzi e le ragazze della redazione. E poi i mesi indimenticabili a *Ogni mattina*, con Adriana Volpe.
Sono state settimane pazzesche e le devo ad Antonio Sellitto e Ce-
cilia Tanturri. Mi avete regalato una possibilità e l'opportunità di
incontrare persone che mai avrei immaginato di conoscere. Tra tutti, Cristiano Pasca e il Nardi! Ringrazio le truccatrici e le costumiste
(Anna cara) che si sono prese cura di me e che mi hanno trasformata in una principessa. Da brutto anatroccolo a cigno. Grazie a tutte
le ragazze di *Mica pizza e fichi* (ormai sono una di voi) e a Tinto! Un
ringraziamento piú che speciale a tutti i librai e le libraie che in questi anni mi hanno sostenuta. Siete tantissimi e vi voglio un bene
dell'anima. Un grazie a tutte le ragazze e i ragazzi che lavorano nelle librerie indipendenti, nelle Ubik, nelle Giunti al Punto, in particolare Roberta Rodella, e nelle Feltrinelli, alle Pieralice (brave, brave), le mitiche Manfrotto, belle e brave, ai Nicolini (Luca, mi man-
cherai moltissimo, eri una persona speciale), a tutte le ragazze del
festival di Mantova, a Lidia Mastroianni e al suo cagnolino, a Me-
tella Orazi, Giuditta Bonfiglioli, Barbara Sardella, Rossella Pompa

(sono devastata, lo sai), Valeria De Vitis, Cinzia Zanfini e Monica (ragazze, la nostra Bellaria ci aspetta ormai ogni anno ed è un tempo prezioso che voglio per sempre trascorrere con voi e con l'adorata Cristina, donna fantastica, bella, forte e generosa), Cristina Di Canio, Nadia Schiavini e le sue meravigliose cene con autore, il mitico Giorgio Tarantola, Stefano Tura e tutto lo staff di Cesenatico noir, Alberto Garlini e tutti i ragazzi di Pordenonelegge, Cesare Brusi di Cervia, Stefano Calogero, Mirko Bedogné, Laura di Gianfrancesco, a cui auguro di trovare presto una persona degna di lei, a Manuela della Hoepli e a tutti quelli che mi manderanno una lettera di richiamo perché non li ho nominati e che mi hanno accolta e ospitata in questi anni. Ringrazio tanto le blogger, che con il loro impegno e la loro passione rendono il nostro lavoro molto più bello. Infine, e non certo per ordine di importanza, i ringraziamenti a chi mi sopporta tutti i giorni che Dio manda in Terra (capite che cosa comporta?) oltre al mio psicologo, che ha una menzione d'onore per avermi aiutato a capire quanto io sia preziosa. Ringrazio di cuore la mia adorata agente, e amica, Silvia Donzelli, per l'affetto, il sostegno e la forza di una combattente. Ma soprattutto per la pazienza, tanta. Ringrazio Einaudi e tutti coloro che ci lavorano, per avere creduto in questa nuova avventura. In particolare Rosella Postorino, Francesco Colombo e Raffaella Baiocchi, e tutto l'ufficio stampa (per ovvie ragioni di solidarietà). E ringrazio la persona con cui ho iniziato il mio percorso di scrittura e che ha creduto in me: Luca Briasco. Luca, ricordati che senza di te tutto questo non sarebbe mai successo! Non ci crederete, ma ringrazio il coronavirus. Ho imparato tanto, stando da sola a casa (tranne quando ero con la povera Montanucci), su me stessa, sugli altri. Soprattutto ho imparato a cucinare. Menzione d'onore a colui che ha riempito la mia vita in maniera incredibile e che andandosene prematuramente ha lasciato un vuoto incolmabile: a Rhett, unico, vero maschio della mia vita. Mi manchi ogni giorno come l'aria. Non ti dimenticherò mai, Ovviamente, ringrazio l'uomo della mia vita che è lí fuori da qualche parte e che magari, guardandomi con indosso una mascherina, potrebbe trovarmi attraente, dal momento che non mi vede bene. Esci, no??? Mica ti mangio! Oddio, per quanto…

Nota al testo.

La frase «Nessun uomo è un'isola» piú volte ripetuta nel romanzo è tratta da John Donne, *Meditazione XVII*, in *Devozioni per occasioni d'emergenza*, Editori Riuniti, Roma 1994.

La citazione alle pp. 28 e 270 è tratta da https://it.rbth.com/storie/2013/09/16/una_donna_una_leggenda_e_la_sua_morte_alla_cechov_26417. Tutti i diritti riservati da «Rossiyskaya Gazeta».

La citazione a p. 269 è tratta da William Shakespeare, *Timone d'Atene*, traduzione di Cesare Vico Lodovici, Einaudi, Torino 1994.

Indice

*Questo libro è stampato su carta contenente fibre certificate FSC®
e con fibre provenienti da altre fonti controllate.*

*Stampato per conto della Casa editrice Einaudi
presso ELCOGRAF S.p.A. - Stabilimento di Cles (Tn)
nel mese di febbraio 2022*

C.L. 25075

Edizione   Anno

1   2   3   4   5   6   2022   2023   2024   2025